KB242133

오몬 라

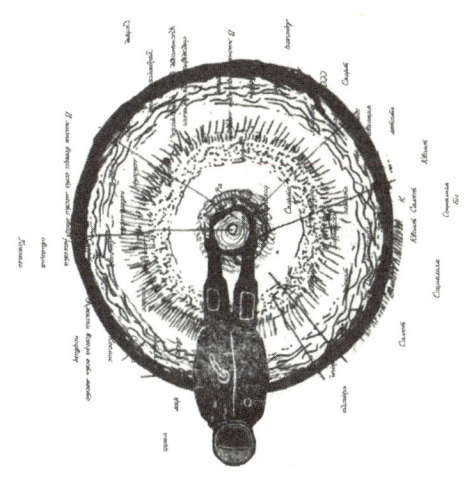

오몬 라

빅또르 뻴레빈
최건영 옮김

고즈윈
God'sWin

최건영

연세대 영문과 졸업. 토쿄대 및 바르샤바 대학에서 수학. 현재 연세대 문과대학 외국어문
학부 교수로 재직 중. 주요 저서로는 『블라지미르 나보꼬프—언어의 치외법권자』 『바르샤
바』 등이 있으며 옮긴 책으로는 『예술과 책임』 『폴란드 문학의 세계』 등이 있다.

고즈윈은 좋은책을 읽는 독자를 섬깁니다.
당신을 닮은 좋은책 — 고즈윈

오몬 라

빅또르 뻴레빈 지음
최건영 옮김

1판 1쇄 발행 | 2012. 5. 18.

발행처 | 고즈윈
발행인 | 고세규
신고번호 | 제313-2004-00095호
신고일자 | 2004. 4. 21.
(121-896) 서울특별시 마포구 동교로13길 34(서교동 474-13)
전화 02)325-5676 팩시밀리 02)333-5980

값은 표지에 있습니다.
ISBN 978-89-92975-69-8 03890

쏘베뜨의 우주 영웅들에게 바친다

일러두기

1. 이 책은 러시아 작가 빅또르 뻴레빈의 1992년 작 『오몬 라Омон Ра』를 번역한
   것이다. 번역본으로는 엑스모 출판사판(2007)과 가장 최근에 나온 같은 출판사
   의 포켓북 시리즈판(2011)을 사용하였다. 두 판본이 큰 차이를 보이지는 않으
   나 행갈이 등 미세한 차이가 있는 경우, 옮긴이의 판단으로 결정하였다. 한편
   원문의 단락이 너무 긴 경우, 흐름이나 호흡을 고려한 원작자의 의도적인 장문
   이 아니라면 간혹 두 단락으로 나눈 곳이 있으며, 의미상 전환이 있는 곳에 옮
   긴이의 판단으로 한 줄 비우기를 추가적으로 실시한 곳이 있음을 밝혀 둔다.

2. 모든 표기법은 옮긴이의 판단에 의한 것으로 기존의 관례에서 벗어나는 경우
   도 없지 않음을 밝혀 둔다. 가령 '쏘련'의 경우, 원래 '쏘베뜨사회주의연방공화
   국'의 약칭임을 반영하여 '쏘련'으로 표기하였으며('쏘베뜨/소베트'를 '쏘비에뜨/소비
   에트'로 표기하는 것은 일어식 표기를 잘못 받아들인 데 기인한 것), '미쪼끄'나 '빠스쩨르나
   끄' 등은 입말 중심의 표기 원칙을 시도하여 '미쪽'과 '빠스쩨르낙'으로 표기하
   였다. 후자에 있어 '빠스쩨르낙'이 아닌 이유는 이 유태계 성의 경우, 러시아어
   로 외래어에 해당하여 연화되지 않기 때문이다. 같은 이유에서 시인 '만젤슈땀'
   도 '만델슈땀'으로 표기해야 한다는 것이 옮긴이의 판단이다.

3. 본문 중에는 일부 차별적이거나 성적 수치심을 유발하는 표현이 등장하지만,
   이는 특별하게 원문을 과장하여 번역하거나 악의를 가지고 옮긴이가 무리하게
   꾸며 낸 것이 아님을 밝혀 둔다.

4. 모든 각주는 옮긴이의 것이다.

차례

오몬 라
• 8

오몬이라는 이름은 그렇게 흔한 이름도 아니고, 최고의 이름도 아닐 것이다. 나에게 이 이름을 지어 준 이는 나의 아버지로, 평생을 경찰로 일하시고 그 아들 역시 경찰이 되기를 바라셨던 분이다.[1]

"있잖니, 오몬" 아버지는 술에 취하면 곧잘 이렇게 말씀하시곤 했다. "그런 이름으로 경찰에 들어가면 말이다…… 거기다 만약 입당까지 하면 말이지……"

아버지는 부득이하게 사람을 쏘는 일도 있었지만, 심성이 악한 분은 아니었다. 속은 쾌활하고 인정 많은 사람이었다. 나를 무척 사랑하셨고, 당신의 인생에선 이룰 수 없었던 것들이 적

---

1   '오몬(OMOH)'이라는 단어는 러시아어로 '경찰특수부대Отряд милиции особого назначения'의 약칭.

어도 내게는 이루어지기를 바라셨다. 아버지가 진심으로 바라던 한 가지 꿈이 있다면, 모스끄바 근교 어딘가에 작은 땅 한 뙈기 소유해서 비트와 오이 따위를 기르는 것이었다. 야채를 키워서 먹거나 시장에 내다 팔고 싶어서라기보다는(물론 그러기도 하겠지만), 웃통을 벗고 삽으로 땅을 깨부수면서 실지렁이 같은 갖은 땅속 생물들이 꿈틀거리는 모습을 관찰하거나, 거름을 실은 손수레를 끌고 별장촌의 구석구석을 헤집고 다니며, 때로는 남의 집 대문 앞에 멈춰 서서 농담을 주고받기도 하는 생활을 하고 싶어서였다. 결국 이것들 중 아무것도 당신 생전에는 이룰 수 없다는 걸 깨달은 아버지는 끄리보마조프가의 형제 가운데 적어도 아들 하나는 행복한 인생을 길게 영위하기를 바라셨다(외교관이 되었으면 하고 아버지가 그토록 기대한 나의 형 오비르[2]는 열한 살의 나이에 뇌막염으로 죽었고, 형에 대한 나의 기억이라곤 이마에 세로로 커다란 점이 있었다는 것 정도이다). 나에 대한 아버지의 계획은 그 어떤 자신감도 진정으로 내게 고취시키지 못했다. 어쨌든 아버지 당신께서 당원이고, 이름도 '마뜨베이'라는 그야말로 더할 수 없이 좋은 러시아 이름을 갖고 있는데, 결국 온갖 노력 끝에 손에 쥔 것이라고 해 봐야 알량한 연금 몇 푼과 술에 취해 사는 고독한 노년뿐, 그 외는 아무것도 없다.

2 　　　'오비르(OВИР)'는 '외국인비자등록부Отдел виз и регистрации иностранных граждан'의 약칭.

어머니에 대한 기억은 거의 없다. 하나의 광경만이 기억에 남아 있다. 제복 차림의 술 취한 아버지가 권총집에서 권총을 꺼내려고 애쓰고 있는데, 머리가 온통 헝클어진 어머니가 아버지의 팔을 와락 움켜잡고 "마뜨베이! 제발 이러지 마!"라고 소리치던 광경이다.

어머니는 내가 아직 꽤 어렸을 때 돌아가셨기에 나는 고모 집에서 자랐고, 주말마다 아버지를 보러 갔다. 아버지의 얼굴은 팅팅 붓고 벌게져 있을 때가 대부분이었고, 때 묻은 잠옷 상의 위에 그토록 자랑스러워하시던 메달이 삐뚜름하게 달려 있곤 했다. 방에선 악취가 났고 벽에는 미껠란젤로의 〈천지창조〉 복제화가 걸려 있었다. 등을 대고 누운 아담 위에 턱수염이 무성한 신이 둥둥 떠서 연약한 인간의 손을 향해 자신의 억센 손을 뻗치고 있는 그림이었다. 이 그림은 아버지의 영혼에 기묘할 정도로 심오한 영향을 미쳤으며, 뭔가 과거의 어떤 일을 떠올리게 하는 점이 있는 게 분명했다. 아버지 방에서 나는 대부분 바닥에 앉아 장난감 기차를 가지고 놀았고, 그동안 아버지는 접이식 소파베드에서 코를 골며 낮잠을 자곤 했다. 이따금 잠에서 깨어 잠시 나를 당혹스러운 눈으로 응시하던 아버지가 바닥에 한 손을 대고 몸을 지지한 채 소파베드의 가장자리에서 정맥이 울퉁불퉁 튀어나온 커다란 다른 손을 뻗으면, 나는 그 손을 잡고 악수해야 했다.

"너의 성이 무엇인가?"

"끄리보마조프입니다" 내가 짐짓 수줍은 미소를 지으며 대답하면, 아버지는 내 머리를 쓰다듬고는 사탕을 주었다. 아버지는 이 일련의 행동을 완전히 기계적으로 행했으므로 나는 그게 별로 싫지 않았다.

고모에 대해선 말할 게 별로 없다. 고모는 나에게 별 관심이 없어서, 내가 조금이라도 많은 시간을 이런저런 여름 소년단 캠프나 '연장된 낮 시간'이라 불리는 아동 보육 클럽활동으로 보내도록 만전을 기했다. 덧붙이자면, 내가 이 '연장된 낮 시간'이라는 단어 결합의 놀랄 만한 아름다움을 눈치챈 것은 최근 일이다.[3]

유년 시절에 대한 나의 모든 기억은 이래저래 '하늘에 대한

---

[3]   이 문장을 포함해, 이하 여러 군데에서 문장 혹은 단락 전체가 영어판에는 누락되어 있다. 1994년 이래 영국과 미국에서 여러 번 표지를 바꾸어 가며 출간된 영어판은 공항이나 서점에서 매우 쉽게 입수 가능한데, 혹시라도 못 보던 문장을 발견하고 옮긴이의 첨가물로 여기지 말라는 노파심에서 여기에 덧붙인다. 뻴레빈은 자신의 작품을 나라별로 다르게 내는 경우가 있다. 가장 최근에 본 예로는 『공포의 헬멧』이 그러한데, 인터넷 채팅 언어로만 구성된 이 소설에서 뻴레빈은 각국별로 약간 차이가 나는 텍스트를 제공했다. 하지만 우리의 이 작품의 경우에는 단순히 영어판 옮긴이가 독자에게 당혹감을 줄 것이라거나 해독 불능의 난문(가령 15장 서두의 인용문 전체)이라고 판단하여 임의로 삭제한 것으로 보인다. 각주나 작품 해설에 인색한 영어권에서는 흔한 일이다. 한편 원작 러시아어판은 최초 1992년 잡지 발표(『즈나먀』지 5호) 이래로 여러 번 재출간되었는데 그 중 비교해 본 3종이 모두 동일하였다. 번역을 위해, 가장 최근에 나온 2007년 엑스모판과 2011년에 같은 출판사의 포켓북 시리즈로 나온 판본도 입수하여 비교하였으나 내용은 모두 동일하였다. 소설에서는 어느 한 문장도 군더더기로 들어가 있는 법은 없다.

꿈'과 관련되어 있다. 물론 그것이 내 인생의 첫 기억은 아니다. 그보다 더 전의 것으로, 아이들로 북적거리고 바닥에 커다란 플라스틱 큐브들이 이리저리 흩어져 있는 밝고 긴 방에 대한 기억, 한 걸음씩 탁탁 디디며 허겁지겁 올라갔던 목제 미끄럼틀의 얼음이 언 계단에 대한 기억, 채색된 석고로 만든 청년 등반가 모형들이 마당에 서 있던 기억이 있고, 그 밖에도 많은 기억이 남아 있다. 하지만 이 모든 것들을 본 작자가 정말 나라고는 말하기 어렵다. 인간은 유년기 초반에는(아마도 죽은 뒤와 마찬가지로) 온갖 방향으로 동시에 확장되어 있기에, 아직 존재한다고 할 수 없다는 게 내 생각이다. 인격은 좀 더 시간이 경과한 후에, 어떤 특정한 방향으로의 집착이 나타난 후에야 생겨난다.

나는 〈코스모스〉라는 영화관에서 멀지 않은 곳에 살았다. 우리 동네 하늘엔 늘 동네를 굽어보는 금속 로켓 모형이 하나 있었다. 땅에 박힌 거대한 칼같이 생긴 원뿔 형태의 티타늄제 굴뚝 모형이 그 로켓을 아래에서 받치고 있었다. 하지만 내가 생각해도 웃긴 것이, 내 인격을 처음으로 발아시킨 건 그 로켓이 아니라, 우리 옆 블록의 작은 놀이터에 있는 목제 비행기였다는 사실이다. 그건 정확히 말해 비행기도 아니었고, 조그만 창문이 두 개 나 있는 장난감 집이었는데, 누군가 그 집을 보수하면서 무너진 담장 판자로 한 쌍의 날개와 꼬리를 만들어 못으로 박아 단 다음, 녹색 페인트로 전체를 칠하고 커다란 붉

은 별 몇 개를 장식 삼아 그려 넣었다. 안은 두어 명 정도 들어
갈 수 있는 크기고, 위에는 군사위원회 건물의 벽이 내다보이
는 자그마한 삼각형 창이 난 작은 다락이 있었다. 그 놀이터에
서 노는 아이들 간의 암묵적인 동의로 이 다락은 비행사의 조
종실로 통했다. 비행기가 격추되면, 동체 안에 앉아 있던 무리
가 먼저 밖으로 뛰어내리고, 비행사는 그 이후, 지면이 웅웅거
리는 굉음을 내며 창문 쪽으로 임박해 온 후에야(물론 그것도 시
간이 남아 있을 때 얘기지만) 따라서 뛰어내릴 수 있었다. 나는 항상
비행사 역할을 맡으려 했다. 비행사가 되어 창문으로 구레나룻
모양의 꽃잎이 달린 제비꽃이나 먼지를 뒤집어쓴 선인장과 함
께 군사위원회 건물의 벽돌 벽이 쓸쓸하게 내다보이는 풍경을
바라보고 있자면, 실제로 구름이 떠 있는 하늘과 저 아래 물 흐
르듯 지나가는 땅이 보이는 듯했다.

  나는 비행사들이 나오는 영화를 대단히 좋아했으며, 나의 유
년기에서 최고로 강력한 체험은 그런 영화 한 편과 관련이 있
다. 우주적인 어둠에 휩싸여 있던 12월의 어느 밤이었다. 고모
네 텔레비전을 켰더니, 스페이드 에이스 무늬와 십자가를 기체
에 그린 비행기가 유유히 날개를 흔드는 화면이 나왔다. 화면
쪽으로 몸을 더 굽히는데, 화면에 갑자기 조종실 부분이 확대
되어 보였다. 산악스키어들처럼 고글을 쓰고 반짝거리는 경화
고무 이어폰이 달린 헬멧을 쓴, 인간같이 안 보이는 얼굴이 두
꺼운 창유리 저편에서 웃고 있었다. 그는 소매 부분이 검고 긴

장갑을 낀 한쪽 손을 들어 올려 펴고는 내게 흔들어 댔다. 그런 다음 화면은 다른 기체의 내부 영상으로 넘어갔다. 모피가 달린 재킷을 입은 두 명의 조종사가 똑같이 생긴 조종간 앞에 앉아서 금속 테를 두른 플렉시 유리를 통해 그들 가까이에서 나선형으로 날고 있는 적기를 예의 주시하며 따라가고 있었다.

"메서슈미트 109기로군" 한 조종사가 다른 조종사에게 말했다. "우릴 격추시킬 거야" 수척하지만 잘생긴 얼굴의 소유자인 다른 조종사가 고개를 끄덕였다.

"난 자네에게 아무런 원망도 없네" 중단됐던 대화를 이어 가는 것이 분명한 말을 그가 했다. "하지만 이것만은 기억하게. 너와 바라는 평생 함께하는 게 좋을 거야…… 무덤까지 말이야!"

거기서부터 나는 더 이상 화면 속 사건이 머리에 들어오지 않았다. 어떤 생각이 퍼뜩 내 뇌리를 강타했다. 아니 생각이라고도 할 수 없는, 그저 희미하게 인식된 어떤 그림자에 불과한 것이었다. 마치 어떤 생각의 실체가 내 머리를 스치듯 맴도는데, 그 가장자리만 겨우 잡은 듯한 느낌이었다. 나는 방금 화면을 들여다보는 것만으로, 모피 달린 재킷을 입은 두 명의 조종사가 앉아 있는 조종실에서 보이는 세상을 볼 수 있었으니, 텔레비전의 도움을 받지 않고도 그들의 조종실이나 그 어떤 조종실에도 자유롭게 비집고 들어갈 수 있지 않을까 하는 생각이었다. 왜냐하면 비행이라는 행위는 이런저런 지각의 집적에 불과하니까, 붉은 별이 그려진 날개 달린 오두막의 다락에 앉아 하늘을 대신한 군사위원회 벽을 뚫어지게 바라보며 입으로는 조용히 윙 하는 소리를 내면서 나는 이미 그 지각의 가장 중요한 부분을 날조하는 법을 배웠으니까.

이러한 막연한 깨달음에 나는 너무 경악해서, 그 영화의 나머지 부분은 별로 주의 깊게 보지 않았다. 화면에 연기가 자욱하고 지상에 일렬로 서 있는 적기가 나를 향해 돌진하는 장면이 나왔을 때만 텔레비전 속 현실에 잠깐 다시 몰입했을 뿐이었다. 말하자면, 내 생각은 이랬다. 자신 안에서도 비행기에서 내다보는 것처럼 볼 수 있으며, 어디서 보느냐는 사실 전혀 중요한 문제가 아니고, 중요한 것은 무엇을 보느냐라고…… 그때 이후로 나는 겨울 거리를 배회하며, 지금 나는 설원의 상공을 나는 비행기 안에 있다는 식으로 상상의 나래를 종종 펴곤 했다. 모퉁이를 돌면서 머리를 한쪽으로 기울이면, 세계가 따라서 순순히 오른쪽이나 왼쪽으로 갸우뚱 기울곤 했다.

하지만 내가 진짜 확실하게 나 자신이라고 부를 수 있는 인간이 구체적으로 형성된 것은 그보다 나중이었고, 그것도 조금씩 점진적으로 이루어졌다. 내 생각에 나의 진정한 인격이 최초로 언뜻 번득인 순간은, 내가 하늘의 얇은 푸른 막 저 너머 우주의 아득한 검은 심연으로 나아가는 꿈을 품을 수 있음을 깨달았을 때였다. 같은 해 겨울의 어느 날 밤, 모스끄바의 또다른 구석에 위치한 〈국민경제 달성 박람회장〉 주위를 산책하다가 문득 그런 깨달음의 순간을 맞았다. 나는 인적이 없고 어두운, 눈이 쌓인 골목을 걷고 있었는데, 갑자기 내 왼편에서 거대한 전화기가 울리는 것 같은 웅웅거리는 소리가 들려왔다. 몸을 돌리자 그가 보였다.

마치 안락의자에 등을 기대고 앉은 것처럼 허공에 앉은 자세로 그는 공중에 떠서 천천히 앞으로 나아가고 있었고, 그 뒤에 달린 호스가 마찬가지로 느린 속도로 늘어나고 있었다. 그의 헬멧 유리는 검은색으로, 삼각형의 반사광이 환하게 언뜻언뜻 번득일 뿐이지만, 나는 그가 나를 볼 수 있음을 알았다. 그는 어언 몇 세기 동안 쭉 죽어 있었던 것처럼 보였다. 확신에 찬 태도로 팔은 별을 향해 뻗고, 두 다리는 너무도 당연히 아무 지지도 필요로 하지 않아서, 그 모습을 본 순간 나는 인간에게 진정한 자유를 줄 수 있는 것은 오직 무중력뿐임을 영원히 절감했다. 여담이지만, 내가 일생 동안 서방의 라디오에서 들려오는 목소리와 별의별 쏠제니쯴 찬양자들의 문장들을 따분하게 여겨 온 것은 확실히 이런 생각 탓이기도 하다. 물론 나도 모든 집단에 대해(그것도 그저 한순간 잠깐 연결되어 있었던 것 같은 집단에조차) 그 구성원 중 가장 비열한 놈을 열심히 모방하도록 넌지시 무언의 위협을 가하는 국가를 마음속으로 혐오했다. 하지만 지상에서 평화와 자유를 획득하는 것이 불가능함을 깨달은 이후로 나의 영혼은 하늘 저 높은 곳을 염원했다. 내가 선택한 길이 요구하는 모든 것은 내 양심에 위배되지 않았다. 양심은 내게 우주로 나갈 것을 명할 뿐, 지상에서 일어나는 일에는 별로 관심을 갖지 않았기 때문이다.

그때 내 눈앞에 있던 것은, 박람회 가건물의 벽 위에 모자이크로 그려져 스포트라이트를 받고 있는, 우주선 밖으로 나온 우주비행사 그림에 불과했지만, 그것은 그 잠깐의 순간, 그날까지 읽었던 십여 권의 책보다 더 많은 것을 내게 얘기해 주었다. 나는 오랫동안 거기 서서 그 그림을 바라보았다. 그러다 문득 누군가 나를 쳐다보는 게 느껴졌다.

주위를 휘 둘러보니, 내 등 뒤에 다소 이상한 차림을 한 내 나이 또래의 소년이 서 있었다. 그 애는 반짝거리는 경화고무 이어폰이 달린 가죽 모자를 쓰고 있었고, 목에는 플라스틱 수경을 매달고 있었다. 나보다 머리 반 정도가 컸고, 나이는 기껏해야 몇 달 정도 더 먹은 것 같았다. 그 애는 스포트라이트를 받는 구역 안으로 들어가더니 검은 장갑을 낀 손을 벌려서 들어 올리고, 입술을 양옆으로 벌려 억지웃음을 띠었다. 한순간 내 눈앞에 스페이드 에이스 문양이 찍힌 전투기의 조종실에서 나온 비행기 조종사가 서 있는 듯했다.

그의 이름은 미쬭[4]이다. 나와 학교는 다르지만, 사는 곳은

---

4   외국어의 자국어 표기에서 겪는 어려움은 물론 한글만의 현상이 아니다. 가령 이 친구의 이름 Митёк을/를 영어권에서 통용되는 로마자로 표기하면 Mityok, Mitěk, Mitiok 등이 된다. 우리말로는 미쵸크, 미츠크, 미쬬ㄲ, 미쬬ㄲ, 미쬬크, 미쭉, 미쬭 등등 정신이 없다. 이 번역 전체에서 옮긴이는 공식적인(?) 외래어

가깝다는 걸 알게 되었다. 미쬭은 만사에 의문을 갖는 타입이었지만, 한 가지 확신하는 게 있었다. 자신은 일단 비행사가 될 것이고, 그런 다음 달로 날아갈 것이라는 점이다.

(외국어) 표기법이 아니라 개인적으로 주장(선호)하는 표기법을 적용하고 있음을 밝혀 둔다. 이 경우엔 '미쬭'으로 표기한다. 약간 다른 경우지만 가령 파스테르나크, ＢＡＳＣ쩨르나끄 등으로 표기되는 Пастернак을/를 옮긴이는 '빠스떼르낙'으로 표기하고, 체호프를 '체홉'으로 표기하는데, 이러한 예외를 제외하면 그 외의 경우에는 러시아어 전문가 표기법과 큰 차이는 없다. 모음도 자음도 '지나치게' 풍부한 우리말에서 표기법의 문제는 오랜 기간 혼란이 불가피하다. 세계문학 수용이 더 많아지면서, 그리고 반도가 통일된 이후 차츰 새로운 가능성을 찾을 것으로 상상해 볼 뿐이다.

)

끊임없이 연루되면서도 별로 신경 쓰지 않고 넘어가는 일상
의 소소한 사건들과 인생의 전체상 사이에는 기묘한 호응이
존재하는 게 분명하다. 내 인생의 경로는, 어떻게 되면 좋을지
스스로는 아직 진지하게 생각해 보기도 전에 이미 마련됐고 결
정되었다는 것을 이제 나는 확실히 알겠다. 심지어 나는 내 인
생 경로를 간략한 형태로 얼핏 한 번 본 적도 있다. 어쩌면 그
것은 미래로부터 들려오는 메아리였는지도 모른다. 혹은 어쩌
면 미래의 메아리로 여겼던 것들이 실제로는 그 순간 삶의 대
지에 떨어진 미래의 씨앗으로, 긴 시간이 지난 후 돌이켜 생각
해 봤을 때 미래로부터 들려오는 메아리처럼 보이게 되는 것일
지도 모른다.

간단히 말해, 7학년[1]이 끝난 후의 여름은 뜨겁고 먼지가 많
았다. 여름방학의 전반부는 자전거를 타고 모스끄바 교외 도

로를 따라 계속 달리던 기억으로 남아 있다. 나는 준‡경주용 자전거인 내 〈스뽀르뜨²〉 뒷바퀴의 테에 여러 번 접은 두꺼운 종잇조각을 빨래집게로 고정해 소리가 나도록 했다. 자전거를 타고 달리면, 그 종이가 바퀴살과 맞부딪쳐 마치 항공 엔진같이 빠르고 조용하게 윙윙대는 소리가 났다. 나는 적기에 가까이 접근하는 전투기가 되어 아스팔트 급경사를 몇 번이고 돌진해 내려가곤 했다. 항상 쏘련제 전투기로 변했던 건 결코 아니었는데, 그게 꼭 내 탓은 아니었다. 그 여름 초에 누군가 바보 같은 노래 하나를 부르는 걸 들었는데, 그 노래 가사 중에 "총알처럼 날쌘 나의 〈팬텀〉이 맑은 창공을 굉음을 내며 비행하네"라는 구절이 있었다. 물론 그 노래가 시시하다는 것을 너무도 잘 알고 있었지만, 왜인지 마음 깊이 매료되었다. 기억나는 딴 가사는 뭐가 있을까? "하늘에 길게 남은 연기 꼬리가 보이네…… 나의 텍사스는 저 먼 곳에……" 그런 다음엔 아버지와 어머니와 어떤 메리라는 여자까지 등장하는데, 노래에서 메리라는 이름까지 나오니 더더욱 진짜 실존하는 인물 같았다.

7월 중순경 내가 모스끄바로 돌아가자, 미쪽의 부모님이 우

1   러시아에서는 1984년 교육개혁으로 초등학교 입학이 7세에서 6세로 낮춰져, 지역에 따라 차이는 있지만 대체로 6세 입학이 정착되어 있다. 따라서 그 이전 쏘련 시대의 학제로 판단하건대, 이 시기 7학년의 오몬은 13~14세라기보다는 14~15세 정도로 보아야 할 것 같다. 8년제 학교라면 졸업반에 가깝고, 10년제 중등학교라면 상급반 정도가 될 것이다.

2   '스포츠'에 해당하는 러시아어. 자전거 상표 혹은 모델 이름.

리를 위해 〈로켓〉 캠프 이용 허가증을 얻어 주었다. 〈로켓〉 캠프는 남부에 있는 전형적인 어린이 여름 캠프로, 지금 생각하면 중급, 아니 중상급 정도 되는 캠프였던 것 같다. 사실 나로서는 우리가 그 캠프에서 보낸 처음 며칠만 기억이 날 뿐이지만, 나중에 매우 중대한 의미를 갖게 되는 모든 일들이 그 며칠 동안 다 일어났다. 캠프로 가는 기차 안에서 나와 미쪽은 객차를 누비고 다니며 찾아낸 빈 병들을 발견하는 족족 모두 화장실 변기 안으로 내던졌다. 그 병들은 조그마한 구멍을 빠져나가, 쉭쉭 지나가는 선로에 떨어져 소리도 내지 않고 깨졌다. 단순한 놀이였지만, 그때 내 머리에 맴돌던 그 바보 같은 노래의 영향으로 마치 내가 베트남 해방을 위해 투쟁하는 듯한 기분을 느꼈다. 다음 날, 우리와 같은 기차를 타고 온 그 캠프의 전 대원이 남부의 어느 지방 도시의 눅눅한 기차역에 내려, 인원 파악을 하고, 트럭에 올라탔다. 산간의 구불구불한 길을 긴 시간 달려서 마침내 우리 오른편에 바다가 나타났고, 알록달록한 작은 집들이 우리 쪽으로 서서히 가까워졌다. 우리는 아스팔트가 깔린 연병장에 내려서 정렬한 다음, 사이프러스 나무로 측면이 에워싸인 계단을 올라가 언덕 꼭대기에 있는 유리로 된 건물 앞에 다다랐다. 그 건물은 식당으로, 차갑게 식은 점심이 우리를 기다리고 있었는데, 때는 이미 저녁 식사 시간이 다 되어 있었던 것이다—우리는 예정보다 몇 시간 늦게 도착했다. 음식은 정말 형편없었다. 별 모양의 마카로니가 들어간 묽은 스프와 쌀을 곁들인 질긴 닭고기와 아무 맛도 안 나는 데친 과일이 다였다.

식당 천장에서는 진득진득해 보이는 부엌용 접착제가 덕지덕지 묻은 실이 여기저기 늘어져 있고, 그 끝에 마분지로 만든 우주선 모형들이 매달려 있었다. 나는 그중 하나를 감탄하며 바라보았다. 무명의 설계자가 대량의 은박지를 사용해 우주선 몸체에 빽빽하게 〈CCCP³〉라는 글자를 혼신의 힘을 다해 그려넣었던 것이다. 우주선 위의 은박지가 석양을 받아 오렌지색으로 빛나는 모습이 내게는 문득 터널의 어둠 속을 빠져나오는 지하철의 헤드라이트처럼 보였다. 왠지 모르게 서글픈 기분이 들었다.

나와 반대로 미쪽은 기분이 좋은 듯 주절주절 떠들어 댔다.

"20년대에 우주선은 한 가지 종류밖에 없었어" 그는 포크를 위로 홱 쳐들면서 말했다. "30년대 것은 다르지, 50년대 것은 또 다르고……"

"20년대에는 어떤 우주선이 있었니?" 나는 힘없이 물었다.

미쪽은 잠시 생각에 잠겼다.

"알렉쎄이 똘스또이⁴의 소설에 시간차를 조금씩 두고 폭발

---

3   '쏘베뜨사회주의연방공화국Союз Советских Социалистических Республик'의 약자로 '에스에스에스에르'라고 읽는다. 영어로는 같은 의미의 단어들에서 딴 약자로 USSR이 된다.

해 추진력을 발생시키는 거대한 철제 달걀이 나오지" 그가 말했다.

"그게 기본적인 원리야. 그 밖에 여러 가지 변형들이 있을 수 있지만"

"그렇지만 그런 것들이 실제로 하늘을 날아 본 적은 없잖아" 내가 말했다.

"이런 것들도 나는 게 아니지"라고 대답하며 그는 우리 화제의 대상이 된, 위에 매달려 있는 모형을 가리켰다. 우주선이 외풍에 살짝 흔들렸다.

명확한 말로 옮길 수는 없지만, 마침내 나는 그가 하고자 하는 말의 요점을 파악했다. 공산주의의 미래 우주선(여담이지만, 나는 대단히 좋아하는 공상과학소설에서 〈우주선〉이라는 단어를 처음 맞닥뜨렸을 때, 그것이 쏘베뜨 우주 설비의 측벽에 그려진 붉은 별과 관계가 있다고 생각했다)이 비행했던 유일한 장소는, 쏘베뜨 시민의 의식 안뿐이라는 것이다. 우리가 앉아 있는 식당이, 전에 왔던 캠프 대원들에 의해 진수된 마분지 우주선들이 그 창작자들은 가 버린지 이미 오래인데도 식당 테이블 위의 시공에 그 항적을 계속

4   알렉쎄이 니꼴라예비치 똘스또이(1883~1945). 공상과학소설 『아엘리따』와 역사소설 『뾰뜨르 1세』로 유명한 소설가. 환상소설과 역사소설로 유명한 19세기의 알렉쎄이 꼰스딴찌노비치 똘스또이, 그리고 그 유명한 레프 똘스또이와 함께 '러시아 문학의 3대 똘스또이'로 불린다. 그중 마침 '알렉쎄이'가 두 명인 탓에 흔히 〈아.까. 똘스또이(알렉쎄이 꼰스딴찌노비치 똘스또이)〉와 〈아.엔. 똘스또이(알렉쎄이 니꼴라예비치 똘스또이)〉로 구분해서 칭하기도 한다.

남기고 있는 우주 공간 자체인 것과 꼭 마찬가지로. 이러한 생각이 캠프에 와서 데친 과일을 먹을 때부터 계속 느꼈던, 뭐라 말로 표현하기 힘든 특이한 권태감과 섞여 여과된 결과, 갑자기 기묘한 생각이 머리에 떠올랐다.

"이전에 난 플라스틱 비행기 모형 만드는 걸 좋아했어" 나는 말했다. "조립 세트로 말이야. 특히 군용기를 좋아했지"

"나도 그랬어" 미쪽이 말했다. "하지만 아주 옛날 얘기지"

"나는 동독제를 좋아했어. 우리나라 건 조종사가 들어 있지 않았거든. 조종석이 아무도 없이 텅 비어 있으니 바보 같지 뭐야"

"그건 맞아" 미쪽이 말했다. "근데, 왜 갑자기 그런 생각을 한 거야?"

"그냥 생각하다가" 나는 우리 자리 바로 앞에 매달려 있는 우주선을 포크로 가리키며 말했다. "저 안에 누군가 있는 것일까, 아니면 아무도 없는 것일까 하고 말이야"

"모르지" 미쪽이 말했다. "하지만 정말 기묘하긴 하네"

그 캠프는 산의 완만한 경사면에 있어서, 캠프의 저지대는 일종의 공원처럼 조성되어 있었다. 미쪽의 모습이 보이지 않아, 나는 혼자서 공원 쪽으로 걸어갔다. 몇 분 만에 나는 사이프러스 나무가 서 있는, 길고 황량한 가로수 길에 접어들었다. 주위엔 이미 어둠이 깔리고 있었다.

아스팔트 보도를 따라 쭉 뻗어 있는 철조망에, 손으로 그린 포스터가 붙은 커다란 합판 조각 몇 개가 걸려 있었다. 첫 번째 포스터에는 작은 깃발로 장식된 청동 나팔을 허벅지에 딱 붙이고 전방을 똑바로 주시하는, 평범한 러시아인 얼굴의 소년 단원이 그려져 있었다. 그다음 포스터에는 같은 소년이 북을 끈으로 매달고 손에는 북채를 쥐고 있었다. 세 번째 포스터에도 같은 소년이 다시 나타나, 경례하는 손 아래로 먼 곳을 응시하고 있었다. 그다음 합판 조각은 나머지들보다 폭이 두 배가량 넓고, 길이도 길어서 거의 3미터는 되어 보였다. 그 합판에 붙은 포스터는 두 가지 색조로 그려졌다. 내가 천천히 다가가면서 먼저 보인 오른쪽은 붉은색이었고, 그보다 멀리 보이는 쪽이 흰색이었다. 그 두 개의 색을 나누는 것은, 붉은색의 자취를 남기며 흰색 표면을 침식하고 있는 붉은색 면의 물결치는 가장자리다. 처음에 나는 그게 대체 뭘 그린 건지 몰랐다. 더 가까이 다가가서야, 붉은색과 흰색의 점묘화로 그려진 레닌의 얼굴이라는 걸 알아보았다. 공성 망치같이 생긴 튀어나온 턱수염에 입을 벌린 레닌은 후두부가 없이 옆얼굴선만 그려져 있었다. 옆얼굴선 뒤에 있는 붉은색 면 모두가 레닌인 셈이었다. 그는 마치 자신이 창조한 세계의 표면에 파문을 일으키는, 육체가 없는 신 같았다.

나는 아스팔트가 움푹 파인 곳에 걸려 넘어질 뻔하다가 다음 합판으로 시선을 옮겼다. 다시 그 소년 단원이었지만, 이번에는 우주복을 입고, 손에 붉은색 헬멧을 들고 있는 모습이었다. 헬멧에는 〈CCCP〉라는 문자가 쓰여 있고, 뾰족한 안테나가 달려 있었다. 다음 포스터에서는 그 소년 단원이 비행 중인 로켓 안에서 몸을 내밀고 두툼한 장갑을 낀 한쪽 손으로 경례를 하고 있었다. 마지막 포스터는 그 소년 단원이 역시 우주복을 입고, 달의 화사한 노란색 표면 위, 우주선 옆에 서 있는 그림이었다. 우주선이 식당에 매달려 있는 마분지 로켓과 똑같이 생겼다. 소년 단원의 얼굴은 눈밖에 보이지 않았다. 그 눈은 다른 합판 조각의 포스터에서 본 눈과 똑같은 눈이었으나, 눈 이외의 부분이 헬멧에 감춰져 있기 때문에, 형언할 수 없는 어떤 번민으로 가득 차 있는 듯 보였다.

뒤에서 빠르게 다가오는 발걸음 소리가 들려서 돌아보니 미쪽이었다.

"있었어" 그가 내게 다가오며 말했다.

"뭐가?"

"봐!" 그가 손을 내밀었다. 뭔가 시커먼 것이 손바닥 위에 놓여 있었다. 잘 보니, 머리를 은박지로 싼 점토 인형이었다. "안에 마분지로 만든 작은 의자가 있었고, 이게 거기 앉아 있었어" 미쪽이 말했다.

"뭐야 너, 식당의 로켓을 분해한 거야?" 내가 물었다.

그는 고개를 끄덕였다.

"언제?"

"방금. 10분 전쯤에. 뭣보다 이상한 것은 그 안에 모든 것이……" 그는 양 손가락을 교차시켜 격자 모양을 만들었다.

"식당 안에?"

"아니, 로켓 안에. 그걸 만들 때, 제일 먼저 이 작은 사람부터 만든 거야. 만들어서 의자에 앉히고 그 주위를 전부 마분지로 밀봉한 거지"

미쪽은 마분지 한 조각을 내밀었다. 그것을 손에 쥐고 보니, 계기판과 조종간, 버튼들, 심지어 벽에 걸린 그림까지 세밀하게 공들여 그려져 있었다.

"그런데 가장 흥미로운 사실은 말야" 미쪽이 생각에 잠긴 듯, 그리고 어딘가 좀 우울한 목소리로 말했다. "문이 하나도 없다는 거야. 밖에는 출입구가 하나 그려져 있는데, 내부의 같은 장소에는 계기판 몇 개가 달린 벽이 있을 뿐이야"

찢어진 마분지 조각을 다시 살펴보니, 둥근 현창에 푸른 지구가 자그마하게 보이는 게 눈에 띄었다.

"이 로켓을 만든 녀석이 누군지 찾고 싶어" 미쪽이 말했다. "그 못난 면상에 한 방 먹이게"

"뭐 때문에?" 내가 물었다.

미쪽은 대답하지 않았다. 대신 그는 철조망 너머로 그 인형을 내던져 버리려는 듯 팔을 뒤로 들어 올렸는데, 나는 그의 손을 잡고 인형을 달라고 청했다. 그는 내 청을 받아들였고, 나는 그 후 30분 동안, 그것을 담아 둘 빈 담배 곽을 찾아다녔다.

이 기묘한 발견이 일으킨 여파는 다음 날, 캠프의 쉬는 시간에 우리에게 찾아왔다. 문이 열리더니, 미쪽의 이름이 불렸다. 그는 복도로 나갔다. 단편적으로 들리는 대화 중에 몇 번인가 '식당'이라는 단어가 반복되자, 모든 사태가 파악되었다. 나도 일어나 복도로 나갔다. 콧수염이 있는 왜소한 젊은 남성 지도원과 연한 적갈색 머리의 땅딸막한 여성 지도원 한 명이 미쪽을 구석으로 몰아넣고 추궁하고 있었다.

"나도 거기 있었어요"라고 내가 말했다.

남성 지도원이 만족스러운 듯 나를 위아래로 훑어봤다.

"자, 그럼 둘이 같이 포복할까, 아니면 차례로 할까?"

그의 손에는 방독면이 든 녹색 가방이 들려 있었다.

"어떻게 얘들이 같이 포복할 수 있겠어, 꼴랴. 방독면 하나밖에 안 가져왔잖아" 여성 지도원이 주뼛거리며 말했다. "차례로 해야 돼"

미쪽은 나에게 시선을 주더니, 재빨리 앞으로 나섰다.

"이걸 써" 지도원이 말했다.

미쪽은 방독면을 썼다.

"엎드려"

그는 바닥에 엎드렸다.

"전진" 스톱워치를 누르며 꼴랴가 말했다. 바닥에 리놀륨이 깔린 복도는 건물의 끝에서 끝까지 이어져 있었다. 미쪽이 기어서 앞으로 나아가기 시작하자, 작지만 귀에 거슬리는 끽끽거리는 소리가 들려왔다. 물론, 미쪽은 지도원이 명한 3분보다 더 걸렸지만—그에게 3분은 한 방향으로 끝까지 가기에도 모자라는 시간이었다—그가 다시 우리 쪽으로 기어 왔을 때 꼴랴는 다시 그 거리를 갔다 오라고 시키지 않았다. 쉬는 시간이 몇 분밖에 남지 않았기 때문이다. 미쪽은 방독면을 벗었다. 붉게 달아오른 그의 얼굴은 눈물과 땀으로 흠뻑 젖었고, 발은 리놀륨에 스쳐 물집이 잡혀 있었다.

"자, 이제 네 차례다" 축축한 방독면을 내게 건네며 지도원이 말했다. "준비……"

김이 서린 방독면 렌즈를 통해 끝없이 펼쳐진 리놀륨 깔린 복도를 보니 뭔가 기괴하고 신비로운 느낌이 들었다. 바닥에 엎드리니 가슴과 배는 차가워지고, 저 끝이 잘 보이지도 않는다. 창백한 천장의 띠와 좌우의 벽이 합쳐져 거의 하나의 점으로 보일 정도다. 방독면이 지그시 얼굴을 죄며 뺨을 압박해 입술이 앞으로 모아져 키스하는 형태가 된다—상대는 아마도 주위 사람 전원이 될 것이다. 누군가 발로 쿡쿡 찌르며 기어가라고 명령하기 전까지 약 20초가 경과한다. 그 시간은 진절머리가 날 만큼 더디게 흘러서 그사이에 온갖 것을 다 보게 된다. 먼지가 춤추고 있다. 리놀륨 시트지 사이의 갈라진 틈에 투명한 작은 얼룩이 몇 개 껴 있다. 벽의 밑부분에 댄 좁은 널빤지의 마디가 페인트로 덧칠되어 있다. 죽은 개미가 찌부러져 얇고 작은 꽃잎같이 되었다. 개미가 죽은 자리에서 반 미터 떨어진 곳에 자신의 축축한 작은 흔적을 미래에 남겨 두었던 것이다. 그곳은 자기를 밟고 지나간 사람의 발이 참사가 일어난 1초 후에 디딘 곳이었다.

"가!" 지도원의 목소리가 내 머리 위에서 울리자 나는 신 나서 열심히 앞으로 기어가기 시작했다. 그 체벌은 나에게 장난처럼 여겨져서 미쪽이 왜 그렇게 눈물이 그렁그렁했는지 이해가 가지 않았다. 나는 처음 10미터는 섬광처럼 통과했지만, 그 이후에는 점점 힘들어졌다.

앞으로 기어갈 때, 무심코 발등 윗부분으로 바닥을 밀 때가 있는데, 그곳은 피부가 얇고 약한 부위다. 만약 맨발이라면 바로 여기저기에 물집이 잡힐 것이다. 리놀륨이 몸에 달라붙자, 작은 벌레 수백 마리가 다리로 파고드는 것 같고, 방금 깔린 아스팔트 위를 기어가고 있는 것 같은 느낌이었다. 나는 시간이 너무나 늦게 흘러가는 것에 놀라움을 금치 못했다. 벽의 한 지점에는 흑해를 항해하는 순양함 아브로라[5]를 그린 커다란 수채화가 걸려 있었는데, 꽤 한참을 기어서 그 그림을 지나간 것 같았는데, 문득 보니 그것이 여전히 같은 장소에 걸려 있지 않은가……

그러더니 돌연 모든 것이 바뀌었다. 즉, 모든 것이 전과 똑같

---

5   발트 함대의 순양함. 그 승무원들이 뻬뜨로그라드에서 10월 혁명에 참가했다.

왔지만(나는 계속 같은 방식으로 복도를 기어가고 있었다) 인내의 한계에 다다르자 고통과 피로가 내 안의 무언가의 스위치를 꺼 버린 것 같았다. 아니면 정반대로 뭔가의 스위치를 켜 버렸든지. 나는 주위가 매우 조용하다는 것을 눈치챘다. 오직 내 발밑에서 끽끽거리는 리놀륨 소리만이 들려올 뿐이었다. 뭔가가 녹슨 바퀴를 타고 복도를 굴러가는 것 같은 소리였다. 창문 밖 저 멀리 아래쪽에서 바다가 철썩이는 소리가 들려왔고, 그보다 더 먼 어딘가, 어쩌면 바다 너머 저 먼 곳에 있는 확성기에서 아이들의 노랫소리가 울려 퍼졌다.

아름다운 저 먼 곳이여, 날 그렇게 아프게 하지 마
잔인하게 굴지 마……

인생은 부드러운 녹색의 기적이었다. 하늘은 맑고 고요하고 태양은 빛났다. 그리고 이 세상의 중심에는 2층짜리 기숙사 건물이 서 있었고, 그 안에는 긴 복도가 있고, 그 위를 방독면을 쓴 내가 기어가고 있었다. 그것은 어떤 의미에선 모두가 매우 자연스러운 일이지만, 어떤 의미에선 또 너무 고통스럽고 불합리했기에, 나는 방독면의 고무 주둥이 안에서 울기 시작했다. 내 맨 얼굴을 캠프 지도원들로부터, 그리고 특히 문틈으로 나의 영광과 수치를 엿보고 있는 십여 개의 눈들로부터 숨길 수 있음에 감사했다.

몇 미터 더 가자 눈물이 말랐고, 나는 계속 전진하는 이유가 되어 줄 법한 생각을 필사적으로 찾기 시작했다. 지도원에 대한 두려움은 이미 사라져 버린 지 오래기 때문이다. 나는 눈을 감았다. 밤이 찾아왔다. 벨벳 같은 어둠의 장막을 찢는 것은 이따금 반짝하고 빛나는 별뿐이었다. 다시 멀리서 울려 퍼지는 노랫소리가 들려왔다. 나는 아주 작은 소리로, 어쩌면 실제로는 소리를 전혀 내지 않으면서 그 노래를 따라 불렀다.

　순수의 시원에서부터 아름다운 저 먼 곳으로
　아름다운 먼 곳으로 발걸음을 나는 내딛노라

캠프의 건물 위로 트럼펫의 밝은 금속음이 울려 퍼졌다. 기상나팔 소리였다. 나는 움직임을 멈추고 눈을 떴다. 복도 끝까지 3미터가량 남았다. 내 앞의 어두운 회색 벽에는 황색의 달 모형이 놓인 선반이 있었다. 눈물에 젖어 김이 잔뜩 서린 유리를 통해 보이는 흐릿하고 어렴풋한 그 달은 선반 위에 있는 것이 아니라 잿빛 허공에 떠 있는 것 같았다.

)

　태어나 처음으로 와인을 마셔 본 건 열네 살의 겨울이었다. 장소는 미쪽이 데려갔던 어느 주차장. 장발에 과묵한 타입인 미쪽의 형이 병역 도피 차원에서 그곳에서 경비원으로 일하고 있었다. 주차장은 울타리가 쳐진 커다란 공터로, 콘크리트 판들이 쌓여 있어서, 나와 미쪽은 그 위를 한참 기어 올라가곤 했다. 그러면 현실 세계로부터 완전히 차단된 경이로운 장소에 발을 들인 것 같았다. 오래전에 버려져 이젠 잔해밖에 남지 않은 우주선의 선실인데, 기묘하게도 그 잔해가 콘크리트 판 더미를 닮았다고나 할까. 게다가 기울어진 나무 울타리 너머에 있는 가로등은 신비롭고 초자연적인 빛을 비추고, 맑고 텅 빈 하늘에는 조그만 별 몇 개가 떠 있다. 요컨대, 싸구려 빈 술병들과 얼어붙은 소변 자국만 아니었다면, 우리는 우주 공간에 둘러싸여 있는 것이나 다를 바 없었다.

미쪽이 조금 몸을 덥히자고 제안해서, 우리는 역시 뭔가 좀 우주적인 분위기를 풍기는, 골조가 드러난 알루미늄 반구형의 주차장 건물로 향했다. 건물 안은 어두웠다. 휘발유 냄새가 나는 자동차 윤곽들만 어렴풋이 구별될 뿐이었다. 널빤지로 만든 유리창 달린 작은 헛간이 구석 벽에 붙어 지어져 있었다. 그 안에서 빛이 새어 나왔다. 미쪽과 나는 그 안을 비집고 들어가 좁고 불편한 벤치에 앉아서 찌그러진 양철 냄비에 끓인 차를 묵묵히 마셨다. 미쪽의 형은 손으로 마는 긴 마분지 담배를 피우며 『기술 청년』지 과월호를 넘겨 볼 뿐, 우리를 아는 체도 하지 않았다. 미쪽은 벤치 아래에서 병 하나를 꺼내 시멘트 바닥에 탁 소리가 나게 한 번 내리치더니 물었다. "좀 마실래?"

나는 고개를 끄덕였지만, 마음이 불편했다. 미쪽은 방금 내가 차를 마신 유리잔에 암적색 액체를 오른쪽에서부터 테두리까지 흘러넘치게 따르고는 나에게 건네주었다. 나는 뭔가 새로운 작업의 요령을 터득하려는 듯, 유리잔을 움켜쥐고 입 쪽으로 가져가 마셨다. 이렇게 별 노력한 것 없이 뭔가를 처음 체험한다는 게 놀라웠다. 미쪽과 그의 형이 남은 술을 다 마시는 동안 나는 나만의 감각에 집중했지만, 아무 일도 내게 일어나지 않았다. 나는 미쪽의 형이 내려놓은 잡지를 집어 들고, 아무 데나 펼쳐 보다가 한 번도 본 적이 없는 듯한 비행기 일러스트가 두 쪽에 걸쳐 실린 지면을 맞닥뜨렸다. 나는 그중에 하나가 유독 마음에 들었다. 그것은 미제 비행기로, 이륙할 때 날개가 프로펠러 역할을 한다는 비행기였다. 그 밖에도 조종사를 위한 작은 선실이 있는 작은 로켓도 있었지만, 그걸 제대로 볼 틈은 없었다. 한 마디 말도 없이, 눈 한 번 맞추지도 않고 미쪽의 형이 잡지를 내 손에서 낚아챘기 때문이다. 화가 난 표시를 내지 않기 위해 나는 자리를 옮겨, 가열 장치가 툭 튀어나온 유리 단지와 말라비틀어진 싸구려 소시지 조각들이 널려 있는 테이블 쪽으로 갔다. 돌연, 쓰레기 처리장 냄새가 나는 이 작고 허접한 벽장 같은 곳에 자신이 앉아 있다는 생각에 메스꺼운 기분이 들었다. 바로 조금 전 더러운 잔으로 싸구려 포트와인을 마신 것도 역겨웠고, 내가 살고 있는 이 거대한 나라(쓰레기 냄새가 나고 싸구려 포트와인을 마시는 사람들이 북적대는 이런 허접한 작은 벽장 같은 곳이 수없이 널린 이 나라) 자체가 지긋지긋하게 느껴졌다. 땅거미가 진 대도시 위 저 높은 곳에 있는 어떤 창문에서 우연히 내다볼 때면, 언제나 나의 숨을 턱 막히게 하던 색색의 무수한 불들이 사실은 하나같이 전부 이런 악취가 나는 작은 벽장 같은 곳이었나 하는 생각이 가장 나를 고통스럽게 했다. 조금 전 잡지에서 본 아름다운 미제 비행기와 비교해 보니, 더 견디기 어려웠다. 나는 탁자 위에 펼쳐진 신문을 내려다보았다. 신문은 기름때와 담뱃재가 태워 낸 구멍, 유리잔과 냄비가 놓였던 원 모양의 자국들로 지저분했다. 기사 제목들은 어딘지 모르게 으스스한 비인간적인 쾌활함과 활력으로 나를 두렵게 했다. 가는 길을 막아선 이들이 없어진 지 오래건만, 그래도 계속 기사 제목들은 허공에 대고 주먹을 날리는 격이었다. 그리고 만약 당신이 취했을 경우(나는 내가 이미 취했다는 걸 눈치챘지만, 거기에 아무 의미를 두지 않았다), 어쩌다 보면 간단히 잘못된 곳에 있게 되고, 배회하는 당신의 영혼은 '시대의 중대한 과제' 내지는 '목화 재배자에게 보내는 인사'라는 표제 아래 깔려 뭉개지게 된다. 주위가 갑자기 완전히 낯설게 보였다. 미쪽은 나를 주의 깊게 바라보고 있었다. 그는 나와 눈이 마주치더니 윙크를 하고는 혀가 잘 돌지 않는 발음으로 물었다. "어이, 우리 달나라 한번 같이 가 볼까?"

나는 고개를 끄덕였고, 내 시선은 '궤도로부터 온 소식!'이라는 작은 칼럼 제목에 머물렀다. 기사는 아랫부분이 찢겨져 있고, 남아 있는 부분은 굵은 활자로 적힌 "28일간……"이라는 구절뿐이었다. 하지만 그것만으로도 충분했다. 나는 곧바로 모든 걸 이해하고 눈을 감았다. 그래, 그렇구나. 아마도 우리가 일생을 보내는 이곳은 사실은 어둡고 더러운 굴일지도 모른다. 아마도 우리 자신은 이 굴 같은 장소에 잘 어울리는 존재일지도 모르지만, 우리 머리 위의 저 푸른 하늘에는, 저 위 드문드문 점점이 박혀 있는 별들 사이에 유독 강하게 번뜩이는 인공의 빛이, 별자리들 사이를 유유히 기어가듯 움직이고 있다. 그것은 이곳 쏘베뜨의 땅에서, 토사물과 빈 병들과 담배 연기의 악취가 넘쳐 나는 이곳의 철제와 반도체와 전력을 사용해 만들어져, 지금은 우주 공간을 날아다니고 있다. 그리고 우리 중 누구든, 우리가 여기로 오는 길에 지나친 눈 더미 속에서 두꺼비처럼 웅크리고 있던 푸르스름한 얼굴의 알코올중독자도, 미쪽의 형도, 그리고 물론 미쪽과 나도, 우리 모두는 저 차갑고 순수한 청공 속에 우리만의 작은 대사관을 가진 셈이다.

나는 밖으로 뛰어나갔다. 그리고 그 투명한 겨울 하늘에 부자연스러울 만큼 가깝게 떠 있는 푸른 기가 도는 노란색의 동그란 달을 눈물을 삼키면서 하염없이 바라보고 서 있었다.

）

항공학교에 가기로 결심한 게 언제였는지, 정확하게는 기억
이 나지 않는다. 아마도 내 안에서, 그리고 미쪽 안에서 그 결
심은 우리가 고등학교를 졸업하기 훨씬 전부터 무르익어 갔던
것 같다. 결심을 하고 얼마간 우리는 선택의 문제에 직면했다.
전국에 항공학교가 한둘이 아니었던 것이다. 하지만 그 문제
는, 우리가 『쏘베뜨의 항공기』라는 잡지에서 컬러로 된 두 쪽
짜리 부록 기사를 본 순간 바로 해결되었다. 그 기사는 마레시
예프 기념 자라이스끄 붉은 깃발 항공학교의 월면月面 도시 생
활에 대한 기사였다. 우리는 곧바로 황색 페인트가 칠해진 합
판으로 만든 산맥과 분화구에 둘러싸여, 훈련생들 사이에 서
있는 것처럼 느꼈다. 철봉에서 공중제비를 돌거나, 사진 속에
서 흐름이 정지된 물을 법랑 대야로 몸에 끼얹고 있는, 머리를
짧게 깎은 청년인 미래의 자신의 모습이 그려졌다. 법랑 대야

는 부드러운 복숭아색으로, 볼 때마다 바로 유년 시절의 기억
이 떠오른다. 함께 실려 있던, 자그마한 사람 모형을 가득 태운
비행기의 반쯤 부패한 사체처럼 보이는 비행 시뮬레이터에 대
한 사진보다도, 어찌 된 영문인지 그 대야의 색깔이 신뢰감과
자라이스끄에 공부하러 가고 싶다는 의욕을 불러일으켰다.

　일단 결심이 서자, 나머지는 일사천리로 진행되었다. 병역기
피로 장남의 인생이 꼬이는 꼴에 당혹하고 두려움을 느끼던 미
쪽의 부모님은 차남이 그런 안정적이고 믿을 만한 직업을 갖게
된다는 데 기뻐했다. 나의 아버지는 그 당시 이미 만성적인 술
주정뱅이로, 대부분의 시간을 소파 위에서 통방울눈 사슴이 수
놓아진 담요를 덮은 채 벽을 마주 보고 누워서 보냈다. 아버지
가 내가 비행사가 되려고 한다는 것을 이해나 하셨을지 모르
겠다. 한편 고모 쪽은 원래 나의 진로에 대해선 관심이 없었다.

　나는 자라이스끄 마을을 기억한다. 아니 정확히는, 기억하는
지 잊어버렸는지 말하기가 사실 어렵다. 그 마을에는 잊어버리
거나 기억할 만한 것이 거의 없었기 때문이다. 마을의 중심에
는 흰 석조 종탑이 있었는데, 오래전에 어떤 공작부인이 거기
아래 돌바닥으로 뛰어내린 후, 수 세기가 흘렀는데도 마을 사
람들 사이엔 그 사건이 이야깃거리가 되곤 했다. 종탑 옆에는
역사박물관이 있고, 거기서 멀지 않은 곳에 우체국과 경찰서가
있다.

우리가 버스에서 내리자 옆으로 때리는 세찬 비가 내려 날씨가 싸늘했다. 우리는 '선거사무소'라고 적힌 지하실이 있는 건물 차양 아래에 옹송그리며 모여서 비가 그치기를 30분가량 기다렸다. 건물 안에서는 분명 술을 마시고 있는 게 분명했다. 양파 냄새가 강하게 나고 문 뒤에서 큰 소리가 들려왔다. 누군가 계속 〈메르씨 꾸꾸〉를 부르자고 제안하더니 끝내, 중년 남녀의 목소리로 노랫소리가 들려왔다. "이리 살아 있는데, 즐기지 않을쏘냐……"

비가 멈췄다. 갈아탈 버스를 알아보러 가니, 방금 우리가 타고 온 버스였다. 버스에서 내릴 필요 없이 운전수가 점심을 먹는 동안 안에서 기다리면 되었던 것이다. 작은 목조 주택들이 차례차례 창문을 스치고 지나가기 시작하더니, 그 풍경이 끊기고 숲이 이어졌다. 자라이스끄 항공학교는 시내에서 멀리 떨어진 숲 속에 있었다. '청과물점'이라고 불리는 버스 종점(주위에는 아무 상점도 없었는데, 전쟁 전에 붙여진 이름이 그대로 남았다는 얘기를 들었다)에서 5킬로미터 정도 더 걸어야 했다. 미쪽과 나는 버스에서 내려 습기를 가득 머금은 물푸레나무의 시과翅果가 흩뿌려져 있는 길을 따라 걷기 시작했다. 숲이 점점 더 깊어져, 길을 잘못 들었다고 우리가 막 생각하려는 찰나에 돌연, 용접된 금속관으로 만들어진 문이 나타났다. 문은 커다란 주석 별들로 장식되어 있었다. 문 좌우로는 꼭대기를 따라 녹슨 철조망이 감긴, 페인트칠이 되어 있지 않은 회색의 높은 담장이 숲을 차단하고 있었다. 우리는 문을 지키고 있는 졸린 얼굴의 군인에게 지역군사징병사무소에서 받은 영장과 최근에 받은 신분증명서를 보여 주었다. 군인은 우리를 안으로 들여보내며 곧 소집이 시작될 클럽 회관으로 가라고 일러 주었다.

작은 정착지 같은 공간 한복판으로 이어진 아스팔트 길 바로 오른편에, 잡지에서 본 월면 마을이 펼쳐져 있었다. 그곳에는 황색으로 칠해진 옆으로 긴 단층짜리 막사 건물이 몇 개 있고, 땅속에 파묻은 열두 개 정도의 타이어와 달 표면의 전경처럼 보이도록 설계된 특별한 작은 터로 에워싸여 있었다. 우리는 그곳을 통과해 수비대의 클럽 회관으로 갔다. 등록하려고 온 입학 지원자들이 회관 기둥 주변에 모여 있었다. 곧이어 장교 한 명이 나와 어떤 병장 한 명을 지명하고는, 우리에게 입시위원회에 등록한 다음, 보급품을 챙기러 가라고 지시했다.

입시위원회는 클럽 중정의 중국풍 격자무늬 정자에 앉아 맥주를 마시며 라디오에서 나오는 조용한 동양풍의 음악을 듣고 있는 세 명의 장교로, 번호가 매겨진 사각형 딱지를 우리가 가져간 서류와 교환해 주었다. 그런 다음 그들은 우리를 허리 높이까지 자란 풀로 뒤덮인 경기장(수년간 어떤 종류의 경기도 치러지지 않은 게 분명한) 가장자리로 데려가, 군용 텐트를 두 개 지급했다. 시험 기간 동안 우리가 생활할 텐트였다. 그것은 묵직한 고무 시트가 여러 겹으로 말린 것으로, 일일이 펴서 땅에 고정된 목제 기둥에 걸어 쳐야 했다. 우리는 침대를 텐트 안으로 끌고

들어와 타이어 두 개 위에 설치하면서 서로 안면을 트게 되었
다. 침대 틀은 낡고 무거웠으며, 2단으로 하지 않을 때는 니켈
도금된 작은 구球를 수직 기둥에 끼워 고정하도록 되어 있었다.
우리는 개별 포장된 이 구를 한 사람당 한 개씩 지급받았는데,
시험이 끝나고 나서 나는 그것을 빼내, 은박지로 된 머리가 달
린 점토 조종사 인형(이제는 먼 추억이 된, 남부에서의 잊을 수 없는 저녁
의 유일한 증거물)을 넣어 두었던 담배 곽에 슬쩍 넣어 두었다.

우리가 정작 그 텐트에서 보낸 시간은 그렇게 길진 않았지
만, 텐트를 철거하고 보니, 바닥에 깔린 고무 시트 아래에 줄기
가 두꺼운 혐오스러운 무색의 풀이 촘촘히 나 있었다. 필기시
험에 대해선 거의 생각나는 게 없다. 기억나는 거라곤 시험이
전혀 어렵지 않았다는 것뿐이다. 교과서를 탐독하며 보낸 그
긴 봄과 여름의 시간이 스며든 모든 공식과 그래프로 답안지
를 채울 기회가 오히려 부족하다 싶을 정도였다. 미쪽과 나는
어렵지 않게 합격에 필요한 점수를 취득했고, 그 후 모두가 가
장 두려워하는 면접이 이어졌다. 면접관은 소령과 대령, 그리고
꼬깃꼬깃한 작업복을 입은 이마에 삐죽삐죽한 상처가 있는 작
은 노인, 세 명이었다. 내가 우주비행사 과정에 들어가고 싶다
고 말하자, 대령이 쏘베뜨의 우주비행사가 어떤 것인지 정의해
보라고 했다. 한참 생각을 해 봤지만, 나는 정답을 떠올리지 못
했고, 마침내 면접관의 지루한 표정을 보고 그들이 나를 복도
로 내보내려고 한다는 걸 깨달았다.

"그렇군" 그때까지 한 마디도 안 했던 노인이 말했다. "그럼 우주비행사가 된다는 생각을 어떻게 처음 하게 됐는지 기억하나?"

나는 절망적인 기분에 빠졌다. 왜냐하면 그 질문에도 어떻게 대답해야 할지 몰랐기 때문이다. 나는 절망스러운 기분으로 그 붉은 점토 인형과 출구가 없던 마분지 로켓에 대한 얘기를 시작했다. 노인은 내 이야기에 곧 활기를 띠며 눈을 반짝였다. 미쪽과 내가 방독면을 쓰고 복도를 따라 기어가야만 했던 대목에 이르자, 그는 내 팔까지 잡으며 웃음을 터뜨렸다. 그의 이마 흉터가 밝은 선홍색으로 변했다. 그러더니 갑자기 심각한 표정으로 돌변했다.

"우주로 비행한다는 게 얼마나 어려운 일인지는 알고나 있나?" 그가 물었다. "만약 조국이 자네에게 목숨마저 바칠 것을 요구한다면, 어떻게 하겠나? 그 경우, 어?"

"해야 하는 거라면 해야 합니다" 나는 눈썹을 찌푸리며 말했다.

그가 내 눈을 똑바로 쳐다보고 있은 게 아마 3분은 되었을 거다.

"난 자네를 믿네" 그가 말했다. "자네라면 할 수 있겠군"

어린 시절부터 달로 날아가고 싶었던 미쪽도 지원했다는 말을 듣자, 노인은 미쪽의 이름을 서류에 적었다. 미쪽은 나중에, 왜 달에 가고 싶은 거냐고 그 노인이 오랜 시간을 할애해 질문을 했다고 내게 말해 주었다.

다음 날 아침 식사 후, 클럽 회관의 기둥에 합격자 명단이 붙었다. 나의 이름과 미쪽의 이름은 알파벳 순서에서 벗어나, 나란히 적혀 있었다. 무거운 발걸음으로 항의하러 터벅터벅 걸어가는 소년들, 흰 선이 열십자 무늬로 그어진 아스팔트 위에서 기뻐서 펄쩍펄쩍 뛰는 소년들, 집에 전화하러 뛰어가는 자들…… 그들 모두의 머리 위, 저 무색의 8월 하늘에 한 줄기 하얀 비행기구름이 떠 있던 게 생각난다.

1학년 사관후보생으로 입학한 학생 전원은 항공 교관 앞에 불려 갔다. 교관들은 클럽 회관의 강당에서 이미 우리를 기다리고 있었다. 두꺼운 벨벳 커튼, 무대의 폭을 다 차지하는 큰 테이블, 테이블에 앉아 있던 엄격하고 딱딱해 보이는 장교들의 모습이 기억난다. 매부리코를 가진 젊어 보이는 중령이 모임을 주재했다. 중령이 말하는 동안 나는, 비행사 옷을 입고 압박 헬멧을 쓰고 고가의 청바지처럼 얼룩으로 뒤덮인 미그 전투기의 조종실에 앉아 있는 그의 모습을 상상했다.

"그래, 제군들. 제군들을 두렵게 하는 말로 얘기를 시작하고 싶지는 않다. 하지만 제군들도 잘 알다시피, 우리는 우리가 살고 있는 시대를 선택하지 않았다. 시대가 우리를 선택한 것이다. 어쩌면 이런 정보를 제군들에게 알려선 안 될지도 모르지만, 어쨌든 나는 얘기하려고 한다……"

중령은 잠깐 말을 멈추고, 그 옆에 앉아 있는 소령 쪽으로 몸을 구부려 귀에다 대고 뭔가를 속삭였다. 소령은 얼굴을 찌푸리고는 생각에 잠겨 연필로 탁자를 톡톡 두드리더니 고개를 끄덕였다.

"말하자면" 중령은 조용한 목소리로 말했다.

"최근 군의 정치장교 비공개회의에서 우리가 살고 있는 시대가 '전쟁 직전'으로 정의되었다!"

중령은 반응을 기대하며 잠시 말을 멈췄지만, 청중은 아무것도 이해하지 못한 게 명백했다. 적어도 미쪽과 나는 그랬다.

"설명해 주지" 중령은 아까보다 톤을 낮춰 말을 이었다.

"회의는 7월 15일에 있었다. 그러니까 7월 15일까지 우리는 '전후戰後'를 살고 있었지만, 그 이후로(벌써 한 달이나 지났지) 우리는 지금 '전전戰前'을 살고 있는 것이다. 파악이 되겠는가, 안 되겠는가?"

몇 분간 홀에는 침묵이 흘렀다.

"나는 너희들을 겁주려고 이런 얘기를 하는 게 아니다" 중령이 이번에는 평상시의 목소리로 계속 말했다. "하지만 우리는 우리 어깨 위에 놓인 책임을 잊어서는 안 된다, 알겠나? 여러분이 이 학교를 선택한 건 잘한 것이다. 우리는 여러분을 비행사로서만이 아니라, 진정한 인간으로 거듭나도록 교육한다는 것을 말해 두는 바이다. 그리고 한 가지만은 확신해도 좋다. 졸업증서와 계급장을 손에 쥐는 날, 여러분은 진정한 인간으로 새로 태어나게 될 것이라는 것을. 세계에서 유일하게 쏘베뜨 땅에만 존재하는 '진정한 인간'으로 말이다"

중령은 자리에 앉아 넥타이를 고쳐 매고 컵의 가장자리에 입술을 댔다. 그의 손이 떨리고 있었고, 그의 이빨이 유리컵에 부딪치는 희미한 소리가 들리는 것 같았다. 소령이 자리에서 일어났다.

"제군들" 소령이 노래하는 듯한 목소리로 말했다. "지금은 사관후보생들이라고 불러야 더 정확하겠지만, 어쨌든 나는 여러분을 제군들이라 부르고 싶다. 제군들! 보리스 뽈레보이[1]의 기록으로 불멸이 된 전설적인 영웅의 이야기를 기억하는가! 우리 학교 이름이 바로 그 업적을 기리는 차원에서 따온 것이다! 그는 전쟁에서 두 다리를 모두 잃었다. 하지만 다리는 잃었지만 그는 심장은 잃지 않았다. 의족으로 다시 일어서서 더러운 나치 쓰레기들을 쳐부수기 위해 이카로스처럼 하늘로 날아올랐다! 많은 이들이 그에게 불가능한 일이라고 했지만, 그는 무엇이 가장 중요한 것인지 결코 잊지 않았다. 바로 그가 쏘베뜨의 인간이라는 사실이다! 진정한 인간! 그리고 제군들도 이 점을 결코 잊어서는 안 된다, 그 어떠한 경우에도 절대로! 비행교관 일동은 물론, 본교의 정치장교로서 나 개인도 제군들에게 약속하겠다. 우리는 최단기간에 제군들을 진짜 인간으로 만들

1　　　보리스 니꼴라예비치 뽈레보이(1908~1981). 전쟁 영웅을 그린 『진정한 인간의 이야기』로 1946년 스딸린상을 받은 소설가, 언론인. 그의 이 대표작은 쎄르게이 쁘로꼬피예프에 의해 오페라로 만들어지기도 했다.

것이다!"

그러고 나서 그들은 우리가 텐트에서 철수하고 들어가게 될 사관후보생 1학년의 막사를 보여 주고는, 바로 식당으로 데리고 갔다. 먼지 쌓인 미그와 이엘[2]의 모형 비행기들이 천장에서 줄에 매달려 달랑거리고 있었다. 그 모습이 꼭 고속 편대비행 중인 검은 파리들 위에 떠오른 거대한 공중 정원처럼 보였다.

저녁은 끔찍하게 맛이 없었다. 별 모양 마카로니가 들어 있는 물 같은 수프에 쌀을 곁들인 질긴 닭고기, 데친 과일. 식사가 끝나자 졸음이 쏟아졌다. 미쪽과 나는 겨우겨우 침대로 다가가, 곧바로 곯아떨어졌다.

---

2   '이.엘.(ИЛ)'이란 러시아어로는 '일'이라고 발음하는데, 설계자의 이름을 따서 부르는 '일류쉰Ильюшин 항공기'의 약칭이다. 보통 '일류쉰' 혹은 '일류쉰기' 라고 부른다.

)

　다음 날 아침 나는 귀에 울리는, 고통과 혼란으로 가득 찬
커다란 신음 소리에 잠을 깼다. 사실 그와 똑같은 소리를 자면
서 오랫동안 들었는데, 특히 크고 애처롭게 흐느끼는 소리에
눈을 번쩍 뜨고 완전히 잠에서 깬 것이다. 나는 눈을 뜨고 주위
를 돌아보았다. 주위의 침대들이 이상하게 꿈틀대고 소리 죽여
울부짖으며 살아 있는 것 같았다. 나는 팔꿈치에 기대 몸을 일
으켜 보려 했으나 할 수 없었다. 짐이 가득 든 여행 가방을 묶
을 때 사용하는 폭 넓은 벨트 몇 개로 내 몸이 침대에 묶여 있
었기 때문이다. 기껏해야 머리를 양옆으로 약간 돌릴 수 있을
뿐이었다. 옆의 침대에서, 그 전날 밤 알게 된 뗀다 마을 출신
의 시골 청년 슬라바의 고통에 가득 찬 눈이 나를 응시하고 있
었다. 그의 얼굴 하관은 팽팽하게 묶인 헝겊으로 감춰져 있었
다. 나는 그에게 도대체 무슨 일인지 물어보려고 입을 열려 했

지만, 혀를 움직일 수 없고, 마비가 된 듯 얼굴 하관에 아무런 느낌도 없다는 것을 깨달았다. 나는 내 입도 결박되고 재갈이 물려져 있는 게 아닌가 싶었지만, 놀랄 틈도 없이 두려움이 먼저 엄습했다. 슬라바의 다리가 있어야 할 곳에 모포가 폭 파여 있고, 새로 빨아 풀을 먹인 모포 커버가 수박 주스를 면 수건에 흘린 것 같은 붉은 반점들로 얼룩져 있었다. 그보다 더 오싹한 것은 나도 다리에 감각을 느낄 수 없고, 다리를 보기 위해 얼굴을 쳐들 수조차 없다는 사실이다!

"제5소대!" 문 근처에서 중사의 낭랑한 베이스 목소리가 무수한 암시로 가득 차 있는 듯한 억양으로 외쳤다. "응급 치료소로!"

곧바로 열 명 남짓한 남자들이 병실로 들어왔다. 그들은 2학년과 3학년 생도들이었다(좀 더 정확히 말하자면, 군 복무 2년차, 3년차 된 사관후보생으로, 나는 그들의 소매에 붙은 계급장을 보고 알 수 있었다). 나는 그들을 처음 보았는데, 장교들은 그들이 감자 수확 지원을 나갔다고 했었다. 그들은 끝이 구부러지지 않는 이상한 부츠를 신고 있어서 벽이나 침대 끝을 잡고 위태롭게 걸었다. 나는 그들의 얼굴이 무척이나 창백하고 병약해 보인다는 걸 눈치챘다. 긴 기간 이어진 끝나지 않는 고통의 자취와 언제든 각오가 되어 있는 굳은 표정이 그 얼굴들에서 가시지 않았다. 뜬금없지만, 그 순간 예전에 여름 캠프의 연병장에서 미쪽과 내가 다른 모든 아이들과 함께 반복해 외쳤던 소년단 구호가 떠올랐다. 그리고 나는 그 7월의 투명한 아침에 일렬종대로 선 우리가 "각오되어 있습니다!"라고 큰 소리로 외치며 스스로를, 또 동료들을 얼마나 기만했던지 깨달았다.

그 2, 3학년 생도들은 1학년 생도들이 신음하고 꿈틀대며 묶여 있는 침대를 차례차례 복도로 밀고 나갔고, 마침내 방에는 두 개의 침대만이 남았다. 창가에 있던 내 침대와 미쪽이 누워 있는 침대였다. 나는 결박 끈 때문에 미쪽을 제대로 볼 수 없었지만, 곁눈으로 힐끗 보니, 그는 조용히 잠들어 있는 듯했다. 그들은 약 10분 후쯤 다시 우리에게 오더니 발이 앞쪽에 오도록 침대를 돌려서 복도를 따라 밀고 갔다. 생도 하나가 침대를 밀고 다른 한 명이 뒷걸음질 치며 자기 쪽으로 침대를 끌어당겼다. 마치 쫓아오는 침대를 피하려다 질질 뒤로 끌려가는 것 같은 모습이었다. 그들은 양쪽으로 문이 닫히는 좁고 긴 승강기 안으로 우리를 드르륵 밀어 넣고는 위로 올라갔다. 승강기 문이 열리자 2학년 생도가 마찬가지로 후진하며 또 다른 복도를 따라 침대를 밀고 갔다. 우리는 검은색으로 덮개가 씌워진 문 옆에 세워졌는데, 불편한 자세 때문에 문에 적힌 커다란 갈색 명판을 읽지 못했다. 문이 열리고 나는 항공 투하폭탄 형태의 거대한 크리스털 샹들리에가 천장에 매달린 방 안으로 밀려 들어 갔다. 벽의 상부에는 낫과 망치[1], 포도 넝쿨에 휘감긴 항

---

1   낫과 망치는 쏘련의 상징으로, 국기와 국장에서 볼 수 있다.

아리 문양 등으로 이루어진 얇은 돋을새김 장식 띠가 둘러져 있었다.

그들이 줄을 풀어 주자, 나는 다리 쪽을 보려고 팔꿈치에 기대 몸을 일으켰다. 내 바로 맞은편, 방 안쪽에 있는 거대한 크기의 책상 위에는 녹색 램프가 놓여 있었다. 세로로 길고 폭이 좁은 창문에서 비스듬히 들어오는 회색 빛이 그 책상을 비추고 있었다. 책상에 앉아 있던 사람은 넓게 펼친 「쁘라브다」지[2]에 가려 내 쪽에서는 보이지 않았다. 신문 일 면에서는 주름이 자글자글한 어떤 얼굴이 반짝이는 친절한 눈으로 나를 응시했다. 바닥의 리놀륨이 끼익하는 소리를 내면서 미쪽의 침대가 내 옆에 멈춰 섰다.

신문은 페이지를 넘기는 부스럭대는 소리를 몇 번 내다가 탁자에 내려놓았다.

우리 앞에 모습을 드러낸 이는, 면접 도중 내 팔을 잡았던, 이마에 흉터가 있는 그 작은 노인이었다. 이제 그는 단춧구멍이 금색 양단으로 수놓아진 중장 제복을 입고, 머리는 단정하게 빗어 넘겼으며, 눈빛은 맑고 진지했다. 나는 그의 얼굴이 바로 몇 분 전 「쁘라브다」 일 면에서 나를 바라보고 있던 사람을 복제한 것과 똑같아 보인다는 것을 알아챘다. 마치 처음에 한

---

2 러시아의 대표적인 일간지. 러시아 언론계의 지도적인 위치를 차지하는 으뜸가는 국영 신문. 1912년 창간되어 쏘련 붕괴 전까지 공산당 기관지로서의 역할을 했다. 여러 차례 발행 정지 처분을 받은 바 있다.

참 동안 성상화 하나를 보여 준 다음, 같은 자리에 다른 성상화가 서서히 떠오르는 모습을 보여 줬던 어떤 영화[3]에서처럼. 영화에서는 각 그림이 흡사하지만 서로 다른 그림이었고, 변해가는 순간도 애매해서 눈앞에서 얼굴이 바뀌는 것 같았었다.

"자, 제군들. 지금부터 자네들과 나는 꽤 오랜 시간 자주 봐야 할 것 같으니, 나를 비행 책임자 동지라고 불러도 좋다. 먼저 자네들의 시험 결과를 축하한다는 말을 하고 싶다. 특히 면접 결과를" 노인이 눈을 찡긋하며 말했다. "자네들은 쏘베뜨사회주의연방공화국 까게베[4] 제1과 부속 기밀우주학교 입학 대상으로 선발되었다. 진짜 인간이 되는 건 잠시 뒤로 미루고, 대신 모스끄바로 갈 준비를 하도록 해라. 그곳에서 나를 다시 보게 될 것이다"

우리가 빈 병실로 다시 옮겨지고 나서야 나는 그 노인이 한 말의 의미를 깨달았다. 병실까지 침대에 탄 채로 다시 긴 복도를 지나는데, 침대의 작은 바퀴 아래서 리놀륨이 향수를 자아내는 작은 소리를 내는 걸 들으니, 어쩐지 그 7월의 바닷가가 떠올랐다.

미쪽과 나는 그날은 하루 종일 잠을 잤다(그들이 우리의 저녁 식사를 전날 저녁에 가져다준 것 같았으나, 나는 다음 날까지 계속 잠에 취해 있

---

3   따르꼽스끼의 영화 〈안드레이 루블료프〉를 가리킴.

4   '까게베(КГБ)'는 '국가보안위원회Комитет государственной безопасности'의 약칭으로, 쏘련 국민과 외국인의 활동을 감시하던 비밀경찰이다. 영어로는 KGB.

었다). 저녁에 노란 머리의 쾌활한 중위가 부츠를 시끄럽게 삐걱거리며 병실로 들어왔다. 그는 웃고 농담을 하면서 우리 침대를 차례로 밀어 아스팔트가 깔린 연병장에, 조개 모양의 콘크리트 지붕이 있는 연단 앞에 가져다 놓았다. 연단에는 비행 책임자 동지를 비롯해, 지식인풍의 고급장교 몇 명이 친절한 얼굴을 하고 탁자 뒤에 앉아 있었다. 미쪽과 나는 물론 제 발로 그쪽으로 걸어갈 수도 있었지만, 중사가 이것은 1학년 생도 복무규정이니, 동료들을 동요시키지 않기 위해 그냥 조용히 누워 있으라고 명했다.

그 많은 침대들이 빈틈없이 배열해 있는 연병장의 광경은 마치 자동차 공장이나 트럭 공장의 마당처럼 보였다. 연병장 위를 억제된 신음 소리가 복잡한 궤적을 그리며 이리저리 날아다녔다—이쪽으로 멀어져 사라지는가 싶다가, 다른 쪽에서 다시 되살아났고, 그러다 제3의 장소에서 다시 이어졌다. 보이지 않는 거대 모기가 침대들 위를 이리저리 쏘다니기라도 하는 것 같았다. 노란 머리 중위가 가는 길에 우리에게, 이제부터 최종 국가시험을 겸한 졸업 파티가 시작된다고 말했다.

곧 우리는 그 중위가 50명의 그와 같은 중사들의 선두에 서서 심사 위원들을 위한 '깔린까' 춤을 추는 모습을 보게 되었다. 그는 창백하고 초조한 듯 보였지만, 정치장교의 엉성한 아코디언 반주에 비해선 비교할 수 없을 정도로 능숙한 솜씨를 보였다. 중위의 이름은 란드라또프였다. 나는 비행 책임자 동지가 그에게 붉은색 수료장을 주며 축하의 말을 건넸을 때 그 이름을 들었다. 이어서 다른 사람들도 모두 똑같은 춤을 계속 추었고, 이윽고 보는 게 지루해졌다. 나는 연병장 바로 옆에 있는 경기장 쪽으로 시선을 돌렸고, 왜 그곳이 그렇게 두꺼운 야생풀로 뒤덮였는지 단박에 깨달았다.

나는 침대에 누워 풀 줄기가 바람에 흔들리는 모습을 바라보았다. 망가진 축구 골대 너머로 보이는, 가시 돋친 철조망으로 뒤덮이고 군데군데 비로 금이 간 회색 담장이 나에게는 만리장성 같았다. 그 장성은 축대가 휘어지고 이가 빠졌음에도 불구하고 수천 년 전과 마찬가지로 먼 중국의 초원부터 자라이스끄 마을까지 이어져, 그걸 배경으로 두고 보면 주위의 모든 것들이 고대 중국풍으로 보였다. 심사 위원들이 있는 격자무늬 정자, 한물간 구식 전투기, 고색창연한 군용 텐트. 나는 기념으로 갖고 있던 니켈 도금된 구형 막음쇠를 주먹 안에 움켜쥐고서 이 모든 것들을 침대에 누워 바라보았다.

다음 날 나와 미쪽은 트럭을 타고 여름이 무르익은 숲과 들판을 달렸다. 우리는 각자의 배낭 위에 앉아 시원한 강철로 된 트럭 옆면에 몸을 기댔다. 트럭의 방수포 덮개 가장자리가 펄럭이던 모습이 기억나고, 그 너머로 나무줄기와 이미 오래전에 전선이 끊어져 버린 메마른 회색의 전신주가 언뜻언뜻 지나가는 게 보였었다. 때때로 나무들이 갈라진 틈으로, 삼각형의 수심에 잠긴 창백한 하늘이 얼핏 보였다. 이윽고 트럭이 정차하더니, 5분간의 정적이 흘렀다. 둔탁한 총성이 멀리서 간헐적으로 들려올 뿐이었다. 소변을 보기 위해 트럭에서 내린 운전수가 설명해 주기를, 근처에 있는 알렉싼드르 마뜨로쏘프 기념 보병학교의 사격장에서 들리는 기관총 소리라고 했다. 그러고는 다시 끝없이 계속되는 트럭의 털컹거림이 이어졌다. 나는 곯아떨어졌다가 모스끄바에 다 와서야 몇 초간 눈을 다시 떴는데, 그 순간 마침 방수포 틈으로 나의 학창 시절, 어느 여름방학의 기억으로부터 흘러나온 것 같은 광경이 얼핏 보였다. 백화점 〈어린이 세계〉의 아치 입구였다.[5]

---

5   백화점 〈어린이 세계〉는 모스끄바의 루반까 광장을 사이에 두고 까게베 본부 건물과 인접해 있다.

어렸을 때 나는, 잉크 냄새가 나는 갓 인쇄된 신문을 펼치면 한가운데에 내 사진이 게재되어 있는 모습을 상상하곤 했다. 헬멧을 쓰고 미소를 짓는 내 사진 아래에 이렇게 적혀 있는 것이다. 〈우주비행사 오몬 끄리보마조프 씨 최고의 순간을 만끽하고 있다!〉 이런 걸 왜 내가 그토록 원했는지 지금 생각하면 잘 이해가 가지 않는다. 아마도 나는 다른 사람, 그 사진을 보고 나에 대해 생각하고 나의 생각과 감정과 마음의 상태를 상상해 보려는 사람들의 눈을 통해 자기 인생의 일부를 체험해 보길 꿈꿨던 것 같다. 그 경우에 무엇보다 중요한 것은 아마도, 나 자신 역시 그런 타인의 한 사람이 되어 보는 것이다. 수천 개의 망점들로 만들어진 나 자신의 얼굴을 응시하고 이 사람은 대체 어떤 종류의 영화를 좋아할까, 어떤 여자를 애인으로 사귈까 등등 궁금증에 푸욱 빠져 있다가는 문득 깨어나서 눈치를 채는 것이다. 이 오몬 끄리보마조프라는 사람이 바로 나라고. 그 이후로 나는 모르는 사이에 서서히 바뀌어 갔다. 다른 사람들은 어차피 나에 대해 관심이 없다는 걸 깨달은 이후, 다른 사람의 의견에 관심을 갖지 않게 되었다. 내가 타인들의 사진에 무관심한 것처럼, 다른 사람들도 나나 내 사진에 대해 생각하지 않을 거라는 걸 깨달았기 때문이다. 그래서 내 영웅적 업적에 대한 소식이 누구에게도 알려지지 않을 거라는 말을 들었을 때에도 전혀 아무렇지 않았다. 정작 내가 충격을 받은 것은, 내가 영웅이 되지 않으면 안 된다는 얘기를 듣고 나서였다.

미쪽과 나는 도착한 다음 날, 수보로프 육군유년학교 제복과 닮은, 베까우(BKY)라는 알 수 없는 약자가 적힌 밝은 노란색 견장이 달린 검은 제복을 갖춰 입기 무섭게 비행 책임자 앞에 차례로 불려 갔다. 미쪽이 먼저 간 다음, 나는 한 시간 반 정도 후에 불려 갔다.

눈앞에서 커다란 오크 문이 열렸을 때, 나는 깜짝 놀라고 말았다. 보이는 광경이 어떤 전쟁 영화에서 본 장면과 너무나도 흡사한 것이었다. 한가운데 커다란 황색 지도로 덮인 탁자가 있고, 제복을 입은 남자들이 탁자를 빙 둘러싸고 서 있었다. 비행 책임자와 장군 세 명(각각 다른 얼굴들인데도 모두가 극작가 젠리흐 보로빅의 판박이 같았다), 대령 두 명이 있었다. 대령 중 한 사람은 밝은 선홍색 얼굴의 작고 뚱뚱한 남자고, 다른 쪽은 병약한 작은 소년이 나이 든 것처럼 보이는, 머리숱이 많지 않은 왜소한 남자로, 선글라스를 쓰고 휠체어에 앉아 있었다.

"이분은 항공관제센터 소장, 할무라도프 대령" 비행 책임자가 붉은 얼굴의 뚱뚱한 남자를 가리키며 말했다.

할무라도프가 고개를 까딱했다.

"이분은 우주비행사 특별 부대 정치장교, 우르차긴 대령"

휠체어에 탄 대령이 얼굴을 내 쪽으로 돌리고 약간 절을 하며 앞으로 숙이더니 나를 자세히 보려는 듯 선글라스를 벗었다. 나는 나도 모르게 몸을 떨었다. 그는 맹인이었다. 한쪽 눈의 눈꺼풀은 완전히 붙어 있었고, 다른 쪽 눈의 하얀 점막은 속눈썹 틈으로 탁하게 빛났다.

"밤락 이바노비치라 부르게"[1] 그가 높은 테너 목소리로 말했다. "자네와 가깝게 지내게 되길 바라네, 오몬"

비행 책임자는 장군들에게는 나를 소개하지 않았고, 장군들도 내가 거기 있다는 것조차 인지하지 못한 듯이 행동했다. 하지만 그들 중 한 명을 자라이스끄 항공학교 입시 때 본 것 같다는 생각이 들었다.

"끄리보마조프 생도입니다" 마침내 비행 책임자가 나를 소

---

1   러시아에서 성명은 '이름+부칭+성'으로 구성되는데, 보통 '이름과 부칭'만으로 부르는 것은 정중함과 공적인 예를 갖출 때인 경우가 많다. 그런데 이 경우에는 약간 달라서 '~대령님'이나 '~대장님'과 같은 딱딱한 직무상의 호칭이 아니라, 일상에서의 대인 관계와 같은 분위기에서 지내고 싶다는 의미로 오몬에게 다정다감하게 대하겠다는 의사 표시를 하고 있는 것으로 보인다.

개했다. "자, 그럼 얘기를 시작해 볼까?"

그는 내 쪽으로 몸을 돌리더니 양손을 배 위에 맞잡고 다음과 같이 말했다. "오몬, 자네도 신문이나 영화를 봐서 미국인들이 달에 비행사를 착륙시키고, 또 발동기 차량을 타고 돌아다니기도 했다는 걸 알고 있을 거라고 보네. 그들의 목적은 일견 평화적이지만, 그건 어떻게 보느냐에 따라 완전히 달라질 수도 있지. 어떤 작은 나라, 가령 중앙아프리카에 있는 나라의 보통 노동자를 한번 상상해 보게나"

비행 책임자는 얼굴을 찌푸리며 소매를 걷어 올리고 눈썹의 땀을 훔쳐 내는 몸짓을 했다.

"그런 노동자가 어느 날 달에 착륙한 미국인들을 보게 된 상황을 생각해 보란 말이지. 아 우리는 언제나 한번…… 이해하겠나?"

"예, 중대장 동지!" 나는 대답했다.

"오몬, 자네가 이제부터 준비하게 될 우주 실험의 주된 목적은 우리가 기술적으로 서방 국가들에 전혀 뒤지지 않으며, 우리도 탐사선을 달에 보낼 수 있다는 걸 전 세계에 보여 주는 것이네. 지금 우리나라의 기술력으로는 귀환 가능한 유인선有人船을 달에 보내는 건 불가능하네. 하지만 다른 방법이 없는 것은 아니지. 가령 귀환시킬 필요가 없는 자동 조작 기계장치를 보내는 것 정도는 말이지"

비행 책임자는 돌출된 산맥과 작은 분화구들이 있는 입체

지형도 위로 몸을 숙였다. 그 중앙에는 방금 손톱에 긁힌 것 같은 밝은 적색 선이 그어져 있었다.

"이것은 달 표면의 일부분이네" 비행 책임자가 말했다. "자네도 알다시피, 오몬. 우리나라의 우주과학 계획은, 달의 밝은 이쪽 면에 착륙한 미국인들과 달리, 대개 달의 저편을 연구해 왔네. 여기 이 긴 선은 수년 전 우리 인공위성 중 하나가 발견한 '레닌 단층'이라네. 작년에 이 특별한 지질 형성 지대에 달 표면 토양 샘플을 가져오는 목적으로 파견된 자동 탐사선 한 대가 있었지. 예비 조사 결과, 그 단층에 대한 추가 연구가 불가피하다고 의견이 모아졌지. 우리의 우주 계획은 기본적으로 자동기계에 의존하고 있다는 건 알고 있겠지. 즉 인명을 걸고 도박하고 있는 게 미국이라면, 우리는 오직 기계만 위험에 노출시킬 뿐이라고. 그래서 소위 루노호뜨[2]라고 불리는 특수한 자체 추진 차를 보내서 단층 바닥을 따라 달리며 지구에 정보를 보내도록 하자는 생각을 하게 된 걸세"

비행 책임자는 책상 서랍을 열고, 내게서 눈을 계속 떼지 않은 채 한 손으로 서랍 안을 뒤지기 시작했다.

"단층의 전체 길이는 150킬로미터지만 너비와 깊이는 수 미터가 되느냐 마느냐 정도라네. 계획으로는, 루노호뜨가 단층을

2　　'달'과 '걸음(걷기)'이라는 단어의 합성어. 월면(주행)차, 월면보행차 정도의 의미. 쏘련이 달 표면 무인 탐사를 위해 개발한 월면자동차의 이름.

70킬로미터 정도 달리게 되어 있어. 배터리가 견딜 수 있는 최대 거리지. 그래서 단층 중심에 무선 표식을 설치하고, 〈미르³〉나 〈레닌〉이나 〈CCCP〉 같은 단어를 전파 신호로 변환해 우주에 발신하게 되는 거야"

붉은색의 작은 장난감 자동차가 그의 손에 들려 있었다. 그는 그것의 태엽을 감더니 지도의 붉은 선이 시작되는 지점에 올려놓았다. 장난감 차는 윙윙거리는 소리를 내더니 앞으로 나아갔다. 여덟 개의 작고 검은 바퀴가 달린 양철통 같은 그것의 동체 옆면에는 CCCP라는 글자가 새겨져 있고, 앞면에는 눈 같은 두 개의 돌기가 있었다. 모두들 그것의 움직임을 눈으로 좇았다. 우르차긴 대령조차 다른 사람과 함께 얼굴을 돌렸다. 장난감 차는 탁자 모서리까지 가서 바닥으로 떨어졌다.

"뭐, 대충 이런 식이랄까" 비행 책임자가 생각에 잠겨 말하면서, 내 쪽을 힐끗 쳐다보았다.

"질문 하나 해도 되겠습니까?" 내 목소리가 울리는 게 느껴졌다.

"뭔가?"

"루노호뜨는 자동 운전 기계가 확실합니까, 중대장 동지?"

"확실하네"

"그렇다면 제가 필요한 이유는 무엇입니까?"

3   러시아어로 '평화'와 '세계'라는 두 가지 뜻이 있다.

비행 책임자는 시선을 내리깔더니 한숨을 내쉬었다.

"우르차긴 대령!" 그가 말했다. "그럼 부탁하네"

휠체어의 전기모터가 윙윙 소리를 내면서 우르차긴 대령이 탁자 쪽에서 비켜 나왔다.

"잠시 산책 좀 할까" 대령이 곁으로 다가와 내 소매를 잡았다.

나는 묻는 듯한 시선으로 비행 책임자를 쳐다보았다. 그가 고개를 끄덕였다. 나는 우르차긴을 따라 복도로 나갔고, 우리는 천천히 복도를 따라 걷기 시작했다. 즉, 나는 걷고 그는 옆에서 레버로 속도를 조절하며 휠체어를 타고 갔다. 레버 끝에는 속에 붉은 장미가 조각된 수공으로 만든 아크릴 수지의 유리 공이 달려 있었다. 몇 번이고 우르차긴은 입을 열어 말을 꺼내려 했지만, 매번 입을 도로 닫았고, 어떻게 얘기를 시작해야 할지 그가 모르는 것 같다는 생각이 들려는 무렵, 돌연 습기가 느껴지는 작은 손이 정확하게 내 손목을 잡았다.

"이제부터 내가 하는 말을 일단 끝까지 잘 들어 보게, 오몬" 그는 허물없이 마음을 터놓는 듯한 어조로 말했다. 마치 우리가 방금 모닥불 주위를 돌면서 같이 노래라도 부른 것처럼. "커다란 얘기부터 시작하지. 자네도 알다시피, 인류의 운명은 복잡하게 얽힌 매듭들과 아무 의미도 없어 보이는 것들, 받아들이기 어려운 쓰디쓴 현실로 가득 차 있지. 아주 명료하고, 아주 정확하게 사태를 봐야 하네. 너무 많은 실수를 하지 않으려면 말이지. 역사에서 일어나는 일은 교과서하고는 다르게 벌어지지. 선진국을 염두에 둔 마르크스 학설이 최고로 후진적인 국가에서 승리를 거두었다는 것 자체가 변증법 아니겠나. 우리 공산주의자들은 우리의 사상이 옳다는 것을 증명할 시간이 없었어. 전쟁이 너무 많은 힘을 소진시켜 버렸으니까. 과거의 잔재나 내부의 적들과의 싸움도 너무 길었지. 기술 면에서 서방을 제압할 시간이 없었던 거야. 하지만 사상 경쟁은 한 순간도 물러설 수 없는 싸움이지. 역설은—이 또한 변증법의 일면인데—우리가 거짓으로 진실을 지탱한다는 데 있네. 왜냐하면, 모든 것을 정복하는 진실을 안에 담고 있는 마르크스주의와 자네가 목숨을 바쳐 추구하게 될 그 목표라는 건 형식적으로는 일종의 거짓이기 때문이지. 하지만 이것은 그대가 영웅이 되기 위해……"

나는 명치 근처가 섬뜩해지는 걸 느끼며 반사적으로 손목을 빼내려고 했지만, 우르차긴 대령의 손가락은 작은 강철 고리라도 된 듯이 꿈쩍도 안 했다.

"자네가 영웅적인 위업을 더 자각적으로 행할수록, 그 위업이 더 위대한 진실에 가까워지고, 자네의 짧고 아름다운 삶의 의미가 더욱더 커질 걸세!"

"목숨을 바친다고요? 위업이라니 무슨 말씀이신지" 나는 명명해진 목소리로 물었다.

"다른 위업이 뭐가 있겠나" 그는 놀란 듯 여전히 조용하게 말했다. "자네와 자네 친구 같은 젊은이들이 백 명이 넘게 완수해 온 위업이라네"

대령은 잠시 아무 말도 없더니 이전의 어조로 계속 말을 이었다. "우리의 우주 계획이 자동 조작 기술에 기초한다는 얘기는 들었겠지?"

"네"

"그럼 329호실로 나와 함께 가세나. 거기서 우리의 우주용 자동기계에 대해 자네에게 설명해 줄 걸세"

）

"대령 동지!"

"대령 동지?" 대령이 놀리듯이 내 말을 반복했다. "자라이스끄에서 자네에게 생명을 바칠 준비가 되었는지 묻지 않았나? 그때 자네 뭐라고 대답했나?"

나는 방 한가운데 바닥에 고정된 철제 의자에 앉아 있었다. 팔은 팔걸이에, 다리는 의자 다리에 가죽끈으로 묶여 있었다. 창문에는 두꺼운 차양이 내려져 있고, 구석에는 다이얼이 없는 전화기가 놓인 작은 책상이 있었다. 정면에는 휠체어에 앉은 우르차긴 대령이 있었다. 그는 웃는 얼굴로 말했지만, 나는 그가 더없이 진지하다는 걸 알 수 있었다.

"대령 동지, 저는 그저 평범한 소년에 불과하다는 걸 알아주셨으면 합니다. 대령님이 생각하시는 만큼 저는 훌륭한 사람이…… 그런 일을 할 만한 사람이 아니라는 걸……"

우르차긴이 움직이기 시작하자 그의 휠체어가 윙윙거렸다. 그는 곧장 나에게 다가오더니 멈췄다.

"잠깐만, 오몬" 그가 말했다. "잠깐만. 이제 본론으로 들어가지. 자네는 우리 국가의 대지를 적신 피가 누구의 것이라고 생각하는 건가? 어떤 특별한 종류의 피라고 생각하는 거겠지? 어떤 특별한 사람들이나 흘리는?"

그는 한 손을 뻗어 내 얼굴을 만지더니, 메마른 작은 주먹으로 내 입을 때렸다. 그다지 세게는 아니지만, 입 속에서 피 맛이 느껴질 만큼의 강도로.

"바로 이런 종류의 피로 적셔진 것이네. 자네 같은 젊은이들의……"

그는 내 목을 톡톡 건드렸다.

"화내지 말게" 그가 말했다. "나는 이제부터 자네에게 제2의 부친이나 다름없어. 벨트로 후려갈겨라도 줄까? 여자애처럼 왜 그렇게 움찔하나?"

"저는 영웅이 될 마음의 준비가 되어 있지 않습니다" 나는 혀로 피를 핥아 닦아 내면서 말했다. "그러니까 전혀 각오가 되어 있지 않기 때문에…… 자라이스끄로 돌아가는 게……"

우르차긴은 내 쪽으로 몸을 기대고 목을 톡톡 치면서 부드럽고 온화한 목소리로 말했다.

"바보같이 왜 그러는가 옴까[1]! 그게 바로 영웅의 본질임을 알아야 해. 영웅이 될 각오가 되어 있는 사람은 아무도 없다고.

그건 준비한다고 되는 게 아니란 말이지. 물론, 포문으로 돌진해 가는 건 연습하면 잘할 수 있지. 잘하면 가슴으로 깔끔하게 덮치면서 떨어지는 요령도 익힐 수 있어. 우리는 그런 모든 요령을 가르친다. 하지만 영웅적 행위를 하게 하는 내면의 움직임은 가르칠 수 있는 게 아니라, 그저 수행될 뿐이지. 자네가 더 살고 싶어 하면 할수록 위업에는 도움이 되네. 영웅적 행위라고 하는 것은 가령 그것이 눈에 보이지 않는 것이라 해도, 국가에게는 불가결의 일이야. 그것이 가장 중대한 힘을 발휘하는 것은……"

까마귀의 커다란 울음소리가 들렸다. 새의 검은 그림자가 차양을 스치고 지나갔고, 대령은 침묵에 빠졌다. 그는 휠체어에 앉아 잠시 생각에 잠겨 있다가, 모터를 작동시켜 복도로 굴러 나갔다. 문이 그의 등 뒤에서 쾅 하고 닫히더니 잠시 후 다시 열리고 노란 머리 공군 중위가 손에 짧은 고무호스를 가지고 들어왔다. 낯이 익었지만, 어디서 본 얼굴인지 생각이 나지 않았다.

"나 알아보겠나?" 그가 물었다.

나는 고개를 저었다. 그는 탁자 쪽으로 가서 그 위에 앉더니, 아코디언 같은 주름이 있는 반짝이는 검은 부츠를 달랑거리며

---

1   러시아에서는 친근감을 표시하거나 연장자가 어린 사람을 다정하게 부를 때 여러 가지 애칭을 사용하는데, '옴까'는 '오몬'의 애칭이다.

흔들었다. 그 모습에 어디서 그를 봤는지가 기억이 났다. 자라이스끄 항공학교에서 나와 미쪽의 침대를 밀어 연병장에 내갔던 중위였다. 그의 이름까지 기억이 났다.

"란…… 란……"

"란드라또프" 고무호스를 구부리며 그가 말했다. "너하고 얘기를 좀 해 보라고 하더군. 우르차긴이 말이다. 너 정말 마레시예프 항공학교로 돌아가고 싶은가, 정말 그런 거야?"

"거기로 돌아가고 싶다고 한 것은 아닙니다" 내가 말했다. "달에 가고 싶지 않을 뿐입니다. 영웅이 되고 싶지 않습니다"

란드라또프는 피식거리며 깔린까 동작으로 자신의 배와 허벅지를 찰싹 때렸다.

"허허" 그가 말했다. "가고 싶지 않다고? 그러면 그들이 이제 널 편안하게 그냥 놔둘 것 같아? 그냥 너 하고 싶은 대로 하게 말이야. 아니면 널 학교로 다시 보내 줄 것 같아? 만약 그들이 그렇게 해 준다 해도, 침대에서 일어나서 목발로 첫걸음을 떼는 건 어떤 기분일지 생각해 봤나? 비라도 오락가락하면 어떤 느낌이 되는지 알아?"

"모릅니다" 내가 말했다.

"아니면, 상처가 아물면 고생 끝이 될 거라고 생각하는 거야? 작년에 생도 두 명이 국가 반역죄로 끌려갔었어. 4년째가 되면, 비행 시뮬레이터 실습도 시작될 터이고. 너 그게 뭔지 아나?"

"모릅니다"

"기본적으로는 실제 비행하는 것과 같아. 조종간과 페달이 있는 조종석에 앉지. 앞에는 텔레비전 화면이 있을 뿐이지만. 그런데 그 두 놈들은 이멜만 반전[2] 연습을 하는 대신에 서방으로 날아가려는 연습을 한 거야. 초저공비행으로 무선 교신 응답을 거부하면서 말이지. 그들을 억지로 끄집어내서 심문이 이뤄졌지. 무슨 생각으로 뭘 하려고 했던 건지. 둘 중 아무도 한마디도 안 하려 했지만, 나중에 한 명이 대답했어. 그저 어떤 기분일지 느껴 보고 싶었다고, 아주 잠깐이라도 좋으니까 한번 체험해 보고 싶었다고"

"그래서 그들은 어떻게 되었나요?"

란드라또프는 옆에 있는 탁자를 고무호스로 찰싹 내리쳤다.

"그런 건 뭐 아무래도 상관없는 일이고" 그가 말했다. "중요한 것은 난 그들의 마음이 아플 만큼 이해가 간다는 거야. 그 놈들은 언젠가는 하늘을 날아다닐 거라는 희망을 계속 품고 있었던 거지. 그러다 결국 사실을 전부 듣고 만 거고…… 다리 없는 놈들을 필요로 할 사람이 누가 있겠나? 애초부터 이 나라엔 항공기라는 게 미국 놈들이 촬영할 수 있게끔 국경 근처에서 날아올랐다 내려갔다 하는 것 몇 기뿐이고. 그리고 게다

2　수평비행을 하다가 반+공중제비를 돌고 다시 수평을 잡기 위해 180도 회전하는 곡예비행.

가……."

란드라또프가 침묵에 빠졌다.

"게다가요?"

"됐어. 신경 쓰지 마. 내가 말하고 싶은 건, 자라이스끄 학교를 졸업한 후에 전투기를 타고 구름 사이를 뚫고 돌진할 거란 생각을 네가 하고 있냐는 거야. 운이 좋으면 항공 방어 지구 합주단에 들어가서 춤추고 노래하게 될지도 모르지. 하지만 대부분은 레스토랑 같은 데서 '깔린까' 춤이나 추다가 삶을 마감하게 될 거야. 삼 분의 일은 술에 절어 살고, 또 다른 삼 분의 일은 수술이 제대로 되지 않아 자살로 삶을 마감하지. 근데 넌 자살은 어떻게 생각하나?"

"잘 모르겠어요." 내가 말했다. "생각해 본 적 한 번도 없습니다."

"난 종종 생각해 보곤 했어. 특히 2학년 때. 그들은 티비로 테니스를 보고 있는데, 나는 목발을 짚고 클럽 회관에서 당직을 서야 했을 때였지. 진짜 비참한 기분이 들었어. 하지만 좀 지나자, 그런 기분도 곧 사라졌어. 일단 현실을 받아들이면, 쉬워져. 그러니 그런 생각이 들어도 굴복하지 않겠다는 것만 기억하면 돼. 넌 달에 가면 온갖 흥미로운 것들을 보게 될 거라 생각하고 있겠지. 하지만 어쨌든 이 끈질긴 놈들은 살아서 가게 두지 않을 거야. 그러니 그들 장단을 맞춰 주는 게 더 낫지. 안 그래?"

"교관님은 그들을 별로 좋아하지 않는 것 같습니다" 내가
말했다.

"그들을 좋아할 이유가 뭐가 있어? 그들이 말하는 건 다 거
짓인데. 비행 책임자랑 얘기할 때, 죽음이라든지 달에 간다든
지 하는 얘기는 하나도 언급하지 마. 그저 자동 조정 시스템 얘
기만 해야 해, 알겠나? 안 그러면 우린 이 방에서 또 만나게 돼.
난 그저 명령을 따를 뿐이야"

란드라또프는 고무호스를 공중에 대롱대롱 흔들더니 주머
니에서 〈비행〉이란 이름이 적힌 담배를 한 갑 꺼내 담뱃불을
붙였다.

"참, 그 네 친구는 곧바로 동의했다구" 그가 내게 일러 주었
다.

밖으로 나오자 머리가 약간 어지러웠다. 회갈색 건물 블록으
로 도시로부터 분리된 안뜰의 광경은 마치 시골 마을의 일부
를 안뜰에 맞게 떼어서 이쪽으로 가져온 것 같았다. 칠이 갈라
지고 벗겨진 목조 정자도 있고, 쇠 파이프를 가공해 만든 철봉
도 있었다. 철봉에는 녹색의 복도 융단이 걸려 있었는데, 누군
가 그것을 쳐서 먼지를 털다 잊어버리고 간 것 같았다. 채마밭,
닭장, 경기장, 몇 개의 탁구대, 땅속에 반 정도 묻힌 낡은 색 타
이어가 빙 둘러 있는 광경을 보자, 곧바로 스톤헨지의 풍경 사
진이 떠올랐다. 미쪽은 출구 옆에 있는 벤치에 앉아 있었다. 나

는 그쪽으로 가서 그의 옆에 앉아 다리를 쭉 펴고, 부츠 안에 쑤셔 넣은 검은 제복 바지를 쳐다보았다. 란드라또프와의 대화 이후, 부츠 안의 다리가 나 자신의 것처럼 느껴지지가 않았다.

"모두 사실일까?" 미쪽이 조용한 목소리로 물었다.

나는 어깨를 으쓱했다. 그가 뭘 의미하는지 정확히 몰랐기 때문이다.

"좋아, 난 비행기에 대한 건 믿어져" 그가 말했다. "하지만 핵무기에 대한 그 얘기는…… 가령 1947년이라면 2백만 명의 정치범들을 모두 한 번에 점프시키면 좋을지도 모르지. 하지만 지금은 그런 정치범들도 없는데, 핵실험은 매달 행해지고 있으니……"

내가 방금 전에 나온 문이 열리더니 우르차긴 대령의 휠체어가 나왔다. 그는 브레이크를 걸고 빙 돌아보듯 두리번두리번 주위에 귀를 기울였다. 나는 그가 이미 얘기했던 것에 대해서 무슨 말인가를 첨언하기 위해 우리를 찾고 있다는 것을 눈치챘지만, 미쪽은 얘기를 멈추지 않았고, 우르차긴은 결국 우리를 방해하지 않기로 마음먹은 모양이었다. 휠체어의 전기모터가 웡 하더니 반대편 건물 쪽으로 나아갔다. 그가 우리 앞을 지나가면서 우리 쪽으로 미소 띤 얼굴을 돌리자, 그의 움푹 꺼진 텅빈 눈구멍이 우리의 영혼을 자애롭게 들여다보는 것처럼 보였다.

☾

　나는 모스끄바 시민 대다수가, 그들이 비밀경찰 건물 옆에 있는 백화점 〈어린이 세계〉 앞에 줄 서고 있을 때나, 루뱐까 역을 통과하는 지하철을 타고 있을 때 그들 발밑 지하 깊숙이에서 무슨 일이 벌어지고 있는지 낱낱이 알고 있을 거라 생각하므로, 여기서 하나하나 되씹지는 않겠다.[1] 다만 우리의 로켓 모형이 실물 사이즈였는데도, 그 옆에 똑같은 크기의 다른 로켓 하나가 더 들어갈 공간이 있었다는 것만 얘기해 두겠다. 승강기는 내려가는 데 너무 오래 걸려서, 가는 중에 책 두세 쪽은 충분히 읽을 수 있는, 낡은 전쟁 전 모델이었다.

　모형 로켓은 군데군데 기운 것같이 널빤지를 붙여 다소 엉성

1　　까게베 본부 지하 일대에 비밀 도시의 거대 본부가 있다는 도시 전설이 있다.

하게 조립한 것으로, 승무원들의 작업 공간만은 실물을 정확히 재현했다. 모두 실습에 사용되는 것인데, 미쪽과 나는 아직은 바로 실습에 투입되지 않고 있었다. 그런데도 우리는 곧바로 지하 깊은 곳으로 보내져, 건설 중인 모스끄바의 전경이 펼쳐져 있는 창문을 모방한 두 개의 그림이 걸린 널찍한 방 안으로 들어갔다. 그곳에는 침대가 일곱 개나 있었기에, 미쪽과 나는 우리가 곧 증원될 것임을 알았다. 그 방은 모형 로켓이 서 있는 훈련장에서 복도를 따라 3분 정도만 걸으면 나왔다. 한편 승강기도 기묘한 느낌을 안겨 주는 물건이었다. 바로 조금 전 천천히 아래로 내려갔다 싶었는데, 이번에 올라가는 시간은 그보다 한참 더 걸리는 것이었다.

우리는 위로 올라가는 일이 별로 없이, 훈련장에서 대부분의 자유 시간을 보냈다. 할무라도프 대령이 모형 로켓을 실례로 보여 주며 로켓 비행의 이론에 대한 간략한 연속 강의를 해 주었다. 기술 장비를 공부할 때 로켓은 단지 교재에 불과했지만, 저녁이 되어 중앙 조명이 꺼지면, 언뜻언뜻 잠깐씩 벽등의 침침한 불빛을 받은 로켓이 오래전에 잊힌 흥분의 대상, 미쪽과 나에게 우리의 유년 시절이 보내는 마지막 인사처럼 변모하곤 했다.

나와 미쪽이 가장 먼저 도착했다. 다른 승무원 멤버들은 어느 정도 기간을 두고 단계별로 하나씩 천천히 모여들었다. 제일 처음 온 이는 선원 출신의 작고 다부진 시골 청년 쇼마 아니낀이었다. 검은 제복이 정말 잘 어울리는 녀석이었다. 반면, 제복 입은 미쪽은 꼭 허수아비처럼 보였다. 쇼마는 매우 차분하고 말도 별로 없이, 모든 시간을 훈련하는 데 썼다(본래 우리 모두는 그러도록 되어 있다)고는 하지만, 사실 그의 임무는 가장 단순하고 낭만적인 구석이 거의 없는 일이었다. 로켓의 제1단계를 담당한 젊은 그의 인생은, 어순을 바꿔 엄숙한 분위기를 연출하는 걸 좋아하는 우르차긴의 말에 의하면, 이륙 후 단 4분만에 끊어질 운명이었다. 전체 탐험 과정의 성공이 그가 맡은 임무의 정확도에 달려 있으니, 그가 가벼운 실수를 하나만 해도 우리는 때 이른 무의미한 죽음과 마주하게 될 것이다. 쇼마는 이러한 책임에 상당한 부담감을 느꼈는지, 빈 막사 안에서 해야 될 동작이 자동적으로 나올 정도로 연마하며 훈련하기도 했다. 쪼그리고 앉아 눈을 감고 입술을 달싹이며 240까지 센 다음 반시계 방향으로 45도씩 움직일 때마다 복잡한 손동작을 이어 갔다. 나는 그가 머릿속에서 로켓 1단계와 로켓 2단계 사이의 빗장을 열고 있다는 걸 알고 있었지만, 그의 동작을 볼 때마다 홍콩 무술 영화의 장면들을 떠올렸다. 이 복잡한 절차를 매뉴얼대로 8회 완수한 다음, 그는 바로 등을 대고 누워서 두 다리를 힘차게 위로 차서 눈에 보이지 않는 제2단계로 가는 문을 미는 동작을 했다. 우리의 제2단계는 쇼마가 도착하고 약 두 달 후에 온 이반 그레치까 담당이었다. 그는 담색 머리에 푸른 눈을 가진 우끄라이나인으로 자라이스끄 3학년 재학 중에 우리 쪽으로 전역해 온 거라 아직 걷는 데 어려움이 있었다. 이반은 따뜻하고 단순한 심성의 소유자였는데, 항상 세상에 미소 짓는 것 같아서 모두들 그 미소 때문에 그를 사랑했다. 이반은 특히 쇼마와 가까운 친구가 되었다. 그들은 서로 계속 놀려 가며 누가 자기 단계 로켓을 분리하는 작업을 더 빨리, 잘 완수해 내는지 겨루곤 했다. 쇼마가 더 민첩했지만, 이반은 빗장 네 개만 열면 되었기에 가끔은 그가 더 빨랐다.

우리의 제3단계는 붉은 얼굴의 오토 플루츠이스로, 깊은 생각에 잠겨 있는 듯한 발트인이었다. 내 기억에, 그는 이반과 쇼마의 막사 안 연습에 한 번도 합류한 적이 없다. 항상 침대에 누워, 공들여 윤을 낸 부츠를 신은 다리를 니켈 도금되어 반짝거리는 침대 틀의 봉 위에 교차시켜 올려놓은 채, 『붉은 전사』 잡지에 나오는 단어 맞추기를 하는 것 같았다. 하지만 그가 로켓 모형의 자기 담당 빗장을 다루는 손놀림을 한번 보면, 우리 로켓에서 안심할 만한 부분이 하나 있다면, 바로 제3단계 분리 시스템이구나 하고 깨닫게 될 것이다. 오토는 재밌는 친구였다. 그는 소등 후에, 여름 캠프에서 아이들이 돌아가면서 하는 무서운 괴담 같은 실없는 얘기를 늘어놓는 것이 주특기였다.

"달을 향해 날아가는 탐험대 이야기인데 말이야" 그는 어둠 속에서 말하곤 했다. "끝없이 날고 날아 겨우 목적지에 가까워지고 있는데, 갑자기 승강구가 열리더니 하얀 옷을 입은 사람들이 들어오는 거야. 우주비행사가 '우리는 달로 날아가고 있소!'라고 말하니까, 흰옷 입은 사람들이 하는 말이, '좋아요, 좋아, 흥분할 필요는 없어요. 바로 주사를 놔 드릴게요들……'"

한번은 이런 이야기도 있었다. "어떤 일행이 화성을 향해 날고 있었어. 둥근 창문으로 저편을 바라보니 드디어 바로 근처까지 간 것이 아니겠어. 그런데 획 하고 돌아보니까 전신 붉은색의 작은 남자가 두꺼운 날의 칼을 들고 서서 한마디 하는 거야. '무슨 일이십니까들, 쏘베뜨를 떠나려고 하시는 건 아니죠?'라고 말이지"

· · ·

미쪽과 나는 탄도 실험 그룹이 더 복잡하게 꾸려질 때까지 기술 장비 훈련을 시작하지 않고 있었다. 이는 쇼마 아니낀에겐 아무 영향을 미치지 않았다. 그의 영웅적 과업은 고도 4킬로미터 상공에서 행해질 것으로, 제복 위에 패드를 넣은 재킷을 걸치기만 하면 됐다. 이반은 더 힘들었다. 그에게 불멸의 시간이 도래할 위치는 고도 45킬로미터로, 온도도 차갑고 공기도 이미 희박해 양가죽 코트에 긴 모피 부츠를 신고 산소마스크를 쓰고 훈련을 해서, 모형의 좁은 승강구를 빠져나가는 것도 힘들었다. 오토에게는 좀 더 용이한 물품이 있었다. 그를 위해 전기로 보온이 되는 특별한 우주복이 만들어졌다. 베트남에서 포로로 잡은 미국인들로부터 확보한 고공 전용복 몇 벌을 '붉은 산' 옷 공장의 재봉사들이 바느질해서 만든 것으로, 아직 준비가 덜 되었다. 보온 시스템을 마저 마무리하는 중이라 했다. 시간을 낭비하지 않기 위해, 오토는 심해 잠수복을 입고 연습했다. 헬멧 유리 뒤로 보이는 그의 붉고 땀에 젖은 곰보 얼굴이 아직도 생각난다. 그가 '즈베익스'인지 '쯔베익스'인지 하는 인사말을 하면 그 우호적인 단어가 기묘하게 뒤엉킨 소리로 들렸다.

우주용 자동기계의 일반 이론에 대한 강의는 비행 책임자와 우르차긴 대령이 교대로 진행했다.

비행 책임자의 이름은 쁘하제르 블라질레노비치 삐도렌꼬였다. 그의 성은 그가 태어난 작은 우끄라이나 마을 '삐도렌꼬'에서 유래했는데 앞 음절의 o에 역점을 두어 '삐도-렌꼬'라고 발음했다. 역시 비밀경찰이었던 그의 부친은 당시 유행을 따라 아들의 이름을 '제르진스끼 지구의 정당과 경제활동가'의 앞 글자를 따서 지었다. 부친의 이름 '블라질렌'은 '블라지미르 레닌'의 약어였다.[2] 게다가 쁘하제르와 블라질렌, 이 두 이름의

---

2   '쁘하제르 블라질레노비치 삐도렌꼬'라고 하는 성명 전체에서 가운데의 '블라질레노비치'를 부칭이라고 하는데, 이는 '블라질렌의 아들'이라는 의미다. 따라서 그의 부친은 블라질렌 삐도렌꼬일 것이다. 그 자체로도 기묘한 이름이지만, 특히 '삐도렌꼬'라는 단어는 러시아어로 '남색가'를 연상시킨다고 한다.

알파벳 수를 합치면 쏘련의 공화국 숫자와 똑같은 열다섯 개였다. 그러나 그는 이름으로 불리는 것만은 참을 수 없어 했기에, 그의 부하들은 '중대장 동지'나, 나나 미쪽처럼 '비행 책임자 동지'라고 불렀다. 그는 '자동기계'라는 단어를 너무나 순수하고 꿈결 같은 억양으로 발음해서, 그의 강의를 들으러 찾아간 루반까 거리에 있는 그의 사무실이 잠시나마 거대한 그랜드 피아노의 공명판으로 변형된 듯했다. 하지만 그 단어를 꽤 자주 입에 올리면서도 그는 기술적인 정보를 우리에게 전혀 주지 않고 대부분의 시간을 시시껄렁한 얘기를 하거나 전시에 벨로루씨에서 빨치산들과 지냈던 일들을 추억하는 데 소비했다.

우르차긴 역시 기술적인 문제를 전혀 다루지 않았다. 그는 주로 해바라기 씨를 야금야금 먹다가는 껍질을 퉤 뱉으며 미소 짓거나, 농담을 던지곤 했다.

"방귀를 5분할 하는 방법을 아나?" 언젠가 그는 물었다.

우리가 모른다고 말하자 그는 혼자서 대답했다. "장갑에다 대고 뀌면 되지 않겠는가?"

그러고는 엷은 웃음을 터뜨렸다. 눈멀고 마비되어 휠체어에 묶여 있음에도, 의무를 다하며 결코 지치지 않고 인생을 받아들이는 이 인물의 긍정적인 낙천주의가 내게는 놀라웠다. 이 우주항공학교에는 서로 꼭 닮은 정치장교가 두 사람 있었는데, 우르차긴과 부르차긴이라는 두 대령이었다. 우리를 주로 교육한 이는 우르차긴이었다. 그 두 사람에겐 전기모터가 달린 일본제 휠체어가 한 대밖에 없었기에, 그들 중 한 사람이 교육 업무에 바쁘면, 나머지 한 사람은 5층의 작은 방에 있는 침대에 팔꿈치를 괴고 누워 조용히 미동도 없이 있었다. 상반신에는 제복 재킷을 입고 하반신에는 타인의 눈으로부터 요강을 숨기기 위해 담요를 허리까지 덮었다. 그 방의 빈약한 비품들(가는 틈들이 나 있는 판지가 깔린 필기대, 탁자 위에 언제나 놓여 있는 진한 차 한 잔, 흰 커튼과 고무나무 화분 하나) 모두에 나는 너무 깊이 감명을 받아서 순간 울컥하고 말았다. 모든 공산주의자들은 교활하고 야비하며 이기적이라는 생각을 내가 고치게 된 게 바로 그 순간부터였다.

맨 끝으로 도착한 승무원은 지마 마쮜셰비치로, 달착륙선 담당자였다. 그는 매우 내성적이었고, 젊은 나이에도 불구하고 머리가 거의 잿빛이었다. 지마는 매우 폐쇄적이고 주로 혼자 지내는 편이어서, 그에 대해 아는 거라곤 그가 군인이라는 것 정도다. 그는 미쪽이 잡지 『여성 노동자』에서 오려 내어 침대 위에 걸어 놓은 꾸인지[3]의 복제화를 보고는, 미소를 띠며 새 한 마리를 그리더니 고딕체 대문자로 크게 OVERHEAD THE ALBATROSS라고 써서 자기 침대 위에 걸었다.

---

3   아르히쁘 이바노비치 꾸인지(1841/42~1910). 그리스계 러시아 화가. 우끄라이나의 자연 풍경을 많이 남겼으며 빛과 그림자, 색채 묘사에 민감했다. 대표작은 〈우끄라이나의 저녁〉〈드네쁘르 강의 달밤〉 등.

지마의 도착과 동시에 새로운 교육 과목이 시간표에 추가됐다. 유명한 영화의 제목과 같은 〈불굴의 정신〉이라는 과목이었다. 그것은 시간표 안에 자랑스럽게 자리를 잡고 있긴 하지만, 사실 정상적인 의미에서의 수업 과목은 아니었다. 우리는 프로 영웅들의 방문을 받기 시작했다. 그들은 모두 자신의 인생 이야기를 감상에 빠지는 일 없이 담백하게 이야기했다. 그들의 표현은 집의 부엌에서 쓰는 것과 같은 단순한 말들로, 그들의 영웅적 위업의 본질은 매일매일의 평범하고 하찮은 일상에서, 우리 주위를 둘러싼 차가운 잿빛 공기에서 피어나는 것처럼 보였다.

〈불굴의 정신〉 수업에서 가장 기억에 남는 사람은 이반 뜨로피모비치 뽀빠지야[4]라는 우스운 이름의 퇴역 소령이었다. 키가 큰 진짜 러시아 영웅의 풍채를 가진 그의 재킷은 수많은 메달로 장식되어 있었다(그의 선조는 깔까 강 전투[5]에도 참가했다고 한다). 불그스름한 얼굴과 목은 하얀 작은 상처들로 뒤덮여 있었고, 왼쪽 눈에는 안대를 대었다. 이반은 아주 특이한 경력의 소유

---

4   러시아어로 신부나 사제를 뽀쁘라고 하며, '뽀빠지야'라는 단어는 '신부의 부인'을 말한다.

5   중앙아시아 원정에 오른 몽고제국과 이에 맞선 러시아 공국 연합군 사이에 벌어진 1223년의 전투. 수적으로 우세했으나 급조되었던 연합군은 정찰군에 불과한 몽고 군대에 참패를 당하고 이 전투로 인해 남부 러시아 공국의 귀족 대부분이 전사했다. 이후 몽고제국의 서진西進은 가속화해 러시아인들은 2백년간 몽고인의 지배를 받게 된다.

자였다. 그는 당 지도부와 정부 관료들이 이용하는 사냥 보호구역의 평범한 사냥꾼으로 출발했다. 그의 임무는 야생돼지나 곰 같은 동물들을 나무 뒤에 숨어 있는 사수 쪽으로 모는 것이었다. 그러던 어느 날 끔찍한 사고가 일어났다. 덩치가 큰 수컷 멧돼지가 작은 깃발들로 구분된 경계선을 돌파해 자작나무 뒤에서 총을 쏘고 있던 당 지도자에게 치명상을 입혔다. 당 지도자는 근처 마을로 이송되던 중에 죽었고, 정권의 최고 기관 회의가 소집되어 간부들에게 야생동물 사냥을 금지하는 결정이 내려졌다. 그러나 물론 사냥의 수요가 갑자기 없어지진 않았고, 어느 날 뽀빠지야는 사냥 보호구역을 관할하는 당 위원회에 불려가 전반적인 상황 설명과 함께 이런 말을 들었다. "이반! 우리가 명령으로 내릴 수는 없는 노릇이지. 할 수 있다고 해도 우리가 그럼 그렇게 하라고 할 수는 없지 않은가. 하지만 필요하긴 한 일이라네. 생각해 보게나. 강요하지는 않겠네만"

뽀빠지야는 고민에 빠졌다. 밤새 그것에 대해 열심히 생각해 보고는, 다음 날 아침 당 위원회에 가서 수락의 뜻을 표한다고 말했다.

"우리는 자네에게 다른 대답은 예상하지 않았네"하고 서기관은 말했다.

그들은 이반에게 방탄조끼와 헬멧과 멧돼지 가죽을 주었고, 그는 새로운 업무를 받아들였다. 그 일은 일상적인 영웅적 과업이라고 묘사해도 전혀 과장이 아니었다. 처음 며칠은 그도 조금 두려움을 느꼈다. 특히 노출된 다리 쪽이 걱정이 됐다. 하지만 며칠이 지나자 적응이 됐고, 일이 돌아가는 상황을 모두 알고 있던 정부 관료들은 그의 옆구리, 즉 이반이 충격을 완화시키기 위해 작은 베개를 덧대어 놓은 방탄조끼 쪽을 조준해 총을 쏘려고 애썼다. 물론 때로는 중앙위원회 소속의 늙은 영감탱이가 조준에 실패했고, 그러면 이반은 연장된 병가를 받아 휴양하면서 많은 책을 읽곤 했다. 그렇게 읽은 책 중에는 그가 제일 좋아하는 유명한 비행사 뽀끄리슈낀[6]의 회상록도 있었다. 어느 모로 보나 실제 군 복무만큼 힘들었던 이 일이 얼마나 위험한 것이었는지는 멧돼지 가죽의 속주머니에 넣고 다니던, 총알 자국이 가득한 이반의 당원증을 그들이 매주 교체해 줘야 했다는 사실만으로도 짐작 가능하다. 그가 부상을 당했을 때는 그의 아들인 마라뜨를 포함한 다른 사냥꾼들이 교대 근무를 했지만, 항상 이반이 가장 경험 많고, 가장 책임감 있게 임무를 다하는 사람이라고 인정받았다. 그들은 이반 뽀빠지야를 돌봐 주려 애썼다. 한편 그와 그의 아들은 숲에 거주하는 야생 동물인 곰과 늑대와 멧돼지의 습성과 울부짖는 소리를 연구해서 전문적인 기술을 개발했다.

문제의 사건은 아주 오래전, 미국 정치가 키신저가 우리나라

6　　알렉싼드르 이바노비치 뽀끄리슈낀(1913~1985). 2차 대전 때 활약했던 쏘련의 비행사. 쏘베뜨 영웅 금성 훈장을 세 번이나 받았다.

에 방문했던 때 일어났다. 그는 중요한 협상을 주재하고 있었고, 우리가 핵군축의 가조약에 조인할 수 있느냐 없느냐가 협상의 쟁점이었다(이는 우리가 핵무기를 전혀 보유하지 않았다는 것을 우리의 적들이 알아선 안 되기 때문에 특히 중요한 문제였다). 그래서 키신저는 국가 차원에서 최고의 환대를 받았고, 이 환영 절차에는 모든 국가 부속 기관이 동원됐다. 가령 그의 여자 취향이 키 작고 통통한 흑갈색 머리의 백인 여성이라는 게 밝혀지자, 네 명의 통통한 흑갈색 머리의 백조들이 볼쇼이 극장 무대의 백조의 호수를 가로지르는 광경이 정부용 박스석에 앉은 키신저의 뿔테 안경을 쓴 번뜩이는 시선 아래로 펼쳐졌다.

사냥을 하면서 협상하는 게 더 쉬울 거라는 안이 제기되면서, 키신저는 어떤 동물을 사냥하고 싶으냐는 질문을 받았다. 아마도 교묘한 정치적 재치를 발휘하려는 차원에서 미슈까[7]를 좋아한다고 답했을 그는 다음 날 아침 실제로 사냥을 하러 가게 되자 깜짝 놀라고 다소 당황스러워했다. 가는 도중 그는 자

---

7   '미샤' 혹은 '미슈까'는 러시아어로 곰을 의미하는 단어 '메드베찌'의 애칭이다. 여기에서는 아마도 키신저가 러시아 혹은 러시아 민속에 해박함을 과시하려 했다는 의도를 암시한 것 같다. 원래 러시아인의 정신세계에서는 곰에 관한 터부가 많고, 공포의 대상이라는 상징성도 없지 않다. 한편 곰에 관한 애칭이 러시아인의 애칭으로 대용되기도 하는 것을 보면 민중에게 친밀한 존재였음을 알 수 있다. 또한 오락으로서의 곰 사냥은 궁정에서 널리 행해졌고, 민중 풍습 중에는 곰으로 변장하여 연기하는 코미디 등도 많았기에 전반적으로 러시아인의 생활에서 곰은 중요한 위치를 점한다고 볼 수 있다. 서방이 보이콧한 1980년의 모스끄바 올림픽에서는 대회 마스코트로 쓰이기도 했다.

신을 위해 곰 두 마리를 포위해 두었다는 얘기를 들었던 것이다.

그 두 곰은 바로 공산당원 부자인 이반과 마라뜨 뽀빠지야로 사냥 보호구역에서 가장 정교한 특별 서비스를 제공하는 사냥꾼들이었다. 이반과 마라뜨가 뒷발로 서서 으르렁거리며 숲에서 나오자마자 명예의 손님은 이반을 정조준해 곧바로 총을 쐈고, 그들은 이반의 몸에 있는 특수 고리에 갈고리를 걸어 차 쪽으로 끌고 갔다. 하지만 그 미국인은 마라뜨를 맞힐 수가 없었는데, 마라뜨가 자진해서 최대한 천천히 움직이며 가슴을 활짝 펴고 미국인의 총알을 향해 직접적인 사정거리 내에까지 접근했는데도 못 맞혔다. 그때 갑자기 조금도 예상치 못한 어떤 일이 일어났다. 그 외국인 손님의 총이 고장 났고, 무슨 일이 일어난 건지 아무도 깨닫지 못한 사이에 그는 눈 속에 총을 던져 버리고는 칼을 꺼내 마라뜨에게 몸을 날렸다. 물론, 진짜 곰이라면 그렇게 행동하는 사냥꾼을 아주 잽싸게 처리했겠지만, 마라뜨는 자신에게 부과된 책임을 기억했다. 그는 앞발을 들어 올리고 으르렁대며 그 미국인에게 겁을 줘 물러나게 하고 싶었지만, 피를 보러 나온 사냥꾼은 냅다 뛰어가서 마라뜨의 배에 칼을 쑤셔 넣었다. 얇은 칼날이 방탄조끼의 틈 사이로 미끄러지듯 들어갔다. 마라뜨는 고꾸라졌다. 이 모든 상황을 몇 미터 떨어진 곳에 누워 있던 그의 아버지가 보았다. 그들이 마라뜨를 아버지 쪽으로 끌고 왔고, 이반은 아들이 아직 살아 있다는 걸 알았다. 아들은 거의 들리지 않게 신음하고 있었다. 그가 눈 위에 남긴 피는 작은 고무 방광에서 나온 특수 용액이 아니었다. 그건 진짜 피였다!

"견뎌 내라, 아들아!" 이반이 눈물을 삼키며 속삭였다. "견뎌!"

기뻐 날뛰는 키신저가 그의 옆에 있었다. 그는 수행 중인 관료들에게 이 '아기 곰teddy bear'들 위에서 술 한잔을 마시며 바로 조약에 서명하자고 제안했다. 그의 요청대로, 그들은 바로 그곳에서 조약에 서명해야 했다. 그들은 산림 감시인의 오두막 벽에서 뜯어 온 영광의 판자를 마라뜨와 이반 위에 덮어 임시 탁자로 만들고 그 위에서 사진도 찍었다. 그 후 한 시간 동안, 이반에겐 발들이 이리저리 움직이는 모습만 언뜻 보이고, 술에 취한 외국어와 통역사의 재빠른 중얼거림만 들려왔다. 미국인들이 탁자 위에서 춤을 출 땐 거의 압사할 지경이었다. 날이 어두워져 모두들 떠났다. 조약은 성사되었고, 마라뜨는 죽었다. 가는 핏줄기가 그의 벌어진 턱에서 흘러내려 저녁의 푸른빛이 감도는 눈 위로 떨어졌다. 모피에서는 사냥 분과 국장이 매달고 간 금색 쏘베뜨 영웅 금성 훈장이 달빛을 받아 반짝였다. 밤새 아버지는 죽은 아들 맞은편에 누워 울었다. 자신의 눈물을 전혀 부끄러워하지 않으며.

매일 아침 연습장에서 나를 내려다보는 〈인생에는 항상 영웅적 위업을 이루는 장소가 있다〉라는 문구는 벌써 오래전에 의미를 잃어 쳐다보는 것도 진저리가 나 있었는데, 어느 날 불현듯 그 의미가 새롭게 다가왔다. 그 문구는 그저 감상적이고 의미 없는 말이 아니었다. 쏘베뜨 사회는 현실의 최종 심급이 아니라, 이를테면 일종의 대기실에 불과하다는 사실을 정확하고 냉철하게 추인한 것이다. 나는 이런 식으로 상상해 보았다. 미국에서는 눈부신 쇼윈도와 차도에 정차한 캐딜락 사이의 보도에 영웅적 위업을 이루어야 하는 공간이 있을 수도 없고 있었던 적도 없다. 물론, 쏘베뜨의 스파이가 지나가는 드문 순간에는 상황이 달라진다고 해도. 하지만, 우리 쏘련에서는 똑같은 쇼윈도 앞의 똑같은 보도를 걷는 것은 가능하지만, 배경의 시대는 전쟁 전이나 전후 시기만이 그러했던바 바로 그 시대에는 위업으로 연결되는 문이 작게 열려 있었던 것이다. 그리고 그 문이라는 것은 외면적으로 열려 있는 것이 아니라, 내면적으로 마음속 깊게 열려 있었다.

"훌륭하군" 나의 생각을 토로하자, 우르차긴이 말했다. "다만, 주의하게. 영웅적 위업으로 연결되는 문은 확실히 우리 안에서 열리지만, 영웅적 행위가 일어나는 곳은 외부 세계일세. 주관적 이상주의에 빠지지 말게. 그렇지 않으면, 자네의 자랑스러운 고공비행이 한순간에 모든 의미를 잃어버리고 말 터이니"

모스끄바 근교의 이탄지泥炭地가 불타오르고, 연기가 자욱한
하늘에 희끄무레한 타는 듯한 태양이 떠 있는 5월이었다. 우르
차긴이 2차 대전 당시 카미카제 특공대였던 일본인 저자가 쓴
책을 내게 읽으라고 주었는데, 내 상황과 저자가 묘사한 감정
이 흡사해서 놀랐다. 그와 똑같이 나는 내 앞에 뭐가 놓여 있는
지 생각하지 않고 현재만 바라보고 살아갔다. 책 속에 몰두하
거나, 세상사 전부 잊고 영화관 화면에서 불이 치솟는 폭파 장
면을 응시하거나(토요일 저녁이면 그들은 우리에게 전쟁 영화를 보여 줬
다), 그다지 좋지 않은 성적을 심각하게 고민하거나 하면서. '죽
음'이라는 단어는 쭉 이전부터 내 방 벽에 걸려 있던, 하지 않
으면 안 되는 어떤 문구처럼 내 삶에 존재했다. 나는 그것이 거
기 여전히 있다는 걸 알았지만, 결코 눈길을 주지 않았다. 미
쪽과 나는 그 주제에 관해선 한 번도 논하지 않았지만, 마침내

우리도 실제 우주 장비를 가지고 연습을 시작한다는 말을 전해 들었을 때, 얼음처럼 차가운 바람의 숨결을 처음으로 느끼는 것 같은 기분으로 서로를 마주 보았다.

밖에서 보기에 월면주행차 루노호뜨는 여덟 개의 무거운 전차 바퀴가 달린 거대한 빨래 통처럼 보였다. 그 동체에서 각기 다른 수많은 장치들이 튀어나왔다. 다양한 형태의 안테나나 기계의 팔 같은 것들이. 이것들 중 작동되는 것은 하나도 없었고, 모두 텔레비전에 보이기 위한 용도였지만, 그래도 보는 사람이 매우 강렬한 인상을 받는 건 마찬가지였다. 루노호뜨의 뚜껑은 타원형의 작은 절개부들로 이루어졌는데, 이는 특별히 고안된 디자인이 아니라, 그저 지하철 입구의 바닥에 사용된 금속판으로 만들어졌기 때문이었다. 하지만 그래도 그게 기계를 더 신비롭게 보이게 하는 데 한몫했다.

인간 심리라는 건 참 기묘하게 작동한다. 그것은 무엇보다 세부를 필요로 한다. 어렸을 때 난 종종 탱크나 비행기를 그려서 친구들에게 보여 주곤 했는데, 친구들은 사실 아무 의미도 없는 줄들이 많이 그어진 그림을 좋아했다. 그래서 나는 일부러 줄을 더 첨가해 그리기 시작했다. 이와 똑같은 이유로, 루노호뜨는 아주 복잡하고 기발한 장치를 가진 기계처럼 보였다.

한쪽에 경첩이 달린 뚜껑은 고무 충전재와 여러 층의 단열재로 밀봉되어 있었다. 내부의 탱크 포탑 크기 공간에는 살짝 개조한 스포츠 자전거의 틀이 설치되어 있었다. 페달과 두 개의 톱니바퀴가 달려 있는데, 그 바퀴 중 하나가 뒷바퀴의 차축에 말끔히 용접되어 있었다. 핸들은 평범한 준★선수용으로, 특수한 전송 시스템을 거쳐 앞바퀴를 아주 살짝만 돌릴 수 있었지만, 실제로는 그럴 필요성이 생기지 않는다는 얘기를 들었다. 벽에는 선반이 돌출되었지만, 그 위에는 아직 아무것도 놓여 있지 않았다. 핸들 중앙에는 나침반이 달렸고, 바닥에는 전화기 수화기가 달린 무선 송신기인 녹색 양철 상자가 부착되어 있었다. 핸들 정면의 벽에는 아파트 문에 있는 투시 구멍 같은, 자그맣고 동그란 렌즈 두 개로 이루어진 검은 구멍이 설치되었다. 그 렌즈 구멍을 통해 나는 월면차의 앞바퀴 가장자리와 장식용 기계 팔을 볼 수 있었다. 반대편 벽에는 검은색 음량 조절 장치가 달린 평범한 사각형 형태의 빨간 플라스틱 라디오가 걸려 있었다. 비행 책임자의 설명에 따르면, 고향 땅에서 떨어져 있다는 심리적 고립감에 대응하기 위한 방책으로, 모든 쏘베뜨 우주 설비에는 모스끄바의 무선 송신 방송국의 프로그램이 흘러나온다고 한다. 바깥쪽의 커다란 볼록 렌즈는 상부와 좌우를 가리개가 덮고 있어서, 루노호뜨는 꼭 어린이 잡지에 나오는 로봇이나 얼굴을 그려 넣은 수박처럼 엉성하지만 호감이 가는 얼굴처럼 보였다.

처음 그 안으로 기어 들어가 뚜껑이 머리 위에서 탁 하고 닫혔을 때, 나는 거기에 꼼짝 않고 틀어박혀 비좁게 있는 걸 결코 견뎌 내지 못할 것 같았다. 나는 핸들 양쪽에 손을 올려놔 무게를 분산하고, 다리를 페달에 내려놓고 버틴 채로 자전거 틀에 매달려야 했다. 안장은 내 몸무게의 일부도 지탱하지 못해서, 그런 자세에 몸을 적응시켜야만 했다. 자전거 선수들이 속도를 낼 때 그런 자세로 몸을 구부리지만, 원하면 몸을 똑바로 펼 수 있다. 반면, 나는 그럴 수 없었는데, 등과 목이 뚜껑에 눌려 구부려야 했기 때문이다. 하지만 2주간의 실습 후 그 자세에 익숙해졌고, 그 안에는 한번 들어가 여러 시간을 있어도 비좁다는 느낌이 들지 않을 만큼 꽤 충분한 공간이 있음을 알게 되었다.

둥근 투시 렌즈 구멍이 바로 내 얼굴 앞에 있었지만, 렌즈는 모든 것을 너무 심하게 왜곡하여 선체의 얇은 강철 벽 밖에 뭐가 있는지 식별하기 힘들었다. 루노호뜨 바퀴 바로 앞 땅 조금과 톱니 모양 안테나 끝은 명확한 초점으로 크게 확대되어 보였지만, 다른 것은 모두 지그재그 모양이나 얼룩져 보여서, 마치 눈물범벅인 눈으로 방독면의 유리 렌즈를 통해 길고 어두운 복도를 보던 때 같았다.

기계는 꽤 무거워서 옮기기가 무척 힘들었다. 나는 그 기계를 작동시켜 달의 사막지대를 70킬로미터나 가로질러 갈 수 있을지 의심까지 들었다. 안뜰을 한 번 도는 데도 정말 진이 다 빠질 정도였다. 등이 아프고 어깨가 결렸다.

하루걸러 교대로 미쪽과 나는 승강기를 타고 올라가 안뜰로 나가서, 다 벗고 조끼와 팬티만 입고는 루노호뜨 안으로 기어 올라가 다리 근육을 단련시키며 안뜰을 돌고 또 돌았다. 닭들을 흩어 놓고, 또 때로는 고의는 물론 아니지만, 닭들 중 한 마리를 치기도 했다. 렌즈를 통해 보면 옹송그리며 모여 있는 닭들이 신문지인지 아니면 바람에 빨랫줄에서 날아와 버린 각반인지 구분할 수 없을 지경이었고, 어쨌든 나는 제동장치를 충분히 빨리 작동시키지 못했다. 처음엔 우르차긴이 휠체어에 탄 채 내 앞에서 어떻게 하는 것인지 보여 줬지만(렌즈를 통해서 본 그는 흐릿한 회녹색 얼룩 같았다) 차츰 나는 어떻게 하는지 요령을 익혔고, 나중엔 눈을 감고도 안뜰 전체를 운전해 돌아다닐 수 있게 되었다. 핸들을 특정 각도로 놓기만 하면, 기계가 완만하게 원을 돌아 출발 지점으로 되돌아왔다. 가끔 나는 투시 구멍을 통해 보는 걸 그만두고, 그저 내 근육이 움직이는 대로 놔두고 머리를 떨군 채 나만의 생각에 잠기기도 했다. 때로는 어린 시절을 추억했고, 때로는 영원의 시간이 시작되기 전 마지막 순간이 엄습하는 게 어떤 느낌일지 상상해 보곤 했다. 또 때로는 의식으로 다시 떠오른 아주 오랜 생각을 다시 곱씹고 또 곱씹었다. 예를 들어 '나는 누구인가?' 같은 질문을 떠올리는 것이다.

그 질문은 내가 어렸을 때 종종 아침에 일찍 일어나서 천장을 바라보며 자문하던 것이다. 나중에, 조금 더 나이를 먹고 나서는 학교에서도 묻기 시작했지만, 내가 얻은 유일한 답은 레닌의 반영 이론에 의거한 '의식이란 고도로 조직된 물질의 특성이다'라는 답이다. 이 말이 무엇을 의미하는지 이해할 수 없었고, 여전히 의문은 계속 남았다. 나는 어떻게 볼 수 있는 것일까? 보고 있는 이 '나'는 누구인가? 그리고 본다는 것은 무슨 의미인가? 나는 내 밖에 있는 어떤 것을 보는 것일까, 아니면 그저 나 자신의 내면을 보고 있을 뿐일까? 그런데 자신의 안과 밖이라는 것은 무슨 의미일까? 나는 종종 내가 해답의 문턱까지 와 있는 것 같다고 느꼈지만, 마지막 발걸음을 떼려고 하면, 갑자기 문턱을 넘으려는 '나'를 잃어버리고 말았다.

고모가 일하러 나가면서 종종 이웃 노파에게 나를 돌봐 달라고 부탁하곤 했는데, 나는 그 노파에게 같은 질문을 하곤 했고, 그 질문에 답하는 게 그녀로선 얼마나 어려운 일인지 지켜보는 데서 진정한 쾌락을 느꼈다.

"애야, 네 안에는 영혼이 있단다" 노파가 말했다.

"그리고 영혼은 너의 눈을 통해 밖을 보지만, 그것은 너의 몸 안에서 마치 햄스터가 냄비에 살듯이 산단다. 그리고 이 영혼은 우리 모두를 창조하신 신의 일부란다. 너는 바로 그 영혼이지"

"그렇다면 왜 하느님은 나를 이런 냄비 속에 넣으셨을까?" 내가 물었다.

"그러게 말이다" 노파가 대답했다.

"그러면 신은 어디 있어요?"

"어디에라도 계시지" 양팔을 넓게 벌리며 노파가 말했다.

"그럼 나도 신이라는 뜻인가요?" 내가 물었다.

"아니" 그녀가 말했다. "인간은 신이 아니야. 하지만 신의 형상으로 만들어졌지"

"그럼 쏘베뜨 인간도 신의 형상으로 만들어졌어요?" 익숙지 않은 문구를 말하느라 더듬거리며 내가 물었다.

"물론" 노파가 말했다.

"신은 많나요?" 내가 물었다.

"아니. 오직 한 분이란다"

"그런데 어째서 저 안내서에는 많은 신이 있다고 쓰여 있어요?" 나는 고모의 책장에 놓여 있는 무신론자의 안내서를 고갯짓으로 가리키며 물었다.

"모르겠구나"

"어떤 신이 최고예요?"

노파는 다시 같은 대답을 했다. "모르겠구나"

그래서 나는 물었다. "그러면 내 마음대로 선택할 수 있어요?"

"선택해 보렴, 오모츠까¹" 노파는 웃었고, 나는 각기 다른 신들이 무더기로 나오는 안내서를 훌훌 넘기며 보았다. 나는 고대 이집트인들이 수천 년 전에 믿었던 〈라〉가 특히 마음에 들

---

1   '오모츠까' 역시 '오몬'의 애칭이다.

었다. 아마도 그 신이 매의 머리를 하고 있어서였을 것이다. 조종사나 우주비행사, 그리고 온갖 종류의 영웅들은 종종 매라고 불렸으니까. 나는 만약 내가 정말로 신의 형상으로 만들어졌다면, 그 형상은 바로 이런 모습이어야 한다고 결정해 버렸다. 커다란 연습장을 가져와서 다음과 같은 발췌문을 베껴 썼던 기억이 있다.

아침이면 세상을 밝히시는 '라'는 천상의 나일 강을 범선 만제트를 타고 건너가고, 저녁이면 범선 메섹테트로 갈아타고 지하세계로 내려가 땅 밑의 나일 강을 건너며 어둠의 세력과 싸운다. 그리고 아침이면 다시 수평선에 나타난다.

고대에는 사실 지구가 태양을 돌고 있다는 사실을 사람들이 알지 못했다고 사전에 적혀 있었다. 그래서 그들은 이런 시적인 신화를 고안해 낸 것이다.

이런 설명 아래에는 한 범선에서 다른 범선으로 옮겨 타는 〈라〉를 그린 고대 이집트의 그림이 있었다. 두 개의 대형 범선이 나란히 늘어서 있고, 양쪽 배에는 모두 소녀가 한 명씩 서 있었는데, 한쪽 배의 소녀가 다른 쪽 배의 소녀에게 안에 매가 앉아 있는 원형의 테를 건네고 있었다. 그 매가 바로 〈라〉였다. 그 그림에서 무엇보다 마음에 든 것은, 배 안에 있는 온갖 기괴하고 경이로운 것들 중에 흐루쇼프 시대에 모스끄바 외곽에 대량으로 지어진 아파트를 빼닮은 4층짜리 음산한 건축물 네 개였다.

그때부터 나는 오몬이라고 불리면 대답은 했지만, 나 자신을 항상 〈라〉라고 생각했다. 잠들기 전에 눈을 감고 벽 쪽으로 몸을 돌리면서 했던 상상 속 모험의 주인공 이름은 항상 〈라〉였다. 어른이 되어 가면서 자연히 꿈이 변질되어 버릴 때까지는 쭉 그랬다.

신문에서 루노호뜨 사진을 본 사람들 중에 '사실 이 강철 냄비가 달 표면을 70킬로미터 기어가서 영원히 멈춰 버리는 단하나의 목적을 위해 존재하며, 그 안에 두 개의 유리 렌즈를 통해 밖을 내다보는 인간이 한 명 있다'고 상상하는 이가 과연 있기나 할까. 하지만 그게 뭐 대수겠는가? 설사 누군가 그 사실을 추측해 낸다 해도, 그 인간이 바로 나 〈오몬 라〉라는 사실, 언젠가 비행 책임자가 내 어깨에 팔을 두르고 창문 밖 환하게 빛나는 구름을 손가락으로 가리키며 '조국의 충실한 매'라고 지칭한 바로 나라는 사실은 결코 알 턱이 없을 터이다.

우리의 학과 시간표에 새로 등장한 또 다른 주제는 '달의 일반 이론'으로, 미쪽과 나 이외의 사람들에게는 선택과목으로 취급되었다. 과목 담당은 퇴역 장교이자 철학박사인 이반 예프쎄비치 꼰드라찌예프였다. 그를 싫어할 이유가 사실 없었고 강의도 꽤 흥미로웠는데, 왠지 나는 그가 마음에 들지 않았다. 그가 독특한 방식으로 우리와 첫 수업을 시작했던 게 기억난다. 그는 종잇장에 적힌 달에 관한 다양한 시를 암송하는 데 30분을 쓰더니, 결국 너무 감동한 나머지 암송을 멈추고 안경을 닦아 내야 했다. 당시 나는 수업 내용을 받아 적곤 했는데, 그 수업에서 남긴 노트라고 해 봐야 단편적인 인용들의 무의미한 축적일 뿐이었다. "달을 달콤하게 반짝이게 하는 한 방울의 금빛 꿀처럼…… 달과 희망과 조용한 영광의…… 달, 모든 러시아인의 귀에 이 단어의 의미는 얼마나 풍성하게…… 하지만 이 세상에는 달로 인해 번뇌하며 압박에 시달리는 또 다른 지역이 있으니, 그 손은 결코 지고의 힘, 지고의 용기에 닿지 않으며…… 하늘에는 모든 것을 견디도록 단련된, 무감각하게 찌그러진 원반이…… 그는 사고의 흐름을 지배하지만, 오직 달을 손에 넣어야만…… 생기 없는 액체 같은 달의 성질……" 이런 식으로 한 쪽 반이 더 이어졌다. 그런 다음 꼰드라찌예프는 더욱 진지한 얼굴이 되어 공적인 어조로 노래하듯이 말하기 시작했다.

"친애하는 동지들! 블라지미르 일리이치 레닌이 1918년 이네싸 아르망드에게 보낸 편지에 쓴 역사적인 말을 떠올려 봅시다. '모든 행성과 모든 천체 중에서 우리에게 가장 중요한 것은 달'이라는 말을. 이 말 이후로 많은 세월이 흐르고 세상은 다각도로 변했지만 레닌의 지적은 여전히 예리하고 근본적으로 타당합니다. 시간이 그 정확성을 증명해 줬고, 레닌의 이런 말들이 발하는 불꽃은 여전히 오늘날 달력의 페이지를 환히 비추고 있지요. 참으로 달은 인류의 삶에서 지대한 역할을 맡아 왔습니다. 유명한 러시아의 학자 게오르기 이바노비치 구르지예프[1]는 지하활동 시기에 마르크스주의 달 이론을 구축했습니다. 이 이론에 따르면, 지구에게는 원래 다섯 개의 달이 있었답니다. 우리나라의 심벌마크가 별 다섯 개의 뾰족한 모서리를 갖게 된 것도 바로 이 때문이지요. 그리고 각각의 달이 추락할 때마다 사회적 대변동과 파국이 있었습니다. 가령 1904년에 지구로 추락한 네 번째 달은 퉁구스 운석이라고 알려져 있는데, 제1차 러시아 혁명을 일으켰고, 곧이어 제2차 혁명으로 이어졌습니다. 그 이전의 달 추락은 사회정치적 구조 변화를 야기했습니다. 물론 생산력의 발전 수준은 인간의 의지 및 의식과도, 혹성의 방사열과도 관계없이 형성되는 것이며, 우주적 대사건이 그것에 영향을 주는 것도 아닙니다. 하지만 우주적 대사건은 혁명의 주관적 전제 형성을 촉진합니다. 현재의 달, 즉 마지막으로 남은 다섯 번째 달의 추락은 태양계 전체에 공산주의의 완전한 승리를 전파할 것입니다. 이 수업에서 우리는 레닌의 달에 대한 주요 저작 두 개를 공부할 것입니다. 『달과 봉기』 및 『어느 국외자의 조언』입니다. 오늘은 부르주아적인 문제의 곡해에 대해 검토하면서 수업을 시작해 보면 어떨까 합니다. 그들에 의하면, 지구상의 유기체 생명은 단지 달의 영양 공급처일 뿐이며 달에 흡수되는 방사열의 원천일 뿐이라고 합니다. 이 주장은 명백히 오류입니다. 왜냐하면 지구상의 유기체 생명의 존재 목적은 달에게 영양분을 공급하기 위함이 아니라, 레

---

1   게오르기 이바노비치 구르지예프(1877?~1949). 아르메니아 출신의 신비주의자. 유물론적 오컬트 교의를 창시한 철학자. 슈타이너와 함께 20세기를 대표하는 신비사상가. 20세기 초의 신비사상은 물론 1960년대 히피 문화에도 영향력을 끼쳤던 인물이다. D.H. 로렌스 등 많은 추종자나 제자들에 의한 기록물이 널리 읽히고 있으며, 드 하트만에 의해 그의 음악이 시디로 널리 알려지고, P. 브룩에 의해 영화로 그려지거나, 평전도 나와 있다. 한글로는 '구르제프'라는 표기로 소개되기도 했다.

닌이 분명히 말했듯이, 번호 1번, 2번, 3번의 인간을 4번, 5번, 6번, 7번……의 인간이 착취하지 못하게 하는 새로운 사회를 건설하는 데 있는 것이니……"

그 밖에도 기타 등등. 그는 다른 복잡한 얘기를 많이 했지만, 가장 생생하게 내 기억에 남아 있는 것은, 시곗줄에 매달린 추의 무게가 시계를 작동시킨다는 비유의 놀라운 시적 이미지였다. 달이 그런 추의 무게라면 지구는 시계이고, 인생은 그 시계의 톱니바퀴가 째깍째깍 돌아가는 소리, 혹은 기계적으로 작동하는 뻐꾸기의 노랫소리라는 것이다.

우리는 꽤 자주 건강검진을 받았다. 전원, 머리부터 발끝까지 안팎으로 철저히 검사를 받았는데, 이는 그럴 만하다고 생각되었다. 그래서 미쪽과 내가 그들 표현대로 '윤회輪廻 검사'를 받아야 한다는 말을 들었을 때, 나는 그들이 반사 신경 검사나 혈압 측정 정도를 할 거라고 생각했다. 〈윤회〉라는 단어의 의미를 몰랐던 것이다. 그러나 호출을 받고 아래층으로 가서 나를 검사할 전문가를 본 순간, 나는 엄습하는 공포 앞에 떨고 있는 어린애 같은 심정이었다. 그것은 곧 닥칠 미래가 나를 위해 준비해 놓은 것을 생각하면 무척 어이없는 감정의 움직임이었으나 뭐라 말하기 어려운 제어 불가능한 감각이었다.

내 눈앞에 있는 이는, 흰 가운의 주머니에서 청진기가 비어져 나와 있는 의사가 아니라 장교, 그것도 대령이었다. 다만 그는 군복이 아닌, 견장이 달린 기묘한 검은 가운을 입고 있었다. 체격이 크고 뚱뚱했으며, 얼굴은 뜨거운 스프에 덴 것처럼 붉었다. 목에 두른 줄에는 호루라기와 스톱워치가 매달려 있어서, 육중한 탱크의 감시 구멍처럼 생긴 그의 눈만 아니라면, 축구 심판 같은 모습이었다. 하지만 어쨌든 대령은 붙임성이 있고 잘 웃는 사람으로, 대화가 끝나자 나는 긴장이 풀렸다. 그와 내가 얘기를 나눈 곳은, 탁자 하나와 의자 두 개, 모조 가죽이 덮인 소파 하나, 그리고 다른 방으로 연결된 문이 있는 작은 사무실이었다. 대령은 누리끼리한 서류 몇 개인가를 기입하더니 계량 유리컵에 담긴 쓴맛이 좀 나는 액체를 마시라고 주었다. 모래시계의 모래가 다 내려가면 자신에게 오라고 말하고는 혼자 옆방으로 가 버렸다.

나는 모래시계를 바라보며 모래 알갱이가 좁은 유리 목을 통과해 떨어지는 느린 속도에 놀라다가, 문득 사실 모래 알갱이 하나하나에도 제 의지가 있어, 어느 알갱이도 떨어지길 원치 않는다는 것을 깨달았던 기억이 난다. 모래 알갱이에게 낙하는 죽음과 마찬가지니까. 그리고 동시에 그것은 피할 수 없는 운명으로, 그들에겐 선택의 여지가 없었다. 다음 생과 이번 생은 이 모래시계와 똑같다는 생각이 들었다. 모든 살아 있는 존재가 어떤 한 방향으로 죽어 버리면, 현실이 뒤집히고 그들은 다시 살아난다. 즉, 다시 방향을 반대로 해서 죽어 가기 시작한다.

서글픈 기분으로 이런 생각을 잠시 하다가 문득 정신을 차려 보니, 모래 알갱이의 낙하가 멈춘 지 오래로, 대령이 있는 곳으로 가야 한다는 생각이 들었다. 나는 불안을 느끼면서도 동시에 이상하게도 내가 공기처럼 가벼운 느낌이 들었다. 대령이 안쪽에서 기다리고 있는 문까지 걸어가느라고 상당한 시간이 걸렸던 게 기억난다. 실제로 문까지는 두세 보 정도의 거리밖에 되지 않았는데도. 나는 문손잡이로 손을 뻗어 밀었지만 문은 열리지 않았다. 그래서 내 쪽으로 당겨 보다가 불현듯 내가 당기고 있는 것이 문이 아니라 담요라는 걸 깨달았다. 나는 내 침대에 누워 있고, 미쪽이 침대 모서리에 앉아 있었다. 현기증이 났다.

"그래, 거기서 어땠니?" 미쪽이 물었다. 유난히 흥분한 모습이었다.

"뭐? 어디?" 나는 한쪽 팔꿈치에 기대 몸을 일으키고 무슨 일이 있었는지 생각해 내려고 애쓰면서 물었다.

"윤회 검사에서 말이야" 미쪽이 말했다.

"아, 그거" 나는 방금 전 문손잡이를 잡아당겼던 것을 떠올리며 말했다. "그러니까 무슨, 그게…… 아니, 하나도 기억이 안 나는걸"

어찌 된 영문인지, 마치 아주 오랫동안 가을 들판을 거닐기라도 한 것처럼 공허와 고독을 느꼈다. 이 감정이 얼마나 특별했던지, 나는 그 마지막 몇 달 동안 뇌리를 떠나지 않던 임박해

오는 죽음에 대한 감각(폐부를 찌르는 그 날카로움은 벌써 오래전에 무
뎌졌지만, 내 모든 사고의 배경으로 그냥 그 자리에 계속 있었다)을 포함해
다른 걸 다 잊을 정도였다.

"발설하지 않겠다는 서약서에 서명이라도 했니?" 미쪽이 빈
정대며 물었다.

"혼자 있게 해 줘" 나는 벽 쪽으로 몸을 돌렸다.

"검은 가운을 입은 퉁퉁한 얼굴의 준위 두 명이 방금 널 여
기로 끌고 왔어" 그는 계속 말을 이었다. "그러고는 '여기 너의
이집트인을 다시 데려왔다'고 투덜대더군. 그리고 네 옷깃은
토사물 범벅이었지. 정말 아무것도 기억 안 나?"

"하나도 기억 안 나" 내가 대답했다.

"그렇구나, 나에게 행운을 빌어 줘" 그가 말했다. "이제 내가
다녀올 차례야"

"힘내"라고 한마디 했다. 그저 자고 싶을 뿐이었다. 빨리 잠
들면 다시 일어날 때는 온전한 자신으로 돌아올 것 같았기 때
문이었다.

나는 미쪽이 나가면서 끼익하고 문을 닫는 소리를 들었다
싶었는데, 다시 깨어 보니 벌써 아침이었다.

"끄리보마조프! 비행 책임자의 호출이다!" 우리 일원 중 한
명이 내 귀에 대고 소리쳤다. 나는 옷을 다 입을 때까지도 완
전히 잠을 떨쳐 내지 못했다. 미쪽의 침대는 텅 비어 있고, 잠

을 잔 흔적도 없었다. 다른 녀석들은 조끼 차림으로 각자 자기 침대에 앉아 있었다. 서로를 어색하게 응시하는 그 분위기에서 뭔가 긴장감이 느껴졌다. 아침이면 바보 같지만 매우 웃긴 농담을 던지던 이반까지 잠자코 있었다. 뭔 일이 일어난 게 분명해서, 나는 지상 3층에 있는 비행 책임자의 사무실로 올라가는 내내 그것이 무엇인지 짐작해 보려 애썼다. 커튼을 뚫고 들어오는 햇빛에 눈을 가늘게 뜨고(햇빛엔 좀처럼 익숙해지지 않았다) 복도를 따라 걷다가, 문득 복도가 꺾이는 곳에 서 있는 먼지 낀 거대한 거울에 비친 내 모습을 보았다. 얼굴이 얼마나 죽은 사람처럼 창백하던지 깜짝 놀랐고, 나의 '영웅적 위업'이 본질적으로는 이미 오래전에 시작되었음을 깨달았다.

비행 책임자는 서서 나를 맞으며 악수했다.

"훈련은 어떤가?" 그가 물었다.

"좋습니다. 비행 책임자 동지" 내가 말했다.

그는 본심을 묻듯이 가만히 내 눈 속을 들여다보았다.

"그래, 그렇게 보이는군. 내가 자네를 부른 이유는, 오몬, 자네 도움이 필요해서라네. 이 녹음기를 가져가게" 그는 앞에 있는 탁자에 놓인 일본제 소형 카세트 플레이어를 가리키며 말했다. "그리고 이 종이와 펜도 가지고 329호실로 가게나. 지금 그 방은 비어 있네. 테이프 녹음을 받아써 본 경험이 있나?"

"아니요" 나는 대답했다.

"간단하네. 테이프를 조금 재생시킨 다음, 들은 걸 받아 적는 거네. 그런 다음 또 조금 재생시키고. 한 번 듣고 무슨 말인지 잘 모르겠거든 필요한 만큼 몇 번이고 다시 들으면 되고"

"알겠습니다. 가 봐도 되겠습니까?"

"가 보게. 아니, 잠깐. 왜 내가 이런 일을 자네에게 부탁하는지 말해 두는 게 좋을 것 같아. 자네는 조만간 저 아래에"라고 말하며 그는 바닥을 손가락으로 가리켰다. "누구도 대답해 주지 않는 온갖 의문을 품게 될 걸세. 나 역시 입 다물고 있어도 되지만, 나는 일이 어떻게 돌아가는지 자네가 아는 게 더 낫다고 생각하네. 쓸데없이 자네가 자신을 괴롭히는 걸 원치 않거든. 하지만 명심하게. 자네가 알고 있다는 것을 정치 교관도 자네 동료들도 절대로 알아서는 안 되네. 지금 이러는 건 나로서는 직무 위반에 해당하는 거니까. 뭐, 보다시피 장군들도 때때로 규칙을 어기곤 하지"

아무 말 없이, 나는 탁자에서 카세트 플레이어와 황색 용지 (그 전날 내가 보았던 것과 같은 종이였다)를 집어 들고 329호실로 갔다. 방 창문은 커튼으로 빈틈없이 가려져 있고, 다리와 팔걸이에 가죽끈이 매여 있는 철제 의자가 여전히 바닥 한가운데 서 있었다. 다만 지금은 벽에서 전선 같은 것이 의자에 연결되어 있을 뿐이었다. 나는 방구석에 놓인 작은 필기 책상에 앉아 괘선이 그어져 있는 용지를 앞에 두고 카세트 플레이어의 스위치를 눌렀다.

"감사합니다. 대령 동지…… 팔걸이의자에 앉은 것만큼 편안합니다, 하하하…… 물론, 긴장이 됩니다. 일종의 시험 같은 거죠, 그렇죠? ……이해합니다. 네, '이'가 두 번입니다. 스비리덴꼬……"

나는 카세트 플레이어를 정지시켰다. 미쪽의 목소리였지만, 뭔가 좀 이상했다. 마치 누군가 폐 대신에 대장장이의 풀무를 그의 성대에 붙여 놓은 것 같았다. 그는 편하게 노래하는 듯한 어조로 시종일관 숨을 내쉬며 이야기했다. 나는 테이프를 조금 다시 감고 '재생' 단추를 눌렀다. 이번에는 멈추지 않고 끝까지 들었다.

"……시험 같은 거죠, 그렇죠? ……이해합니다. 네, '이'가 두 번입니다. 스비리덴꼬…… 아뇨, 감사합니다만 전 담배를 피우지 않습니다. 우리 일원 중 아무도 피우는 사람이 없지요. 그런 녀석이 있다면 바로 쫓겨날 테니…… 예, 이제 1년이 넘었지요. 저 자신도 믿기지가 않습니다. 달로 날아가는 걸 어렸을 때부터 꿈꿔 왔는데…… 물론입니다. 당연하죠. 맞습니다. 수정처럼 맑은 영혼을 가진 사람이 아니면. 지구를 전부 발밑에 두고 떠나는 것이기에…… 달에 누가 있는지에 대해서요? 아니요, 한 번도 생각해 본 적이…… 하하하, 농담하시는 거죠…… 그런데 이 방은 조금 이상하군요. 글쎄, 특이하다고나 할까. 여기는 대체로 다 이런 방인 겁니까, 아니면 그냥 여기가 특수 부서인 겁니까? 저 선반의 두개골들은 다 뭔지…… 맙소사, 마

치 책처럼 진열되어 있군요. 꼬리표까지 다 붙어 있네요. 대체
저게 다…… 아니아니, 그런 의미가 아닙니다. 다 이유가 있어
서 그렇게 놓여 있는 거겠지요. 해부하고, 정리해서…… 알지
요, 물론. 근데 정말, 대체 어떻게 보존을? ……그런데 이것은
눈을…… 얼음 깨는 송곳으로? ……예 여기, 제 것입니다. 이전
에도 설문조사가 두 번 더 있었습니다. 바이꼬누르 발사장 직
전이 맨 나중이었구요. 네, 전 준비됐습니다. 그런데, 대령 동지,
제가 세세한 사항을 전부 다 이미…… 그냥 자기 얘기를 해 보
라구요, 아이였을 때부터요? 아니요, 감사합니다. 충분히 편합
니다…… 뭐, 필요한 절차라면. 차에서 사용하는 머리 받침대
같은 걸 설치하면 좋을 텐데. 제가 앞으로 몸을 구부리면 베개
가 아래로 떨어질 수 있죠…… 아하, 왜 저런 거울을 벽에 두었
는지 궁금하던 참인데요. 그럼 한 장을 테이블 위에, 네. 이 초
는 참 굵기도 하군요…… 뭐로 만들었다고요? 하하하, 농담이
시겠죠, 대령 동지…… 설마. 솔직히, 그런 건 처음 봅니다. 어
디선가 읽었긴 하지만 본 적은 한 번도 없어요. 어디로요? 이
안으로요? 하느님 맙소사, 뭔 거울이 이렇게 많나요, 미용실
에 있는 것 같군요. 아니, 무슨 말씀이시죠, 대령 동지? ……그
저 말 습관일 뿐이죠, 저희 할머니가 쓰시던. 저는 과학적 무신
론자로, 만약 그렇지 않았다면 항공학교에 들어가지 않았을 겁
니다…… 꽤 잘 기억하고 있어요. 모스끄바로 이사 왔을 때 열
한 살이었어요. 태어난 곳은 선로 옆에 있던 작은 마을인데, 열

차가 3일에 한 번꼴로 지나갈 뿐, 정말 아무 일도 안 일어나는 곳이었죠. 그야말로 잠잠했어요. 거리는 더러웠고, 거위들이 길 한복판을 걸어 다녔죠. 술 취한 사람 천지고요. 모든 것이 잿빛이었어요. 겨울이나 여름이나 아무 차이가 없었죠. 공장 두 개, 영화관 하나. 물론 공원도 있지만, 결코 안 가는 게 더 낫다고나 할까요. 그러다 아시겠지만, 하늘에서 윙윙거리는 소리를 듣고, 눈을 들어 봤는데…… 설명이 필요 없겠죠…… 그리고 전 항상 책을 읽었어요. 제 안의 좋은 건 다 책에서 얻은 겁니다.[2] 가장 좋아했던 책은 당연히 『안드로메다 성운』[3]이지요. 정말 엄청난 영향을 받았어요. 한번 상상해 보세요. 철로 된 별…… 밤처럼 어두운 이 별에 정박한, 수영장이 딸린 멋진 쏘베뜨 우주선이라니. 푸른빛의 서치라이트에 둘러싸여 그 빛이 끝나는 지점에는, 적대적인 생명체의 존재. 빛을 두려워하고 어둠 속에 숨어 있어야만 하는 존재 말입니다. 일종의 메두사인지 뭔지 그런 생물에, 전 사실 그게 뭔지 잘 몰랐지만, 이런 검은 십자가가 있고, 이건 아마도 교회나 성직자를 비꼰 거라고 생각하지만요. 이 검은 십자가가 어둠을 기어 다니고, 인

---

2   작가 막심 고리끼(1868~1936)가 한 유명한 말.

3   이반 예프레모프(1907~1972)가 1957년에 발표한 그의 대표작으로, 서기 3000년대의 인류 사회를 그려 낸 장대한 유토피아 소설. 이 작품으로 그는 쏘련을 대표하는 공상과학소설 작가로 부상했다. 그는 원래 고생물학자로 고비 사막 등의 탐험대 대장으로 활동했으나 지병으로 은퇴, 이후 소설가로 변신했다.

간은 푸른빛이 있는 곳에서 아나메존을 찾고 있습니다. 그러다
가 그 검은 십자가가 뭔가 알 수 없는 걸로 공격을 합니다! 그
것은 에르그 노오르를 노렸지만, 니자 끄리뜨가 그녀의 온몸으
로 그를 보호했죠. 그래서 이제는 주인공들이 반격을 감행합니
다. 저 멀리 보이지 않는 곳까지 모조리 핵무기로 박살 내는 것
입니다. 그들은 니자 끄리뜨를 구하고 메두사의 두목을 잡아
서 모스끄바로 귀환합니다. 그 대목을 읽으면서 저는 우리나라
의 대사관들이 해외에서 엄청난 활약을 하는구나 생각했답니
다! 좋은 책이에요. 또 다른 책도 기억나네요. 어떤 동굴이 나
오는……"

"……"

"아뇨, 그 동굴은 나중에 나와요. 아, 동굴이 아니라 통로예
요. 낮은 천장에 횃불 같은 게 달려 있는 통로죠. 밤에는 전사
들이 횃불을 들고 왕자를 수호하죠. 그들 말로는 아카드인의
마수로부터 지키는 거라고 하지만, 사실 경계하는 상대는 왕의
형제였죠, 물론…… 북탑의 사령관 나리, 감히 이런 말씀을 아
뢰옵니다. 하지만 이곳의 모든 이들이 다 똑같은 생각을 하고
있지요. 모든 전사들과 하인들 말이죠. 만약 나리께서 제 혀를
잘라 내라 명령하셔도 누군가 또 나리께 같은 이야기를 할 것
입니다. 여기에 메스칼람둑으로부터 왕자님을 지키기 위해 군
대를 주둔시킨 이는 슈바드 여왕 본인입니다. 그는 사냥을 갈
때마다 항상 끝이 뾰족한 청동 투구를 쓴 전사 2백 명을 대동

하고 남쪽 성벽을 따라 행군하죠. 사자를 사냥하는 데 그 많은 전사들이 왜 필요하겠습니까? 모두들 수군거립니다. 아시겠습니까, 북탑 사령관 나리, 또 잎담배를 씹고 계셨습니까! 저는 닌프루삭, 아라타의 신관神官이자 인장 조각가죠. 즉, 이다음에 신관이자 인장 조각가가 될 거란 말이죠. 아직은 어리지만…… 뭘 적고 계신 거죠? 나리께선 절 아시잖아요. 청동 장식이 달린 굴레도 씌워 주셨잖아요. 기억 안 나세요? 아니…… 기다려 봐요…… 전 남투라와 앉아 있었어요. 아시죠, 귀가 잘려 나간 그 남자. 그 사람에게 삼각형을 조각하는 방법을 배웠어요. 삼각형이 저에겐 가장 어려운 모양이에요. 우선은 깊이 두 번 찔러 넣어 자른 다음, 넓은끌을 사용해 제3의 면에서 그것을 비틀어 꺼내고…… 예, 그렇습니다. 그런데 밖에서 누군가 휘장을 무례하게도 들춰서, 올려다보자 거기 서 있는 두 명의 전사가 보였죠. 경하드립니다! 그들이 말했어요. 우리의 여왕은 이제 여왕이 아니라, 위대한 아바라기 대왕이 되었습니다! 그는 난나 신을 보러 막 출발했고, 우리도 떠날 준비를 해야만 했죠. 남투라는 기뻐서 눈물을 흘리구요. 아카드어로 뭔가 노래를 부르기 시작하며 짐을 꾸리더군요. 하지만 전 남투라에게 끌을 잊지 말라고 말하고 바로 중정으로 나갔죠. 승리자 우르슈! 횃불을 든 병사들이 중정을 낮처럼 환하게 밝혀 놓았죠! 웬걸요, 북탑의 사령관 나리, 물론 아니죠. 남투라는 그런 식으로 계속 중얼거렸죠…… 아니요 살아 있는 목숨을 공양드린 적도 없습니다. 아니죠. 저는 이제 위대한 아바라기 왕의 '누운'이죠. 그렇게 간단하게 제 귀를 잘라 버릴 순 없습니다, 칙령이 필요하죠…… 좋아요, 허락합니다. 그곳에는 벌써 소가 끄는 이륜 전차가 준비되어 있었습니다. 빗장의 장인이 제게로 와서 말했습니다. 닌프루삭, 국가의 청동으로 만든 이 단검을 가져가라, 넌 이제 어른이다. 그러더니 그는 보릿가루 한 포대를 제게 주었습니다. 가는 길에 먹을 음식은 스스로 마련하라고 말하더군요. 주위를 둘러보니, 청동 투구를 쓴 전사들이 걷고 있더군요. 우르슈는 위대하다! 라고 생각했죠. 아니, 아누는 위대하다! 메스칼람둑과 아바라기는 화해했다는 것입니다…… 하지만 원래 왕의 말 한 마디 한 마디가 모두 아누인데, 도대체 어떻게 왕과 언쟁을 할 수 있단 말입니까? 얼마 후 그들이 제 이륜 전차를 끌고 오길래, 올라탔어요. 전차 안에는 다른 소년이 서서 황소를 몰고 있더군요. 전에는 한 번도 본 적 없던 아이였죠. 기억나는 건 그 아이가 아주 고가의 보석인 터키석 목걸이를 걸고 있었다는 것뿐입니다. 그리고 허리춤에 차고 있던 그의 단검. 그도 조금 전에 그걸 받은 거지요. 요새를 둘러보니 조금 슬퍼지더군요. 그런데 그때 구름들이 흩어지면서 그 틈으로 달이 너무나 환하게 빛났어요…… 저는 마음이 아주 편해지면서 행복한 기분이 들었죠…… 외양간 옆 절벽의 석판을 밀어제치자 동굴로 가는 입구가 나왔어요. 거기 동굴 같은 게 있을 줄 꿈에도 몰랐죠. 저는 정말…… 전 전장에서 영웅이 되고 싶지 않아요! 거기에 있던 건 당신이죠! 이제 기억나요. 그리고 그때, 북탑 사령관 나리, 당신이 맥주 두 통을 가지고 우리에게 와서 왕의 형제 메스칼람둑이 하사하신 거라고 말했죠. 당신은 똑같은 복장을 하고 있었지만, 머리에 채색된 청동 투구를 쓰고 있었어요. 우리는 그걸 다 마셔 버렸죠. 맥주를 마신 건 처음이었어요. 그런 다음 제 옆의 그 아이가 뭔가 소리치더니 고삐를 당겼고, 우리는 출발했죠. 절벽의 구멍 속으로 곧장 들어갔어요. 길이 아래로 죽 경사져 내려가고 양옆은 하나도 보이지 않을 정도로 어두웠던 걸로 기억해요…… 그래서 어떻게 되었냐고요? 그래서 전 여기 나리의 탑에 오게 됐지요. 이 모든 게 맥주 탓일까요? 그들이 저에게 벌을 줄까요? 저를 위해 중재 좀 해 주세요, 북탑의 사령관 나리. 무슨 일이 일어났는지 말 좀 해 주세요. 아니면 그 명판을 그들에게 주세요. 거기다 다 적어 놓으셨잖아요. 물론, 가지고 있습니다…… 아니요, 나리께는 드리지 않고, 저 자신에게 찍을 거예요. 아무도 자기 인장을 남에게 그냥 내주지 않죠. 위대한 우…… 중재자 아누! 이거예요! 마음에 드시나요? 제 손으로 만들었어요. 세 번의 시도 끝에 제대로 만들어 냈죠. 이건 마르둑 신이에요. 울타리라뇨? 그건 상위의 신들이 늘어서 있는 거예요. 저를 지켜 주세요, 북탑의 사령관 나리! 나리를 위해 인장을 세 개 파 드릴게요. 아뇨, 전 울지 않아요…… 이제 괜찮아요, 다 그쳤어요. 나리님은 현명하고 강한 분이시죠. 제가 울었다고 아무에게도 말 말아 주세요…… 그들이 알면, 무슨 아라타의 신관이란 사람이 맥주 한 잔에 울었다고…… 물론 저도 그러고 싶어요. 어디요? 남쪽이나 북쪽으로요? 여긴 벽 전체가 다 거울로 덮여 있군요. 이해합니다…… 네, 알고 있어요. 닌릴이 흐르는 맑은 물에 목욕하고 나서 운하의 둑으로 나왔던 때였죠. 그녀의 어머니가 거듭 일렀지만, 그녀는 운하의 둑으로 여전히 나오곤 했죠. 그리고 엔릴은 그녀를 범해 아이를 배게 했죠. 그 후 엔릴은 키우르 마을로 갔고, 신들은 평의회를 열어 엔릴에게 이렇게 말했어요. '여자를 강간한 엔릴, 마을을 떠나라!' 그리고 물론, 닌릴은 그를 따라갔어요…… 아니요 괜찮아요, 많이 눈부시지는 않습니다. 다른 두 사람요? 아 그것은 또 나중의 이야기. 엔릴이 강바닥의 파수꾼이 되었고, 난나는 닌릴의 배 속에 있을 때의 일입니다……"

"……"

"……그런데 원래 그 두 사람은 하나의 같은 신이 두 사람으로 현현한 것에 지나지 않습니다. 헤카테가 어둡고 신비스러운 쪽이라면, 셀레네는 환하게 빛나는 쪽이라 말할 수 있겠지요. 이 방면엔 제가 그다지 아는 게 없다고 인정해야겠지만요. 그저 아테네에 있을 때 한두 개 주워들었을 뿐이죠…… 예, 아테네에 있었습니다. 도미티아누스 황제 시절에요. 거기 숨어 있었습니다. 그러지 않았다면, 원로원 의원님, 제가 이렇게 당신과 가마에 앉아 가지도 못 했을 겁니다…… 별일은 아니었습니다.

불경죄였죠. 그들은 저의 주인집 안마당에 황제의 상이 있고, 그 옆에 두 명의 노예가 매장되어 있다고 주장했죠. 하지만 주인집에 원래 그런 조상彫像은 어디에도 없었어요. 우리는 네르바 황제 시대가 되었는데도 두려워서 돌아갈 수 없었죠. 하지만 지금의 황제 치하는 두려울 게 없지요. 황제께선 플리니우스 세쿤두스를 특사로 친히 보내셨어요. 얼마나 시대가 바뀌었는지, 이시스와 세라피스에 영광을! 우연이 아니었죠…… 무슨 말씀이시죠, 원로원 의원님, 헤라클레스에게 맹세합니다! 아테네에서의 일인데요, 아테네는 이집트인들로 북적거렸지요…… 신기한 서판을 쓰고 계시군요. 밀랍이 전혀 보이지 않네요. 그 사자 얼굴은 호박인가요? 설마, 코린트의 청동인가요…… 실제로 본 건 처음입니다…… 하지만 전 아시는 바대로, 섹스티우스 루피누스입니다. 아뇨, 해방 노예 출신입니다. 가마는 정말 놀라운 물건이에요. 노예들이 능숙하기만 하면, 타고 가면서 글을 쓸 수도 있지요. 또 방 안과 똑같이 등불이 켜져 있고, 밖에는 낙엽송이 스쳐 지나가죠. 자, 이제 보니, 원로원 의원님, 당신은 사람 마음을 읽을 수 있다는 걸 알겠군요. 저는 끊임없이 스스로에 대한 시를 짓고 있습니다. 물론 마르티알리스 정도는 아니고, 사실 모자라는 둔필을 끼적거릴 뿐이죠…… '하찮은 운문으로 나는 노래하네. 한때의 카툴루스가 읊은 것처럼. 칼루스와 고대 시인들처럼. 그게 다 나와 무슨 상관이란 말인가? 나는 대광장을 버리고 시를 택하였노라……' 물론 과장

이 좀 들어갔지만 말입니다. 시란 원래 그런 거지요. 사실 제가
그리스도교 신자 사건의 증인이 된 것도 문학 때문입니다. 저
는 우리 총독 대리를 보러 갔습죠. 위대한 분이지요…… 뭐, 정
확히 제가 증인은 아니었습니다. 아니죠, 아니에요, 전 그저 있
는 대로 모든 걸 기록했을 뿐입니다. 사실 그 남자, 막시무스는
정말로 갈릴리에서 왔어요. 밤이 되면 그 사람의 집에 사람들
이 모여 어떤 연기 같은 걸 흡입했습니다. 그런 다음 그는 아무
것도 안 입고 샌들만 신고 지붕 위에 올라가 닭처럼 울어 댔죠.
저는 그 모습을 보자마자 그들이 그리스도교 신도들인 걸 알
았죠…… 물론 박쥐 얘기는 좀 지어낸 겁니다. 하지만 뭔 상관
이겠습니까? 어쨌든 그들이 갈 곳은 검투사학교였는걸요. 하
지만 전 우리 총독 대리가 마음에 들었습니다. 예…… 그는 저
를 자기 책상 쪽으로 오라고 해서 제 시를 들어 주었습니다. 칭
찬했구요. 그러고는 '섹스티우스, 저녁 먹으러 오게나. 다음 보
름에. 내가 사람을 보내겠네'라고 말했지요. 저는 제 시가 적
힌 두루마리를 정리해 두었죠. 로마에 가게 될 것이라고 생각
했습니다. 그리고 가장 좋은 망토를 걸쳤죠…… 아뇨, 전 토가
는 입을 수 없습니다. 로마 시인이 아니거든요. 우리를 태운 마
차는 마을을 벗어나더군요. 우리는 오랜 시간 여행을 했고, 저
는 잠이 들었습니다. 깨어 보니 어떤 저택과 사당 사이에 있는
건물과, 횃불을 든 사람이 보이더군요. 우리는 건물 안으로 들
어가 중정을 통과했습니다. 지붕 없이 열린 하늘 아래 탁자 하

나가 이미 놓여 있고, 달빛에 사위가 훤하더군요. 달은 믿을 수 없을 정도로 컸습니다. 노예들이 총독 대리님이 곧 나오실 거라고 말하며 누워서 포도주를 좀 마시라고 권하더군요. 대리석 양 조각 아래가 손님 자리입니다. 저는 누워서 마시기 시작했고, 거기 누워 있던 다른 이들은 조용히 저를 쳐다보았습니다. 저는 총독 대리가 저들에게 제 시에 대해 무슨 말을 했을까 궁금했지요…… 마음이 편치 않더군요. 하지만 두 개의 하프가 막 뒤에서 연주를 시작하자, 갑자기 전 몹시 행복해졌습니다. 연주는 놀라웠습니다. 저는 어쩌다 보니 일어서서 춤을 추고 있더군요…… 그러더니 불을 밝힌 삼각대가 들어오고 황색 튜닉을 입은 다른 이들도 나타났습니다. 조금 제정신이 아닌 것처럼 보이더군요. 그들은 이곳저곳에 앉더니 갑자기 팔을 달 쪽으로 뻗고 그리스어로 뭔가 노래하기 시작했습니다. …… 아뇨, 무슨 일인지 저는 몰랐습니다. 그저 춤추며 나름대로 즐겼습죠. 그러자 총독 대리님이 나타나셨는데, 은색 원반이 달린 끝이 뾰족한 프리지아 모자를 쓰고 갈대 피리를 들고 계셨죠. 눈은 반짝반짝 빛내면서요. 그분은 제 잔에 포도주를 더 채워 주셨죠. 너는 다섯 편의 시를 썼더구나, 섹스티우스. 그분이 말씀하셨습니다. 그러고는 달에 대해 말씀하시기 시작했습니다. 마치 의원님과 똑같이요. 아 참 그런데 의원님은 거기에 있었지요, 틀림없이? 저는 줄곧 생각했답니다. 왜 우리가 이 가마에 같이 타고 있는지. 맞아요…… 지금 당신은 토가를 입고 계시지만, 그때는 총독 대리님과 동일한 튜닉에 프리지아 모자를 쓰고 계셨지요. 네, 당신은 말 꼬리가 달린 붉은 긴 창을 쥐고 있었어요. 저는 당신에게 등을 보이고 싶지 않았습니다. 하지만 총독 대리님이 제게 말씀하셨죠. 헤카테를 봐라, 섹스티우스, 내가 피리를 연주해 주마. 그는 연주를 시작했습니다. 아주 온화하게. 저는 위를 올려다보고 있었습니다. 그러자 당신이 헤카테와 셀레네에 대해 물어보기 시작했죠. 하지만 어떻게 제가 당신의 가마 안에 들어오게 된 것입니까? 상관없다고요? 그럼 자 이시…… 헤라클레스에게 경배를……, 아폴론과 헤라클레스에게…… 좋습니다. 다시 돌려주시겠습니까. 저는 총독 대리님께 읽어 드리고자 이것들을 가져왔습니다. 당신도 문학가이신가요, 원로원 의원님? 계속 뭔가 쓰시는 걸 봤는데요. 아하, 기념이라고요. 시도 좋아하십니까. '이 순간은 너의 것, 레아처럼 걷고 머릿결에는 장미향이 피어나네' 물론입니다. 장식 돌에도 찍을까요? 걱정 마십시오, 조각은 아주 얇아서 모양을 찍어 내는 데 그리 많은 밀랍이 들진 않습니다. 그런데 우리 다 와 가나요? 감사합니다, 의원님. 머리가 좀 헝클어졌군요. 그런 거울은 메트로폴리스에선 얼마쯤 할까요? 설마요? 비튀니아에선 그 가격이면 집도 살 수 있습니다. 그것도 코린트 청동 아닌가요? 은인가요? 여기 이 직인은……"

"……"

"괜찮습니다. 알아볼 수 있습니다. 자 어디 보자…… '볼프 중위에게, 동프로이센에서 세운 공을 기념하며. 뤼덴도르프 장군' 오, 실례, 소장, 이게 저절로 열렸어요. 대단히 훌륭한 담배 케이스입니다. 거울처럼 반짝이는군요. 그러니까 1915년에 당신은 이미 중위였습니까? 비행사이기도 하셨고요? 그러고 보니, 당혹스럽군요, 소장. 이 세 개의 십자가 때문에 그 어떠한 작전 참가도 허락할 수가 없군요. 야크기와 미그기는 어디에나 많지만 우리나라엔 포겔 폰 리히트호펜 전투기가 단 한 대뿐이라는 얘기를 들었습니다. 이 특별한 임무가 아니라면, 저는 어딘가 빈 막사에서 썩고 있었겠지요…… 네, 제 이름은 '새'와 철자가 똑같습니다. 저의 어머니는 아버지가 자기 아들을 그렇게 부르고 싶어 한다는 걸 알고 처음에는 화를 내셨죠. 하지만 그때 아버지의 친구인 발두르 폰 슈라흐가 자신의 모든 시를 저에게 헌정했습니다. 그 시들은 요즘 학교에서 읽히고 있지요…… 조심하세요, 저기 창문 너머에서 총을 쏘고 있어요…… 오, 벽이 두껍고 튼튼하네요…… 그가 이 특별한 임무를 알게 되면 뭐라고 쓸지 상상이 돼요. 그건 그 자체로 진정한 시가 되겠죠. 전 그들이 저를 서부전선으로 전입시킨다는 말을 했을 때, 그 말을 믿었고, 베를린에서 무슨 일이 일어나고 있는지 알아냈죠. 처음에는 물론 괴롭더군요. 전선으로부터 전투기 비행사들을 귀환시키는 일 따위 이상으로 뭐 〈아넨에르베〉에서 할 게 있을까, 하는 생각이 들더군요. 하지만 비행기를 봤을 땐, 아 동정녀 마리아여! 한마디로…… 아니, 물론 아닙니다, 소장.

전 아이 때 조금 이딸리아에 살았던 것뿐이에요. 예, 저의 비행사 경력 중에 그렇게 아름다운 건 본 적이 없어요. 그 비행기가 실제로 어떻게 작동하는지 익히는 데는 시간이 좀 걸렸죠. 사실 그것이 〈메서슈미트 109〉에다 조금 긴 날개를 붙이고 엔진을 바꾼 정도의 물건이라는 걸 알게 된 것은 좀 나중의 일이었지요. 이런 제길, 탄창이 막혔군…… 아닙니다, 제가 직접…… 어쨌든, 저는 격납고에 발을 들이자 숨이 멎을 것 같더군요. 무척 폼 나고 온통 흰색이었어요. 어둠 속 마치 솜털 아우라 속에 빛나는 것 같았죠. 하지만 제가 정말로 놀랐던 건 실습이었죠. 장비를 공부할 거라고 생각했는데, 그 대신 〈아넨에르베〉에 있는 당신에게 저를 데리고 가서 두개골을 측정하고 온종일 바그너의 음악을 틀어 놓더군요. 무슨 질문을 해도 대답을 안 해주고요. 밤에 그들이 절 깨웠을 때, 전 제 두개골을 다시 검사할 거라고 생각했어요. 하지만, 아니었죠, 창문 밖을 내다보니 벤츠 두 대가 시동을 켠 채 서 있었죠…… 훌륭한 사격 솜씨입니다, 소장! 탑에 명중했군요. 그런 재주는 어디서 배우셨습니까…… 뭐, 그래서 우리는 차를 타고 달렸죠. 그 후에는…… 네, 횃불을 든 친위대 몇 명이 길을 봉쇄했죠. 우리는 그들을 지나쳐 숲을 빠져나왔고, 주랑이 받치고 있는 건물과 비행장이 나왔어요. 주위에는 개미 새끼 한 마리 없었고, 가벼운 미풍과 하늘에 떠 있는 달뿐이었어요. 전 베를린 주변의 비행장은 다 안다고 확신했는데, 그런 곳은 본 적도 없었어요. 제 비행기는 거기 활주로에 서 있었고, 폭탄 같은 뭔가 하얀 것이 동체 아래 매달려 있었지만, 그들은 제가 그 옆을 지나가지도 못 하게 하고는 곧장 건물 안으로 데려갔죠…… 아뇨, 기억나지 않아요. 기억나는 거라곤 바그너 음악뿐이에요. 그들이 옷을 벗으라고 하더니 아이처럼 절 씻기더군요…… 아니요, 수류탄은 갖고 있죠, 나중에 필요하게 될 테니…… 그러고 나서 그들은 제 피부에 기름을 발랐죠. 그건 뭔가 고풍스러운 냄새가 났어요, 기분 좋은 냄새였어요. 그들은 제게 완전히 하얀 비행복을 주었죠. 가슴엔 제 훈장이 다 달려 있고요. 저는 생각했어요, 자, 포겔, 그래 이거야…… 평생 전 그와 같은 순간을 꿈꿔 왔죠. 그러자 〈아넨에르베〉에서 온 남자들이 말했어요. '비행기까지 걸으시오, 기장, 거기서 다 얘기를 해 줄 겁니다' 그들은 모두 차례로 저와 악수를 했고, 저는 출발했죠. 부츠도 흰색이라, 진흙을 밟게 될까 걱정됐죠…… 잠깐만요…… 전 비행기로 갔고, 거기에는…… 세상에, 그건 당신, 소장이었어요. 그 헬멧이 아닌 검은 군모를 쓰고 있었죠…… 그리고 당신은 모든 걸 제게 설명하기 시작했죠. 만 천 킬로까지 상승한 다음, 비행 각도를 달로 맞추고 왼쪽 계기판에 있는 붉은 버튼을 누른다…… 제길, 하나 빠뜨렸네요! ……그들은 흰 지도 케이스를 제게 준 다음, 코냑을 넣은 커피를 보온병에서 따라 주었죠. 아뇨, 고맙지만, 전 이륙 전엔 아무것도 안 마십니다, 라고 제가 말하자 당신이 엄하게 말했어요. '그 커피를 누가 보내신 건 줄은 아나, 포겔?'

제가 고개를 돌리자, 그가 보였어요. 도저히 믿기지 않는 일이었죠. 뉴스 영화에서 보던 모습 그대로, 두 줄 단추가 달린 재킷까지 입었더군요. 하지만 그는 군모를 쓰고 있었고 목에는 쌍안경을 걸고 있었죠. 그리고 콧수염은 초상화에서 보던 것보다 조금 더 넓었어요…… 어쩌면 달빛 때문에 그렇게 보였을지도 모르겠군요…… 그래서 아무튼, 전 커피를 마시고 비행기에 탄 다음 산소마스크를 쓰고 이륙했죠. 그러자 곧 기분이 좋아지고 폐가 커진 것처럼 느껴졌어요. 전 만 천 고도까지 올라가서 비행 각도를 달에 맞췄죠. 달은 어마어마하게 크고 하늘을 반 넘게 차지한 것 같더군요. 저는 아래를 내려다봤어요. 아래는 모든 것이 녹색으로 보이더군요. 반짝이며 흐르는 강도 있고…… 얼마 후 전 버튼을 눌렀고, 오른쪽으로 기울어 떨어지기 시작했어요. 그러곤 어떻게 착륙했는지 기억이 안 나요…… 여기에 서명할까요? 기념으로 뭔가 써 주시겠습니까? 감사합니다…… 베를린으로 많은 인원이 들어갔나요? 네, 그건 이해합니다…… 별거 아닙니다. 깨진 돌에 긁힌 거겠죠, 아마도. 코는 부러지지 않았어요…… 아하, 네, 그런 건 일도 아닙니다. 담배 케이스로 이렇게 면도도 할 수 있지요, 거울도 필요 없어요……"

"……"

"아뇨, 감사합니다, 됐습니다. 사실 전 부탁하지 않았는데 거기 놓으셨어요, 대령 동지. 촛불을 켜실 때요…… 그러니까, 그러고 나서 말이죠. 전 많은 책을 읽고, 스스로 작은 망원경을 하나 만들었습니다. 대개 달을 관찰했지요. 한번은 학교 학예회에 루노호뜨 복장을 하고 간 적도 있어요. 그날 저녁 기억이 생생합니다…… 모든 아이들이 간단한 분장을 하고 강당에 모여 있었죠. 그 애들은 모두 춤을 출 수 있었어요. 하지만 제 복장으로는 네 발로 걸어야 루노호뜨처럼 보였죠. 강당에는 음악이 쾅쾅 울리고, 모두들 얼굴이 벌게져 있었어요…… 저는 문 옆에 서서 텅 빈 학교를 네 발로 기어 다녔어요. 복도는 어두컴컴하고 텅 비어 있었죠. 창문까지 기어서 갔더니, 창문 밖에 달이 떠 있더군요. 색깔이 노란색도 아니고 무슨 녹색 같더군요. 꾸인지의 그림에서처럼 말이죠. 그 그림 아시죠? 전 침대 위에 그 그림을 걸어 두었습니다. 잡지 『여성 노동자』에서 오렸지요. 바로 그때 전 달로 가겠다고 스스로에게 다짐했습니다. ……하하하…… 대령 동지, 동지가 저를 위해 힘을 써 주시면, 틀림없이 가게 될 것입니다…… 그 이후요? 졸업 후 저는 자라이스끄 비행학교로 갔죠. 그다음엔 바로 여기…… 이제 대강 아시겠습니까? 예, 압니다, 대령 동지, 이렇게 따로 얘기하는 게 항상 더 좋은 법이지요…… 서명하라고요? 푸른색 잉크로 해도 될까요? 그렇습니다. 마음은 단순한 게 좋고, 지령서는 짧은 게 좋은 법이지요…… 예, 주세요, 가능하면 산딸기로. 실린더용 사이펀은 어디서 구하셨나요? 아, 바보 같은 질문을 했군요…… 대령 동지, 질문 하나 더 해도 괜찮을까요? 그들이 달 표면의 흙을 당신 앞으로 가져온다는 게 사실인가요? 기억이 안 납니다. 우리 일원 중 누군가가…… 물론 그 흙을 보고 싶죠, 텔레비전에서만 봤을 뿐이니…… 우와! 이런 단지에 어느 정도 들어갑니까? 3백 그램 정도요? 제가 좀? 감사합니다…… 정말 감사합니다…… 한 장 더 주시겠습니까, 흘리지 않게 잘 싸게요…… 감사합니다. 기억합니다. 복도를 따라 오른쪽으로 가서 승강기를 타고 내려가는 거지요. 제가 못 해낼까요? 약효가 아직도 남아 있을까요? 좋습니다. 그럼, 데려가 주십시오…… 정말 이상한 군모를 쓰고 계시네요. 아뇨, 마음에 듭니다. 이전엔 군대에서 그런 모자를 썼다지요, 부조노프까라고 하던가요. 아주 멋지지만, 특이하죠. 뾰족한 봉우리가 없이 둥근 모장帽章이…… 아뇨, 잊어버리지 않았습니다. 왼쪽으로요, 맞죠? 그런데 왜 횃불을 들고 계시나요? 전기 기사는…… 아 압니다, 통행 허가가 필요하지요. 조금 비추어 주실 수 있습니까. 대단히 가파르군요. 꼭 우리 착륙선 같네요. 대령 동지, 여기 막다른 길인데요……"

빵 하는 건조한 소리가 울렸다. 그리고 남성과 여성의 합창 소리가 들렸다.

"작은 사과를 깨물고 있었네. 아아, 이 노래를 지금도 기억하고 있는 것은……" 그러고는 짧은 휴지 같은 정적이 흘렀다. 그러고는 "어린 풀……"이라고 깊은 목소리로 노래하는 여성의 목소리. "초원의 공작돌……" 활기차고 밝게 울리는 바리톤 목소리가 울려 퍼졌다.

나는 카세트 플레이어를 껐다. 끔찍한 두려움이 엄습했다. 검은 가운을 입고 호루라기를 들고 목에 스톱워치를 건 대령이 기억났고, 아무도 미쪽에게 그 어떤 질문도 하지 않고 있었다는 것을 깨달았다. 매번 그는 독백을 중단시키는 작은 호루라기 소리에 대답하고 있었던 것이다.

승무원 일행 중 그 누구도 내게 미쪽에 대해 묻지 않았다. 사실 그 애는 나 이외에는, 가끔 오토와 직접 만든 카드로 게임 하는 것 말고는 거의 교제가 없었다. 그의 침대는 우리 방에서 벌써 치워졌고, 잡지 『여성 노동자』에서 오린 꾸인지의 그림 〈드네쁘르 강의 달밤〉과 〈한 바이꼬누르〉만이 벽에 남아서, 미쪽이라고 불리던 소년이 존재했었음을 우리에게 상기시켰다. 수업에선 모두 아무 일도 없었던 것처럼 행동했다. 우르차긴은 유난히 활기차고 즐거워 보였다.

한편, 부대원 중 한 명의 상실을 눈치채지 못한 듯 보이는 우리의 소부대는 벌써 평소처럼 자신의 〈작은 사과〉 노래를 마저 부르고 있었다.[1] 아무도 말은 안 했지만, 비행할 날이 머지 않았음이 분명했다. 비행 책임자가 몇 번이나 우리에게 와서 전쟁 때 빨치산 부대에서 싸웠던 무용담을 얘기했다. 우리는 사진을 찍었다. 처음에는 한 명씩 따로따로, 그다음엔 모두 같이, 또 그다음엔 전 교관과 함께 깃발 앞에서. 지상 층으로 나가자, 새로운 훈련생들과 마주쳤다. 그들은 우리와는 별개로 훈련을 받아 왔는데, 무슨 훈련인지는 잘 모른다. 우리 로켓 발사 후에 바로 어떤 자동 운전 탐사기를 알파 마이크로세팔루스로 보낸다는 얘기가 있긴 했는데, 새로운 훈련생들이 그 탐사기 승무원인지는 확실하지 않았다.

9월 초의 어느 저녁, 나는 급작스러운 비행 책임자의 호출을 받았다. 그는 자기 집무실에 있지 않았고, 대기실에서 「뉴스위크」 지난 호를 보며 지루함과 싸우고 있던 부관은 그가 329호실에 있다고 말해 주었다.

329호 문 뒤에선 목소리들과 웃음소리 같은 어떤 소리가 났다. 노크했지만 아무도 대답하지 않았다. 나는 다시 노크를 해 보고 손잡이를 돌렸다.

담배 연기가 천장 바로 아래에서 맴도는 모습을 보니, 어쩐지 자라이스끄 비행학교에서 공중에 떠 있던 비행운이 내 머릿속에 떠올랐다. 방 중앙의 철제 의자에는 몸집이 작은 일본 남자가 팔다리가 끈으로 묶인 채 앉아 있었다. 그의 비행복의 소

---

1   혁명가革命歌 〈그레나다〉의 내용을 암시한 문장이다. 문장 속의 〈작은 사과〉는 앞 장 마지막 부분에 언급된 혁명가.

매에 동그란 빨간 태양이 그려진 하얀 사각형이 있어서, 그가 일본인임을 알았다. 그의 입술은 푸르스름하게 탱탱 부어 있었고 검붉은 멍 한가운데 있는 한쪽 눈은 오그라들어 좁은 틈처럼 보였다. 그의 옷에는 피가 튀어 있었다. 어떤 붉은 점은 튄지 얼마 안된 피고, 다른 점들은 이미 말라서 갈색을 띠었다. 란드라또프가 반짝이는 긴 부츠를 신고 공군 중사의 제복을 입고 의자 앞에 서 있었다. 창문 옆에는 평복을 입은 작은 몸집의 젊은 남자가 팔짱을 끼고 벽에 기대 서 있었다. 비행 책임자는 구석에 있는 탁자를 앞에 두고 앉아, 멍하니 일본인을 정면으로 응시하며 뭉툭한 연필 끝으로 탁자를 두드리고 있었다.

"비행 책임자 동지!" 내가 말을 걸었지만, 그는 손을 저어 저지하고는 탁자 위에 흩어져 있던 서류들을 서류철에 모으기 시작했다. 나는 란드라또프 쪽으로 시선을 돌렸다.

"안녕" 그가 말하며 내 쪽으로 커다란 손바닥을 내미는가 싶더니, 돌연, 생각지도 못하게 일본인의 배를 힘껏 퍽 하고 쳤다. 일본인이 희미하게 컥 하는 소리를 냈다.

"새끼가 합동 임무를 하고 싶지 않대!"

란드라또프가 어깨를 으쓱하고 놀라서 눈을 동그랗게 뜨며 말했다. 그러고는 부자연스럽게 발을 밖으로 비틀어 재빨리 쪼그려 앉아 코사크 춤을 추면서 부츠를 두 번 탁탁 쳤다.

"그만둬, 란드라또프!" 비행 책임자가 탁자 쪽에서 나오며 소리쳤다.

증오에 가득 찬 듯 낮게 낑낑대는 소리가 방 한구석에서 들려왔다. 개 한 마리가 로켓이 그려진 검푸른 사발 앞에 앉아 있었다. 아주 늙은 허스키로 눈동자가 새빨갰는데, 나를 더욱 놀라게 한 것은 그의 몸을 싸고 있는 연녹색 제복 재킷으로, 육군 소장 견장에 가슴에는 레닌 훈장을 두 개나 달고 있었다.

"내가 소개해 주지" 내 시선을 눈치챈 비행 책임자가 말했다. "라이까 동질세. 최초의 쏘베뜨 우주비행사였지. 덧붙이자면, 라이까의 어미 아비도 우리 동료였다네. 북쪽 어디였지만, 같은 부서였지"

비행 책임자는 브랜디가 든 작은 플라스크를 손에 들고 오더니 개의 밥그릇에 좀 부었다. 라이까는 그의 손목을 살짝 물려고 하다 놓치고는 다시 낑낑거리기 시작했다.

"영리한 개라네" 비행 책임자가 미소 지으며 말했다. "사방에 오줌만 안 갈긴다면 말이지. 란드라또프, 가서 걸레 좀 가져오게"

란드라또프가 나갔다.

"요이 오텐키니 나리마시타네" 힘겹게 입술을 벌리며 일본인이 말했다. "하나와 사쿠라기 히또와 후지와라"

비행 책임자가 묻는 듯한 표정으로 창가의 젊은 남자를 쳐다보았다.

"저 친구 제정신이 아닙니다, 중대장 동지" 젊은 남자가 말했다.

비행 책임자는 탁자에서 서류철을 집었다.

"가세나, 오몬"

복도로 나가자 그는 내 어깨에 팔을 둘렀다. 란드라또프는 손에 걸레를 들고 지나가더니 329호 문을 닫으며 나에게 윙크했다.

"란드라또프는 아직 젊어" 비행 책임자가 생각에 잠긴 듯 말했다. "조금 거칠다고 할까. 하지만 좋은 비행사라네. 타고났지"

우리는 조용히 몇 미터를 더 걸어갔다.

"자, 오몬" 비행 책임자가 말했다. "내일모레면 자네는 로켓 발사장으로 가네. 드디어 때가 됐지"

나는 지난 몇 달간 그 말을 듣게 될 걸 예상하고 있었지만, 막상 들으니 안에 무거운 나사못이 든 눈덩이로 명치를 얻어맞은 것 같은 기분이 들었다.

"자네의 호출 신호는 자네 요청대로 〈라〉가 됐다네. 번거로운 절차였지만" 비행 책임자는 의미심장하게 손가락으로 위를 가리켰다. "하지만 결국 우리가 관철해 냈지. 다만 아래 가서는 이런 얘기를 하지 말게" 그는 아래쪽을 손가락으로 쿡쿡 찔러 댔다.

모형 로켓에서의 마지막 테스트 동안 나는 그냥 구경꾼처럼, 다른 대원들이 테스트를 받는 걸 벽 앞의 벤치에 앉아 구경

했다. 나는 일주일 전에 장비가 완비된 루노호뜨를 운전해 6분 만에 백 미터가 되는 길이를 8자 모양으로 도는 시험을 봐서 통과했다. 대원들은 모두 기준 시간 내에 정확히 작업을 맞췄고, 그 후 우리는 로켓 앞에 정렬해서 마지막 이별 사진을 찍었다. 나는 그 사진을 한 번도 본 적이 없지만, 어떤 사진일지 눈앞에 선하게 그려진다. 맨 앞에는 패드를 넣은 재킷을 입고 손과 얼굴에 엔진 기름 자국이 있는 쇼마 아니낀이 있고, 그 뒤에는 긴 양가죽 코트를 입고 가슴에는 덜렁거리는 산소마스크를 건 이반 그레치까가 알루미늄 지팡이에 몸을 기대고 서 있다. 그 뒤에는 노란색 오리 장식이 있는 면플란넬 보온용 담요 조각을 붙인 은색 우주복을 입은 오토 플루츠이스가 있다. 그의 헬멧은 밀어 올려져 뒤로 넘어가서, 마치 우주의 한기에 얼어서 굳어 버린 두건처럼 보인다. 그다음은 담요 모양이 오리 무늬 대신에 평범한 녹색 줄무늬인 것만 빼면 오토가 입은 것과 똑같은 우주복을 입은 지마 마쮸셰비치이다. 마지막 대원은 훈련생 제복을 입은 나이다. 내 뒤에는 전동차 의자에 앉은 우르차긴 대령이 있고, 그 좌측으로 비행 책임자가 서 있다.

"그러면 이제, 전통적으로 이어져 온 관례에 따라" 사진을 다 찍고 나자 비행 책임자가 말했다. "위로 올라가 붉은광장에서 몇 분 보낸다"

우리는 홀을 가로질러 가서 작은 철문 옆에서 잠시 머뭇거렸다. 곧 우리를 태우고 하늘 위로 쏘아질 로켓과 꼭 닮은 복제품에 마지막으로 시선을 한 번 주었다. 비행 책임자는 열쇠 다발에서 열쇠 하나를 잡고 벽에 난 작은 철문을 열었다. 우리는 나로선 처음 가 보는 방향으로 이어진 복도를 따라 걷기 시작했다.

우리는 여러 색깔의 전선이 둘러진 석벽 사이로 난 통로를 이쪽저쪽으로 굽이굽이 돌며 꽤 한참 걸어갔다. 복도는 여러 번 꺾어졌고, 때로는 천장이 너무 낮아서 몸을 웅크려야 했다. 어떤 곳에선 벽에 살짝 들어간 벽감이 있어 시든 꽃이 놓여 있고, 그 옆 벽에는 '1932년 세로쁘 날반쟌 동지가 무자비한 삽의 일격을 받아 이곳에서 숨졌다'라고 적힌 작은 기념 판이 붙어 있었다. 그다음엔 발밑에 붉은 카펫이 깔린 길이 나타났다. 복도가 넓어지기 시작하더니 마침내 계단으로 이어지며 끝이 났다.

계단은 아주 길었고, 1미터 폭의 평평한 오르막길이 양옆에 있고, 가운데 좁은 계단이 있는 구조였다. 비행 책임자가 우르차긴 대령의 휠체어를 위로 미는 걸 보고, 계단이 왜 그런 식으로 만들어졌는지 깨달았다. 비행 책임자가 지치자, 우르차긴은 한 손을 브레이크에 놓았고, 두 사람은 잠시 멈춰 섰다. 그 때문에 다른 이들도 속도를 늦췄는데, 특히 이반이 긴 계단을 올라가기 힘들어했기 때문이었다. 마침내 우리는 갖가지 문장_{紋章}이 조각된, 양쪽으로 열리는 육중한 참나무 문 앞에 다다랐다. 비행 책임자가 문의 자물쇠를 또 다른 열쇠로 열었지만, 습기로 팽창된 문은 내가 어깨를 문에 대고 온 힘을 다해 밀고 나서야 열렸다.

낮의 햇빛이 눈부셨다. 우리 중 몇몇은 눈 위에 손을 대고, 다른 이들은 몸을 돌렸지만, 우르차긴 대령만은 가만히 앉아 언제나 그랬듯 얼굴에 희미한 미소를 띠고 있었다. 빛에 차츰 익숙해지자, 끄레믈 궁벽 앞에 늘어선 회색 묘석들을 마주 보고 있음을 알게 됐고, 내 추측으론 우리는 레닌 묘의 뒤쪽 입구에서 나온 게 틀림없었다. 머리 위에 하늘을 본 지 너무 오래되어서, 나는 현기증을 느꼈다.

"우리 쏘베뜨 우주비행사 한 명 한 명은 꼭" 비행 책임자가 조용히 말을 꺼냈다. "비행 전에 여기, 모든 쏘베뜨 시민들이 신성시 여기는 이 묘석들 앞에 오게 되어 있다. 이곳의 작은 일부를 우주로 가져가기 위해서지. 우리나라는 숱한 어려움과 고난의 긴 세월을 겪은 위대한 길을 걸어왔다. 아무것도 없이 총을 실은 수레와 기관총만을 가지고 시작한 우리나라는 이제 너희 같은 젊은 청년들이 고도로 복잡한 자동화 기계를 조종하기에 이르렀다" 그는 잠시 말을 멈추고, 눈 한 번 깜짝하지 않고 차가운 시선으로 우리의 눈을 하나하나 맞추었다. "이것이 바로 조국이 제군들에게 위임한 것이며, 밤락 이바노비치와 내가 강의를 통해 주입시켜 온 것이다. 마지막으로 조국의 지면을 밟으며 너희들 각자는 붉은광장의 작은 일부를 가져가게 될 것이라 확신한다. 그 일부가 제군들에게 각각 뭐가 될지는 알 수 없으나……"

우리는 우리가 태어난 행성의 표면에 아무 말 없이 섰다. 낮 시간이었다. 하늘은 조금 흐렸고, 휘어진 푸른 전나무 가지가 바람에 부드럽게 흔들렸다. 꽃향기가 풍겨 왔다. 종이 울리며 다섯 시를 알렸다. 비행 책임자가 자기 시계를 힐끗 보더니, 눈 금을 조절하고는 몇 분 더 있을 수 있다고 말했다.

우리는 레닌 묘역의 중앙 문 앞에 있는 계단까지 걸어 나갔 다. 붉은광장에는, 방금 교대하러 와서 우리를 본 기색을 일절 비치지 않는 보초 두 명과 등을 보이며 시계탑 쪽으로 가는 삼 인조를 빼면, 사람 한 명 안 보였다. 나는 둘러보며 느낀 것은 뭐든지 들이마셨다. 굼 백화점의 회색 벽, 속이 텅 빈 과일과 야채 형태의 성 바실리 사원, 레닌 묘역, 벽 너머에 있는, 내가 아는 붉은 깃발이 꼭대기에 꽂힌 녹색 돔, 역사박물관의 박공 벽, 그리고 쏘베뜨 로켓의 철제 남근으로 얼마 안 있어 곧 꿰뚫 릴 것을 아마도 아직은 알지 못한 채, 지구로부터 등을 돌린 것 처럼 보이는 낮게 드리운 잿빛 하늘을.

"시간 다 됐다" 비행 책임자가 말했다.

소년들은 레닌 묘역 안으로 천천히 다시 들어갔다. 일이 분 도 안되어 외벽의 '레닌' 문자 아래에는 우르차긴 대령과 나만 이 남았다. 비행 책임자는 자기 시계를 쳐다보며 헛기침을 했 지만, 우르차긴은 이렇게 말했다. "잠시만, 중대장 동지, 오몬에 게 몇 마디 하고 싶은 말이 있소"

비행 책임자는 고개를 끄덕이고 매끄러운 대리석 모퉁이를 돌아 사라졌다.

"이봐 이리로 와 보게나" 대령이 말했다. 나는 그에게로 갔다. 굵은 빗방울이 간간이 붉은광장의 자갈 위에 막 떨어지기 시작했다. 우르차긴은 허공에다 손을 더듬었고, 나는 그에게 내 손을 건넸다. 그는 내 손을 받아 살짝 움켜쥐고 자기 쪽으로 끌었다. 그에게 몸을 구부리자 그가 내 귓속에 대고 속삭이기 시작했다. 그의 말을 들으며 나는 그의 휠체어 앞 계단이 빗속에서 점점 더 어두컴컴해지는 것을 가만히 바라보았다.

우르차긴 대령은 단어 사이사이에 길게 휴지를 주며 약 2분 동안 내게 얘기했다. 그는 말을 마치며 내 손을 한 번 더 움켜쥐었다가 놓아주었다.

"이제 가서 일원과 합류하게나" 그가 말했다.

나는 묘역 방향으로 한 걸음 옮기다가 뒤돌아보고 물었다. "대령님은요?"

빗방울이 점점 더 굵어지고 있었다.

"신경 쓰지 말게" 그가 휠체어 옆에 붙은 권총집같이 생긴 케이스에서 우산을 꺼내며 말했다. "여기 주위를 잠시 돌고 가겠다"

그리고 바로 그것이 내가 그 이른 저녁, 붉은광장에서 가지고 돌아간 것이다. 땅거미가 내린 어두컴컴한 자갈과 휠체어에 앉아 검은 우산을 펼치려고 애쓰는 낡은 군복 재킷을 입은 마른 체격의 인간 형상.

그날 저녁 식사는 아주 형편없었다. 별 모양 마카로니가 든 수프, 쌀을 곁들인 말라빠진 닭, 그리고 데친 과일. 보통 때 같으면 나는 그 액체를 다 마시고, 데친 과일도 다 먹었겠지만, 이번에는 쓴맛이 나는 쪼글쪼글한 배 한 조각을 먹은 후, 속이 거북해져서 접시를 밀어 놓았다.

페달 보트를 타고 갈대가 울창한 물 위를 나아가고 있는 것 같았다. 갈대 사이사이에는 거대한 전신주가 우뚝 솟아 있고. 페달 보트는 좌석 앞에 페달이 있는 평범한 종류가 아니라 일반 자전거를 개조한 것 같은 기묘한 구조로, 두 개의 두껍고 긴 부표 사이에 〈스뽀르뜨〉라는 글자가 새겨진 자전거 골조가 설치된 형태다. 나는 이 갈대들과 페달 보트가 어디서 갑자기 나타났고, 난 또 거기서 뭐하고 있는 건지 도무지 감이 잡히지 않았다. 하지만 그렇다고 사실 불안을 느끼는 것도 아니었다. 주위의 모든 것이 너무 아름다워서 그저 계속 쳐다보며 달리고 또 달리고 싶을 뿐, 그렇게 오랫동안 계속 가면 더 바랄 것 없이 행복할 것 같았다. 하늘도 유난히 아름다웠다. 수평선 위에 걸린 길고 가는 라일락색 구름은 전략 폭격기 편대 같았다. 따뜻한 날씨였다. 프로펠러가 물을 튀기는 조용한 소리와 서쪽에서 먼 천둥소리가 들려올 뿐이었다.

문득 나는 그것이 천둥소리가 아님을 깨달았다. 일정한 간격으로 내 안의 모든 것, 혹은 내 주위의 모든 것이 흔들리고 있었고, 머릿속이 윙윙 울리기 시작했다. 흔들릴 때마다 주위의 모든 강, 갈대, 머리 위의 하늘 등이 점점 더 희미해지는 것 같았다. 세계는 그 정교한 세부에 이르기까지 마치 변기에 앉아 화장실 문틈으로 집 안을 바라볼 때처럼 친근해졌다. 그것은 사실 모두 한순간에 일어난 변화로, 퍼뜩 정신을 차려 보니, 자전거는 더 이상 물 위에 있지도, 갈대에 둘러싸여 있지도 않고, 주위의 모든 것과 나를 격리시킨 투명한 구체 안에 있었다. 한 번 흔들릴 때마다 구체의 벽은 더 두껍고 견고해졌다. 갈수록 점점 더 빛이 약해졌고, 마침내 완전히 어둠에 싸였다. 그러고는 내 머리 위의 하늘이 천장으로 바뀌었고, 약하게 번쩍이는 전깃불이 나타났으며, 벽은 그 형태를 바꾸기 시작하며 내 쪽으로 무너질 듯 기울어지다가 다시 밖으로 구부러지며 유리나 깡통 같은 온갖 잡동사니가 꽉 차 있는 선반 형태를 띠었다. 그러자 이제 세계의 규칙적인 진동이 애초부터 원래 그랬던 것이 되었다. 즉, 그 진동은 전화벨 소리였던 것이다.

나는 루노호뜨 안의 안장에 앉아 핸들바를 붙잡고 틀 위로 바짝 몸을 굽히고 있었고, 패드를 넣은 재킷 차림에, 귀덮개가 달린 털모자를 쓰고 털 부츠를 신은 상태였다. 산소마스크가 스카프처럼 내 목에 둘러져 있었다. 벨 소리는 나사로 바닥에 고정된 녹색 라디오 상자에서 들려왔다. 나는 수화기를 들어 올렸다.

"아니, 이 빌어먹을 딸랑이 천치 새끼 같으니!" 기괴한 낮은 목소리가 고통에 찬 신경질적인 어조로 내 귓속에서 쾅쾅 울려 댔다. "거기서 젠장 지금 뭐하고 있는 거야, 딸딸이라도 쳤냐, 이 새끼야!"

"누구십니까?"

"항공관제센터 소장 할무라도프 대령이다. 이제 깼나?"

"네? 뭐라고요?"

"이런 미친 새끼! 됐고. 1분 전이다, 발사 준비!"

"예, 발사 준비!" 나는 중얼거리듯 대답하며 공포에 질려 피가 나올 정도로 입술을 깨물고, 그냥 내리고 있던 한 손도 핸들에 찰싹 붙였다.

"빌어먹을 놈" 수화기는 불분명하게 쉭쉭거리다 꺽꺽거리기 시작했다. 나에게 고함을 질렀던 남자는 분명 수화기를 얼굴에서 멀리하고 누군가에게 얘기하는 중인 듯했다. 잠시 후 전화기에서 신호가 나더니, 다른 목소리, 기계적이고 비인간적이지만 강한 우끄라이나 억양이 묻어 있는 목소리가 들려왔다.

"오십구…… 오십팔……"

전화기 너머 상대가 화를 내고 고함치며 험한 욕을 뱉었을 때, 나는 수치심과 충격에 휩싸였다. 하마터면 다른 모든 이들을 곤란에 빠뜨릴 치명적인 실수를 거의 저지를 뻔했다는 생각

때문이었다. 귓속에 울리는 발사 대기 카운트다운을 따라가면서, 나는 무슨 일이 일어났는지 기억하려 애썼고, 아무래도 특별히 별일을 저지른 건 아닌 것 같다는 결론에 이르렀다. 기억나는 거라곤 식욕을 갑자기 잃어, 데친 과일이 든 유리를 입에서 떼고 식탁에서 일어났던 일뿐이다. 그다음엔, 전화기가 울려 답을 했다는 것 정도.

"삼십삼……"

나는 루노호뜨의 장비가 완전히 장착되어 있음을 깨달았다. 이전에 늘 비어 있던 선반엔 물건들이 빼곡하게 들어차 있었다. 바닥 선반에는 반짝이는 바셀린으로 덮인 중국제 콘비프 〈만리장성〉 깡통이 늘어서 있고, 선반 상층부에는 지도 케이스와 머그잔과 깡통 따개와 권총집에 든 권총 한 자루가 모두 떨어지지 않게 철사로 고정되어 있었다. 내 왼쪽 엉덩이에는 '화기엄금'이라고 적힌 산소 실린더가, 오른쪽 엉덩이에는 큰 알루미늄 우유 용기가 닿아 있었다. 벽에서 번득이는 작은 전기등의 불빛이 우유 용기에 반사되었다. 전기등 아래에는 두 개의 검은 원이 표시된 달 지도가 걸려 있었다. 아래쪽 원 아래에는 '착륙 지점'이라는 글자가 적혀 있었다. 지도 옆에는 붉은색 마커 펜이 줄에 매달려 있었다.

"십육……"

두 개의 투시 구멍으로 보이는 밖은 완전히 어두웠는데, 그것은 예상했던 그대로였다. 루노호뜨는 로켓의 원추형 앞부분인 패어링으로 싸여 있기 때문이다.

"구…… 팔……"

나는 우르차긴 동지의 말이 떠올랐다. "카운트다운의 마지막 몇 초는 수백만의 텔레비전 화면을 통해 생중계되는 역사의 목소리 그 자체지"

"삼…… 이…… 일…… 발사!"

저 아래 멀리 어딘가에서 포효하듯 으르렁거리고 웅웅대는 소리가 매초마다 점점 커져 가더니, 곧 상상을 초월할 정도로 커져, 마치 수백의 커다란 망치가 로켓의 철제 동체를 두들겨 대는 것 같았다. 그런 다음 진동이 다시 시작됐고, 나는 내 앞의 벽에 머리를 몇 번이나 짓찧었다. 털모자가 아니었다면, 아마 머리가 깨져 버렸을 것이다. 콘비프 깡통 몇 개가 바닥에 떨어지더니, 한꺼번에 모든 물건이 와락 쏟아져서 순간 나는 우리가 추락하리라는 생각이 퍼뜩 들었다. 다음 순간, 조금 전부터 쭉 귀에 바짝 대고 있던 수화기 너머로 목소리가 멀리서 들려왔다.

"오몬! 날고 있다!"

"빠예할리!"[1]라고 난 소리쳤다. 윙윙대는 굉음은 강력하고 안정적인 우르릉 소리로 변했고, 흔들리는 전차가 가속할 때

---

1   'Поехали!' '출발' '가자' 정도의 의미. 쏘련 최초의 우주비행사 유리 가가린이 발사 순간에 외쳤던 단어로 유명하다.

떨리는 정도로 진동도 잦아들었다. 내가 수화기를 원위치에 걸어 놓기가 무섭게 전화가 다시 울렸다.

"오몬, 괜찮나?"

비행의 최초 단계에 대한 정보를 전하는 기계적인 말투로 멋을 부려 본 쇼마 아니긴의 목소리였다.

"괜찮아" 내가 말했다. "그런데 왜 그리 급하게…… 아, 그게 물론, 뭐랄까……"

"야 발사 중지되는 줄 알았잖아! 네 놈이 너무 깊이 잠들어 버려서 말이야. 시간은 정확히 계산되어 있었구. 전 궤도가 전부 거기에 달려 있거든. 병사 한 명을 지지대로 올려 보내 패어링을 발로 차서 널 깨우려고도 했었어. 무전으로 계속 너에게 응답하라는 신호를 보내고 말이야"

"아, 그랬구나"

우리는 몇 초간 침묵했다.

"있지" 쇼마가 다시 말을 이었다. "나에겐 이제 4분 정도 남았어. 아니 그것도 채 안 남았네. 조금 있으면 로켓을 분리해야 돼. 다른 놈들하고는 작별 인사를 했어. 너만 빼고 말이야…… 우리가 이야기 나누는 건 이게 마지막이야"

"오몬!" 쇼마가 나를 다시 불렀다.

"그래, 쇼마" 내가 말했다. "듣고 있어. 우린 날고 있어, 그렇지?"

"그래" 그가 말했다.

"기분이 어떠니?"라고 물어 놓고는 내 질문이 얼마나 무의미하고 모욕적인 것인지 금방 깨달았다.

"괜찮아. 넌 어떠니?"

"나도. 넌 뭐가 보이니?"

"아무것도. 밖을 내다볼 방법이 없어. 소음이 엄청나. 몹시 흔들리기도 하고"

"이 위에도 그래"라고 말하고는 나는 입을 다물었다.

"그럼" 쇼마가 말했다. "내 시간은 다 됐어. 오몬, 달에 착륙하면 내 생각도 해 줄 거지?"

"물론이야" 내가 말했다.

"쇼마라는 아이가 있었다, 그렇게 기억해 줘, 제1단계 로켓 속에 말이지. 약속하지?"

"약속할게"

"너는 기필코 최후까지 남아서 꼭 달에 도착하는 거야, 알겠지?"

"그래!"

"잘 가, 안녕!"

"건강해, 쇼마!"

수화기 속에서 몇 번인가 공허하게 뚝뚝 하는 소리가 나더니 치직거리는 잡음 사이로 엔진의 울림과 쇼마의 목소리가 들려왔다. 쇼마는 큰 소리로 자신이 좋아하던 노래를 또박또박 부르고 있었다.

아-아- 아프리카에는 이처럼 긴 강이 있다네……

아-아- 아프리카에는 이처럼 높은 산이 있다네……

아-아- 악어들도 있고 하마들도 있지요……

아-아- 원숭이와 고래들……

아-아- ……아-아-아-아-……

'고래들'이라는 단어를 말하는데, 방수포를 잡아 찢는 듯한
소리가 났고, 잠시 후 짧게 삐 하는 소리가 들려왔다. 삐 하는
음으로 변하기 직전, 내 상상이 아니라면, 쇼마의 노래가 비명
으로 바뀌었다. 다시 덜컹거리며 나는 등을 천장에 부딪히고는
수화기를 떨어뜨렸다. 엔진 소리가 바뀐 걸 듣고, 제2단 로켓이
점화되기 시작한 것을 알 수 있었다. 아마도 쇼마에게 가장 끔
찍한 것은 엔진 스위치를 켜는 일이었을 것이다. 그게 어떤 것
일지 상상해 보았다. 안전유리를 깨고, 바로 순식간에 깔때기
모양의 거대한 분출구가 불을 뿜을 것을 분명히 알고 있음에
도 빨간색 버튼을 누른다…… 그다음 나는 이반이 떠올라, 다
시 수화기를 쥐었지만, 수화기에선 삐익 소리가 날 뿐이다. 수
화기 걸이를 몇 번인가 치면서 소리를 질렀다.

"바냐2! 바냐! 내 말 들리니?"

"뭐라구?" 마침내 그의 목소리가 들렸다.

2   '바냐'는 '이반'의 애칭.

"쇼마가……"

"그래" 그가 말했다 "나도 다 듣고 있었어"

"너도 바로 지금?"

"7분 후" 그가 말했다. "지금 내가 무슨 생각 하고 있을까?"

"무슨 생각?"

"어렸을 때 비둘기 잡고 놀았던 게 갑자기 떠올랐어. 너도 알겠지만, 커다란 나무 상자를 가져가서 상자 아래에 빵 부스러기를 뿌려 놓은 다음 상자를 세워 놓고, 10미터가량의 줄을 맨 막대기로 상자 모서리를 들어 올려 두지. 그런 다음 덤불 속이나 벤치 뒤에 숨어 있다가, 비둘기 한 마리가 상자 밑으로 들어오면 줄을 당겨. 그러면 상자가 비둘기에게 엎어지는 거지"

"그렇지" 내가 말했다. "우리도 똑같이 했어"

"그리고 기억하니, 상자가 내려오면 비둘기가 날아가려고 하면서 상자 옆면을 날개로 쳐서 상자가 튀어 오르기도 했잖아"

"기억나지 물론" 내가 말했다.

바냐는 침묵했다.

그러고 있는 사이 온도가 꽤 내려갔다. 숨쉬기가 점점 힘들어졌다. 긴 계단을 막 뛰어오르기라도 한 것처럼 한 번 몸을 움직일 때마다 숨을 돌리고 싶어졌다. 호흡을 위해 산소마스크를 얼굴로 갖다 대기 시작했다.

"그리고 성냥 유황을 가지고 폭약 만들던 것도 기억나. 그걸 꽉꽉 눌러 담아 채울 때, 옆면에 작은 구멍을 뚫어 놓지 않으면 안 돼. 그 구멍에 성냥 몇 개를 연달아 쑤셔 넣지……"

"비행사 그레치까 나오라" 갑자기 수화기에서, 발사 전에 욕설로 나를 깨웠던 저음의 목소리가 들려왔다. "분리 준비!"

"예, 알겠습니다" 힘없이 바냐가 대답했다. "그런 다음 실을 감아. 사실 절연테이프가 더 좋지. 실은 가끔 느슨해지니까. 창문 밖으로 던지고 싶으면, 7층 정도가 좋아. 공중에서 폭발시키려면 성냥이 네 개는 필요하지. 그리고……"

"잡담 중지!" 저음의 목소리가 말했다. "산소마스크 장착!"

"예, 알았습니다. 마지막 성냥은 상자에 쳐서 켜지 말고 담배 꽁초로 불을 붙이는 게 제일 좋아. 그러지 않으면, 전부 구멍에서 떨어져 버릴지도 모르니까"

그다음에는 아무 소리도 들리지 않았다. 잡음만이 울려 퍼졌다. 그런 다음 벽에 다시 머리를 찧었고, 짧게 삐익 하는 소리가 났다. 제3단계 로켓이 점화됐다. 내 친구 바냐가, 그의 다른 모든 행위와 같이 수수하고 소박하게, 고도 4만 5천 미터에서 방금 이 생을 떠났다는 사실이 이상하게도 내 마음에 별다른 파장을 남기지 않았다. 나는 그 어떤 슬픔도 느끼지 않았다. 그렇기는커녕 기묘한 들뜸과 희열마저 느꼈다.

나는 문득 내가 의식을 잃어버렸던 것임을 깨달았다. 즉, 내가 알아챈 것은 의식을 잃고 있는 중이라는 것이 아니라, 그러한 상태에서 깨어나고 있는 중이라는 것이다. 바로 조금 전까지 귀에 대고 있었음이 분명한 수화기가 지금은 바닥에 놓여 있었다. 귓속에 이명이 들렸고, 천장까지 올라간 안장에서 망연자실하여 수화기를 내려다보았다. 조금 전에는 산소마스크가 목에 스카프처럼 걸려 있었는데, 정신을 차리려고 머리를 흔들다 보니 마스크가 수화기 옆 바닥에 놓여 있는 게 보였다. 나는 산소가 필요하다는 것을 깨닫고 마스크로 손을 뻗어 내 입에 가져갔다. 곧바로 기분이 나아지며, 아주 춥게 느껴졌다. 나는 패딩 재킷의 단추를 모두 잠그고 옷깃을 세운 뒤 털모자의 귀마개도 내렸다. 로켓이 덜거덕덜거덕 흔들리고 있었다. 졸음이 온다. 잠들면 안 된다는 걸 알면서도 불가항력이다. 나는 핸들바에 손을 포개고 눈을 감았다.

꿈에 달이 보인다. 어린 시절 미쪽이 묘사하곤 했던 모양 그대로였다. 검은 하늘, 연노란색 분화구들, 멀리 보이는 산맥. 지평선 너머 떠 있는 번쩍이는 태양의 구체를 향해 곰 한 마리가 앞발을 주둥이 앞에 올리고 유유히 걸어가고 있다. 곰의 가슴엔 쏘베뜨 연합의 영웅 금성 훈장이 붙어 있고, 괴로운 듯 송곳니를 드러낸 입가엔 피가 흘러 말라붙었다. 곰은 갑자기 걸음을 멈추더니 내 쪽을 돌아보았다. 곰이 나를 보고 있음을 느끼고 나는 얼굴을 들어 그의 정지된 푸른 눈을 들여다본다.

"나도 이 세상도 결국 누군가의 상념에 지나지 않아" 곰은 조용한 목소리로 말했다.

나는 깨어났다. 주위가 아주 조용했다. 분명 내 의식 중 일부가 외부 세계와 접촉을 유지하고 있어서, 갑자기 주위를 감싼

164

정적이 알람 시계의 역할을 한 것이리라. 나는 벽의 렌즈 구멍 쪽으로 몸을 기울였다. 패어링은 이미 로켓에서 벗겨져 떨어져 나갔고, 내 눈앞에는 지구가 보였다.

나는 내가 얼마나 오랫동안 잠들었던 건지 알아내려 했지만, 아무리 애써도 확실한 결론에는 이르지 못했다. 두세 시간은 잔 것이 틀림없다. 벌써 허기가 져서, 선반 상층부에 있는 물건들을 뒤지기 시작했다. 깡통 따개를 거기서 보았던 생각이 났는데, 지금은 보이지 않았다. 틀림없이 진동 중에 바닥에 떨어졌을 거라 보고, 주위를 둘러보며 찾기 시작하려는 찰나, 전화가 울렸다.

"여보세요!"

"라, 응답하라. 오몬! 내 말 들리나?"

"네. 비행 책임자 동지"

"지금까지는 모든 게 순조롭게 진행되는 것 같다. 원격 지시 장치가 오작동 했던 아찔한 순간이 한 번 있었을 뿐이다. 사실 오작동 한 게 아니라, 너도 알겠지만, 그들이 동시에 작동하는 다른 시스템을 활성화해서 원격 장치가 작동하지 못한 것뿐이지만. 몇 분 동안 통제를 못 한 적도 있었다. 그때 너도 산소 부족을 느꼈을 텐데, 기억나나?"

그는 빠르고 흥분된 기묘한 어조로 말했다. 나는 잠깐 그가 술 취해 있는 게 아닌가 의심했지만, 곧 그가 매우 초조해서 그런 걸 거라고 결론지었다.

"넌 모든 사람의 가슴을 아주 철렁하게 했다, 오몬. 잠들어 버리다니. 우린 발사를 거의 연기할 뻔했어"

"죄송합니다, 비행 책임자 동지"

"신경 쓰지 마, 신경 쓰지 마. 너의 잘못이 아니다. 바이꼬누르 기지로 널 보내기 직전 수면제를 너무 많이 처방한 게 문제지. 지금까지는 모든 게 순조롭다"

"저는 지금 어디 있나요?"

"벌써 작업 궤도에 들어왔다. 달로 향하고 있다. 지구 궤도를 벗어나는 내내 또 잠들었단 말이냐?"

"그런 것 같습니다. 그렇다면 오토는 이미……"

"그래, 오토는 이미 임무를 마쳤다. 너에게도 패어링이 이미 분리된 게 분명히 보일 텐데? 하지만 너는 앞으로 궤도를 두 바퀴 더 돌아야 한다. 오토는 처음에는 공황 상태에 빠졌다. 로켓 스위치를 켜지 않고 있었지. 우리는 그가 겁을 먹고 그만둘 거라 생각했지만, 그는 곧 정신을 가다듬고…… 어쨌든, 그가 너에게 안부를 전했다"

"그럼 지마는요?"

"지마가 뭐? 지마는 잘 있다. 자동 착륙 시스템이 관성 비행 구역에선 사용되지 않지만, 여전히 그에게는 궤도 수정 작업이 남아 있긴 하지……. 마쮜셰비치, 내 말 들리나?"

"네, 들립니다" 지마의 목소리가 수화기에서 들렸다.

"좋아, 잠시 쉬어라" 비행 책임자가 말했다.

"다음 교신은 내일 15시 정각. 그다음에 궤도 수정을 실시한다. 통신 끝!"

나는 수화기를 내려놓고 투시 구멍에 눈을 바짝 대고 지구의 푸른 반구를 살펴보았다. 지금까지 나는, 우주비행사들이 우주에서 우리 행성의 광경을 보고 얼마나 경악했는지에 대한 얘기를 여러 번 읽었었다. 안개가 자욱한 풍경이 한 폭의 그림처럼 아름답다든지, 해가 진 쪽의 도시에서 반짝이는 전깃불이 거대한 모닥불을 연상시킨다든지, 낮인 쪽에선 어떻게 강까지 볼 수 있었는지 등등. 그런데 이제 보니 그 모든 게 다 거짓이었다. 우주에서 본 지구가 가장 닮은 것은, 김이 차오른 방독면 유리를 통해 본 기억이 있는 학교의 커다란 지구본이었다. 나는 곧 그 광경에 싫증이 났다. 나는 될 수 있는 한 편안하게 머리를 팔로 받치고 다시 잠에 곯아떨어졌다.

잠에서 깨었을 때, 지구는 더 이상 보이지 않았다. 투시 구멍을 통해 분간할 수 있는 거라곤 도달할 수 없을 정도로 먼 별들이 렌즈로 인해 흐릿해진 하얀 점으로 보이는 것뿐이었다. 나는 아무 버팀목도 없이 얼음처럼 차가운 허공에 떠 있는 거대하고, 엄청나게 뜨거운 구체를 상상해 보았다. 주위에는 수십억 킬로미터 떨어진 별들로부터 도착하는 극히 작은 점 같은 빛 이외에는 아무것도 없다. 그 별들에 대해 우리가 아는 거라곤 그것이 존재한다는 것뿐이지만, 실은 그조차 확실하진 않다. 별이 죽어도 그 빛은 한참 더 오랫동안 사방으로 계속 퍼져 나가기 때문이다. 따라서 별에 관해 우리가 알 수 있는 거라고는 사실, 별의 일생이라는 게 끔찍하고 무의미하다는 것뿐이다. 왜냐하면, 별들의 운행은 미리 결정된 것으로, 생각지도 못한 우연한 조우를 할 희망 따위는 전혀 없이 역학의 법칙에 종속되기 때문이다. 한편 우리 인간은 항상 서로 만나서 웃고 서로 어깨를 치고 작별 인사를 하는 것처럼 보인다. 하지만 가끔 인간의 의식이 오싹해하며 엿보는 어떤 특별한 차원이 있으니, 그 차원에선 우리 또한, 위아래도 어제도 내일도 없는, 타인과 서로 가까이 끌어당길 가능성도, 우리의 의지를 발휘하여 우리의 운명을 바꿀 희망도 없는 허공에 가만히 거의 미동도 없이 매달려 있다. 타인에게 일어나는 일을 우리는 우리에게 다다른 반짝이는 기만적인 빛으로 판단하며 평생을 우리가 빛이라 부르는 것을 향해 가는 여정으로 소모한다. 그 광원은 이미 오래 전부터 존재하지 않았을지도 모르는데. 그리고 나 자신으로 말할 것 같으면, 구호가 거론하는 노동자와 농민, 군인과 창조적 지식인들 위로 날아오르는 순간을 향해 일생을 바쳤으며, 이제 여기 빛나는 어둠 속, 보이지 않는 운명의 실과 궤도에 달랑 매달려서 다음의 인식에 이르렀다. 천체天體가 된다는 것은, 환상環狀 철도선을 정차 없이 뱅뱅 도는 죄수용 객차에 탄 채 종신형을 사는 것과 많이 다르지 않다는 것.

우리는 초속 2.5킬로미터의 속도로 우주를 날고 있었고, 관성 비행 구간은 3일간 지속됐지만, 적어도 일주일은 비행한 것 같은 느낌이었다. 아마도 태양이 투시 구멍 앞을 하루에 여러 번 지나갔기 때문일 것이다. 그때마다 매번 나는 믿을 수 없이 아름다운 일출과 일몰을 볼 수 있었다.

거대했던 로켓에서 이제 남은 거라곤 지마 마쮸셰비치가 앉아 있는 수정 및 제동 단계로 이루어진 달착륙선과 강하 장치, 즉 받침대에 고정한 루노호뜨뿐이었다. 연료를 아끼기 위해 지구 궤도에서 이탈하기 전에 패어링이 분리되었기 때문에 이제 루노호뜨의 측벽 저편에는 우주 공간이 펼쳐져 있다. 로켓 본체를 달로 향하게 한 달착륙선은 마치 거꾸로 날고 있는 것 같았고, 루반까 까게베 본부의 서늘한 엘리베이터가 지하로 내려가는 하강 장치에서 어느새 지면으로 올라가는 상승 장치로 변화된 것과 같은 방식으로 로켓의 방향도 차츰 바뀐 것같이 느껴졌다. 처음에 달착륙선은 지구의 상공으로 쭉쭉 상승했다가 어느 지점까지 가서는 달을 향해 낙하한 것이 차츰 분명해졌기 때문이다. 하지만 차이가 있었다. 엘리베이터에서는 상승할 때나 하강할 때나 내 머리가 위쪽을 향했는데, 지구 궤도에서 벗어날 때는 머리를 아래쪽으로 향하고 비행했다. 다시 머리가 위쪽으로 향한다는 걸 깨달았을 때는 나중에, 비행한 지 하루나 이틀이 지나서였다. 나는 자전거 핸들을 움켜쥐고 존재하지 않는 바퀴가 소리 없이 달과 부딪치기를 기다리면서, 속도를 높여 가는 착륙선을 타고 깜깜한 우물 속으로 계속 내려가고 있었다.

나에게는 이런 모든 생각을 할 충분한 시간이 있었는데, 당분간은 해야 할 일이 없었기 때문이다. 나는 종종 지마와 얘기하고 싶었지만, 그는 항상 궤도 수정과 관계된 복잡한 작업으로 바빴다. 가끔 나는 수화기를 집어 올려 그가 중앙항공관제센터의 기술자들과 주고받는 이해할 수 없는 대화에 귀를 기울이곤 했다.

"사십삼 도…… 오십칠…… 한쪽으로 기울여……"

나는 잠시 이 모든 걸 듣고 있다가 포기하고 수화기를 내려놓았다. 내가 이해할 수 있는 것은, 지마의 주요 임무가 어떤 광학 장치로 태양의 모습을 파악하고, 다른 장치로 달을 파악해서 뭔가를 측정한 결과를 지구에 전송하는 것이라는 사실이었다. 지구에서는 그 정보를 받아 실제 궤도와 이론상의 궤도를 점검해 궤도 수정을 위한 엔진 분사 길이를 계산할 것이다. 몇 번인가 안장 위에서 내가 제법 거칠게 홱 뒤로 젖혀졌던 것으로 판단하건대, 지마는 자기 임무를 잘 해내고 있는 것 같았다.

진동이 멈추자 나는 30분 정도 기다리다가 수화기를 들고 그에게 물었다.

"지마, 들리니!"

"그래, 듣고 있어" 그는 평소와 같이 담백한 어조로 말했다.

"어때? 궤도 수정은 끝났어?"

"그런 것 같아"

"어려운가 봐?"

"뭐, 별로" 그가 답했다.

"있잖아" 내가 말했다. "그런 것들은 다 어떻게 익혔니? 각도 같은 것 말이야. 우린 수업에서 그런 거 안 배웠는데"

"난 2년간 전략 미사일 부대에서 복무했지" 그가 말했다. "유도 체계는 다 비슷하니까, 별을 사용하면 돼. 무선통신을 사용하지 않으면, 전부 스스로 계산기로 해야 하니까 실수하는 날에는 단번에 끝장날 수 있지"

"그럼, 실수 안 하면?"

지마는 대답하지 않았다.

"그 부대에선 맡은 임무가 뭐였니?"

"전술관. 그다음엔 전략관이 되었구"

"무슨 말이야?"

"간단해. 전술 미사일에 앉아 있으면 전술관이고, 전략 미사일에 앉아 있으면 전략관이야"

"힘든 일이야?"

"뭐, 괜찮아. 민간 경비원과 비슷한 일이야. 미사일 안에서 스물네 시간 근무하고 3일 비번이지"

"그래서 네 머리가 다 세었구나. 그 군대는 모두 머리가 희지 않니?"

지마는 이 질문에도 답을 하지 않았다.

"막중한 책임이겠지?"

"그렇지도 않아. 발사 훈련과 별로 다르지 않아"

"무슨 발사 훈련? 아, 혹시 「이즈베스찌야」¹ 맨 뒤쪽엔가 태평양의 어디어디 구간으로 비행하는 게 금지된다는 얘기가 실렸을 때 아니니?"

"그때 맞아"

"그러한 일이 자주 있었니?"

"그때그때 다르지만, 매월 성냥을 뽑기는 하지. 1년에 열두 번, 부대원 스물다섯 명 전원이. 모두가 차츰 백발이 되어 가는

---

1   러시아의 대표적인 일간지. 1905년 최초의 노동자 쏘베뜨 기관지로 창간되었다. 쏘련 붕괴 이후, 정부로부터 독립해 가장 먼저 개방적이고 진보적인 편집 방향을 확립했다.

거지"

"성냥을 뽑기 싫으면 어떻게 돼?"

"성냥을 뽑는다는 건 그냥 하는 말이지. 실제로는 정치장교가 발사 훈련 전에 돌면서 모두에게 봉투를 하나씩 줘. 그 봉투 안에 이미 자기 몫의 성냥이 들어 있어"

"그럼 네가 만약 짧은 성냥을 받게 되면, 거부할 수가 없다는 거?"

"첫째, 짧은 게 아니라 긴 거야. 둘째로, 거부 불가. 할 수 있는 것은 우주비행사 부대에 지원하는 것뿐. 하지만 정말 운이 좋아야 돼"

"운이 좋은 사람도 있기는 있니?"

"글쎄다. 하지만 난 운이 좋은 쪽이야"

지마는 중간 중간 조금 불쾌할 정도로 휴지를 두며 마지못해 내 질문에 답했다. 나는 더 물어볼 것이 생각나지 않아, 수화기를 다시 내려놓았다.

내가 다음 통화를 시도한 것은 제동 시간까지 몇 분밖에 안 남았을 때였다. 인정하긴 부끄럽지만, 나를 부추긴 건 무정한 호기심이었다. 지마가 최후의 순간 어떻게 바뀔 것인가……? 즉 나는 그가 우리의 좀 전 대화에서처럼 마지막까지 무뚝뚝한 어조를 유지할지, 아니면 비행의 마지막이 임박하면 그도 다소 말이 많아질지 확인하고 싶었다. 나는 수화기를 들어 그를 불렀다.

"지마! 오몬이다. 응답하라"

답변이 왔다. "있잖아, 2분 후에 다시 걸어 줘! 거기 라디오가 작동하면, 빨리 켜 봐!"

지마는 무선을 끊었다. 흥분된 목소리여서, 분명 라디오에서 뭔가 우리에 대한 얘기를 방송하고 있을 거라고 생각했다. 하지만 〈등대〉 방송에선 음악이 흐를 뿐이었다. 내가 스위치를 켰을 때는 신시사이저의 금속음이 점점 잦아들던 중으로, 프로그램이 끝나 가고 있었고, 몇 초 후에는 아무 소리도 안 나는 정적이 흘렀다. 그런 다음 시간을 알리는 신호음이 들렸고 모스끄바라는 곳은 현재 오후 두 시임을 알게 되었다. 나는 조금 기다리다가 수화기를 들었다.

"들었어?" 지마가 흥분한 듯 물었다.

"그래" 내가 말했다. "근데 맨 끝밖에 못 들었어"

"하지만 무슨 곡인지는 알았지?"

"아니" 내가 말했다.

"핑크 플로이드[2]였어. '머지않아One of These Days'"

"진짜? 노동자들이 어떻게 그 음악을 신청했을까?" 나는 깜짝 놀라 물었다.

"그들이 신청한 게 아니지, 물론" 지마가 말했다. "〈과학 생

---

2   1965년에 결성된 영국의 록 그룹. 철학적인 가사, 실험적인 음악, 유려한 앨범 재킷, 특수 장치를 활용한 라이브 등으로 유명하다.

활〉이라는 프로그램의 테마 곡이야. 앨범 〈참견Meddle〉에 들어 있는 곡이지. 완전히 언더그라운드 음악이야"

"너 핑크 플로이드를 좋아하니?"

"그럼. 엄청난 팬이지. 걔들 앨범은 다 갖고 있어. 넌 그들에 대해 어떻게 생각해?"

지마가 그렇게 생기 넘치는 목소리로 얘기하는 건 처음이다.

"뭐 대체로 나쁘진 않아" 내가 말했다. "하지만 전부 좋아하는 건 아니야. 재킷에 소가 그려져 있는 앨범이 있지"

"〈원자 심장을 단 어머니Atom Heart Mother〉" 지마가 말했다.

"난 그거 좋아해. 그리고 또 기억나는 앨범이 하나 더 있는데, 밖에 그들이 앉아 있는데, 그들이 앉아 있는 바로 그 마당 그림이 벽에 걸려 있는 더블 앨범 말이야……"

"〈움마굼마Ummagumma〉"

"그걸 거야. 나는 그건 음악이란 생각이 좀 안 들지만"

"맞아! 그게 음악이냐, 깡통이지!" 누군가의 목소리가 수화기 속에서 으르렁댔고, 우리는 몇 초간 아무 말도 안 했다.

"그건 그렇지 않아" 마침내 지마가 입을 열었다. "오해야. 그건 맨 끝에 '접시 가득한 비밀A Saucerful of Secrets' 새 녹음 버전이 들어 있잖아. 〈멋진 한 쌍A Nice Pair〉 앨범 버전과 보컬도 다르지. 길모어가 부르는 거야"

그것에 대해선 전혀 기억이 안 났다.

"〈원자 심장을 단 어머니〉 앨범에선 뭐가 좋았니?" 지마가 물었다.

"왜, B면에 두 곡이 있잖아. 하나는 기타가 뒤에서 연주하는 조용한 곡이고, 다른 곡은 오케스트라 연주고. 브리지가 아주 아름다웠어. 탐 타-타 타-타 타-타 타-타 탐-타람 트라-타-타……"

"아 그거!" 지마가 말했다. "'68년 여름Summer'68'이지. 그리고 조용한 노래는 '만약If'이고"

"그럴 거야" 내가 말했다. "넌 어떤 레코드가 제일 좋은데?"

"나에게는 제일 좋아하는 레코드란 게 없어" 지마가 뻐기듯 말했다. "내가 좋아하는 건 레코드가 아니라, 음악이야. 예를 들어 앨범 〈참견〉에선 첫 번째 곡을 좋아해. 메아리에 관한 것인데, 들을 때마다 눈물이 나와. 사전을 찾아서 번역도 했었어. '머리 위에는 알바트로스, 파-라-람, 파-람…… 앤 헬프 미 언더스탠 더 베스트 아이 캔……'"

지마가 눈물을 삼키더니 소리가 없다.

"너 영어 아주 잘하는구나" 내가 말했다.

"응. 미사일 부대에서도 그런 말을 들었었지. 정치장교가 그러더군. 하지만 그게 중요한 건 아니고. 아무리 해도 결국 구하지 못했던 레코드가 하나 있어. 마지막 휴가 때 일부러 4백 루블[3]을 가지고 모스끄바까지 갔지. 사방에 수소문을 해 봤지만,

---

3   당시 중산층 노동자의 3~4개월 치 월급을 모은 금액.

아무도 들어 본 적조차 없대"

"그게 무슨 레코드였는데?"

"넌 모를 거야. 영화 사운드트랙이야. 영화 이름은 〈자브리 스키 포인트〉[4]"

"아" 나는 말했다. "그거 나 가지고 있었는데. 레코드는 아니 고 테이프로. 뭐 그리 특별할 건 없었는데…… 지마, 왜 이렇게 조용해? 이봐, 지마!"

수화기에서 한참 동안 지직거리는 소리가 났다. 곧 지마가 물었다. "다른 곡과 비교하면, 어떤 곡이랑 비슷하니?"

"글쎄, 뭐 같다고 하면 좋을까?" 내가 말했다. "너 '모레 (More)' 들어 봤지?"

"그럼. 근데 '모레'가 아니라 '모어'야"

"그 곡 같은 느낌이었어. 그런데 노래는 없어. 그냥 평범한 사운드트랙이었어. '모레'를 들어 봤다면, 그 곡도 들은 거나 마찬가지야. 전형적인 핑크 음악이지. 색소폰, 신시사이저…… B면은……"

수화기에서 삐익 하는 소리가 울리더니, 두개골에 할무라도 프의 호통 소리가 징징 울렸다. "라, 응답하라! 거기서 빌어먹 을 뭔 수다를 그렇게 떨고 있나? 그렇게 시간이 남아도나? 연

4　　이딸리아 감독 미껠란젤로 안또니오니가 연출을, 핑크 플로이드가 음 악을 맡은 1970년 영화 〈자브리스키 포인트Zabriskie Point〉를 가리킨다.

착륙을 위해 자동기계를 준비해!"

"자동기계 준비는 완료했습니다!" 지마가 마지못해하며 대답했다.

"그러면 제동 엔진 축과 달 수직축의 위치 확인을 시작하라!"

"알겠습니다"

루노호뜨의 투시 구멍을 통해 밖을 내다보니 달이 바로 가까이 와 있었다. 눈앞에 펼쳐진 광경은 우끄라이나 국기의 위쪽 반이 검은색이 아니라 파란색이었다면, 그 국기와 아주 똑같았을 모습이었다. 전화가 울렸다. 수화기를 들었지만, 또 할 무라도프였다.

"주목! 3초 카운트다운에 맞춰, 전파 고도계의 지시에 따라 제동 엔진을 가동하라!"

"알았습니다" 지마가 대답했다.

"삼…… 이……"

나는 전화를 재빨리 끊었다.

엔진이 점화되었다. 엔진은 간헐적으로 작동했고, 약 20분 후 돌연 벽에 어깨가 부딪히더니 등이 천장으로 쿵쿵 부딪치며 튀어 올랐다. 견디기 힘들 정도로 어마어마하게 시끄러운 굉음과 함께 주위의 모든 것이 흔들렸다. 나는 지마가 작별 인사 한 마디 없이 영원의 차원으로 가 버렸음을 깨달았다. 하지만 탓하고 싶은 생각은 추호도 없었다. 우리의 마지막 교신을 빼면, 그는 항상 과묵하고 비사교적이었으니까. 그리고 내 막연한 생각이지만, 틀림없이 그는 대륙간탄도미사일의 곤돌라 안에 앉아 한 번에 며칠 밤을 보내면서, 인사를 하거나 작별 인사를 새삼스럽게 할 필요가 없다는 생각을 하게 하는 특별한 뭔가를 깨달았을 것이다.

나는 착륙하는지도 모르고 있었다. 진동과 굉음이 갑자기 멈춰 투시 구멍을 내다보니 발사 전과 똑같은 정도의 암흑이 보였다. 처음에는 뭔가 잘못됐다고 생각하다가, 계획에 따르면 나는 밤이 된 쪽으로 착륙하게 되어 있다는 사실을 떠올렸다.

잠시 나는 자신이 뭘 기다리고 있는지도 모르는 채 대기했다. 갑자기 전화가 울렸다.

"여기는 할무라도프" 목소리가 말했다. "무슨 문제 있나?"

"아닙니다, 대령 동지"

"곧 원격 지시 장치가 작동하면 가이드 레일이 내려질 것이다" 그가 말했다. "너는 달 표면으로 내려가서 보고하면 된다. 브레이크를 잊지 말고, 알겠나?"

그러고는 수화기를 얼굴에서 멀리 떼고 내뱉듯이 덧붙이는 말이 들렸다. "언더그라운드가 뭐 어쩌구 어째, 멍청한 새끼!"

루노호뜨가 흔들리면서 밖에서부터 둔한 진동이 전해져 왔다.

"전진" 할무라도프가 말했다.

이것이 어쩌면 내가 맡은 임무 중 가장 어려운 부분이었다. 나는 달 표면에 내려진 두 개의 좁은 가이드 레일을 따라 강하 장치로부터 내려와야 했다. 가이드 레일에는 루노호뜨 바퀴 테두리에 맞는 특수한 홈이 파여 있어, 거기서 미끄러져 떨어지는 일은 있을 수 없지만, 가이드 레일 중 한쪽이 바위 같은 것 위에 내려졌을 위험이 여전히 있었다. 그 경우, 루노호뜨는 지면에 내려오다가 한쪽으로 기울어지거나 뒤집어질 수 있다. 나는 몇 번인가 페달을 돌려서 묵직한 기계가 앞으로 기울어 그 무게의 관성으로 움직이기 시작하는 것을 느꼈다. 브레이크를 걸었지만, 관성의 힘이 너무 강해서 루노호뜨는 쭉쭉 미끄러지듯 내려갔다. 갑자기 철거덕하는 소리가 나더니 브레이크가 헐거워졌고, 내 발이 얹힌 페달이 무서운 속도로 빙글빙글 반대로 돌고 있었다. 루노호뜨는 불가항력으로 앞으로 굴러가며 흔들리더니 여덟 개의 바퀴로 단단히 달 표면에 멈춰 섰다.

나는 달에 서 있다. 하지만 그것에 대해 어떤 감격도 솟아나지 않았다. 오히려 톱니바퀴에서 빠진 체인을 어떻게 도로 고쳐 놓을지 고민이나 하고 있었다. 간신히 체인을 제대로 해 놓자마자 전화가 울렸다. 비행 책임자였다. 사무적이고 엄숙한 목소리였다.

"끄리보마조프 동지! 항공관제센터 본부에 있는 모든 지휘관들을 대표해서 쏘베뜨 월면 스테이션 〈루나-17B〉의 달 표면 연착륙을 축하한다!"

뭔가 펑 하는 파열음을 듣고, 그들이 샴페인을 터뜨렸음을 알아챘다. 음악 소리도 들렸다. 행진곡의 일종이었다. 그 음은 무선 잡음에 지워져 거의 들리지 않았다.

곁에 자전거를 두고, 누군가가 지폈던 모닥불의 잔재 옆 풀밭에 누워, 서쪽 하늘에선 태양이 남긴 자줏빛 줄무늬를, 동쪽 하늘에선 첫 번째로 뜬 별을 보았던 그때. 어린 시절 미래에 대한 나의 꿈은 그날 저녁, 일상의 생활에서 멀리 떨어진 채 느낀 어딘가 좀 쓸쓸하던 기분에서 잉태됐다.

나는 보거나 경험한 것이 아직 많지 않았지만, 세상의 여러 가지에 관심이 있었다. 달로 날아가는 것은, 나중에 다시 따라잡으리라는 희망에서 내가 그냥 스쳐 보냈던 모든 것을 되돌려 주고 보상해 줄 거라고 생각했다. 인생에서 가장 좋은 것은 늘 곁눈으로 힐긋거릴 수 있을 뿐이란 걸 그 무렵의 내가 어떻게 알 수 있었겠는가? 어렸을 때 나는 다른 세계의 풍경을 종종 공상하곤 했다. 분화구가 송송 뚫리고 생기 없는 빛이 감도는 바위투성이 평원, 멀리 보이는 뾰족한 산들, 반짝이는 별 사이에서 거대한 숯처럼 불타오르는 태양이 보이는 검은 하늘. 나는 몇 미터 두께의 층으로 된 우주먼지를 상상했고, 달 표면에 수십억 년 동안 미동도 없이 누워 있는 암석들을 상상했다. 내가 몸을 구부려 우주비행사용 장갑을 낀 두꺼운 손가락 사이로 그것을 집어 올리는 날까지 암석이 그렇게 오래 움직이지 않고 같은 장소에 있을 수 있다는 생각에 잠길 때마다, 무슨 이유에선지 금방 흥분하곤 했다. 나는 어떤 자세로 머리를 들어 어떤 식으로 지구의 푸른 구체를 응시할 것인지 생각했다. 내 인생 최고의 순간이 될 그 순간은 특별한 경험이고, 뭔가 이해를 초월한 기적적인 일의 문턱까지 다가서 있는 느낌을 주는 모든 순간들과 나를 연결할 것이다.

하지만 현실의 달은 간헐적으로 희미한 전깃불이 깜박일 뿐인 암흑에, 찌는 듯이 후덥지근하고 비좁은 공간이다. 그것은 핸들바에 올려놓은 팔에 머리를 얹은 갑갑한 자세로 안절부절못하며 불편하게 자면서 투시 구멍의 쓸모없는 렌즈를 통해 본 변함없는 어둠으로 드러났다.

나는 하루에 약 5킬로미터 정도 천천히 움직였다. 내 주위의 세계가 어떻게 생겼는지 전혀 알 수가 없었다. 무엇보다 이 영원한 어둠의 왕국은 그 어떤 것과도 닮지 않은 것 같았다. 여기에는 나 이외에는 이것이 뭘 닮았는지 볼 수 있는 존재도 어차피 없고, 배터리를 아낀답시고 내가 헤드라이트도 켜지 않았기 때문이다. 내 밑에 있는 땅 표면은 고른 모양인지 기계가 매끄럽게 굴러갔다. 착륙할 때 고장 난 탓인지 핸들바가 전혀 돌려지지 않아서 내가 할 수 있는 거라곤 계속 페달을 돌리는 일뿐이었다. 그래도 우주 공간으로의 여정이 너무도 길었던 덕분에 우울한 생각에 사로잡혀 처져 있지 않을 수 있었고, 오히려 행복감을 느끼기조차 했다.

시간이 흐르고, 며칠이 지났다. 나는 핸들바에 머리를 붙이고 잠들었을 때에만 기계를 멈추었다. 변기를 사용하는 게 몹시 끔찍할 정도로 불편해서 나는 유치원에서 그랬던 것처럼 마지막 순간까지 참곤 했다. 콘비프는 동이 났고, 우유 깡통에 든 물도 바닥을 드러냈다. 매일 저녁 내가 몇 센티미터씩 첨가해서 그리는 앞 지도의 붉은 선은 기계가 멈추기로 되어 있는 작은 검은 원에 점점 더 가까워졌다. 그 검은 원은 지하철역을 표시하는 기호와 흡사했는데, 이름이 없는 것이 신경 쓰여서 나는 그 옆에 〈자브리스키 포인트〉라는 이름을 하나 써 놓았다.

· · ·

나는 패딩 재킷 주머니 안에 있는 니켈 도금된 막음구를 오른손으로 움켜쥐고, 〈만리장성〉이라고 적힌 깡통 라벨을 한 시간 동안 뚫어지게 바라보고 있었다. 멀리 중국의 평원 위로 부는 따뜻한 바람이 눈앞에 아른거리는 통에, 지루하게 계속 울리는 바닥의 전화기 소리는 사실 아무 흥미도 끌지 못했지만,

잠시 후 나는 수화기를 들었다.

"라, 응답하라! 왜 대답을 하지 않는 것인가? 왜 움직이지 않는 것이야? 나는 여기서 원격 측정 장치로 다 보고 있다"

"쉬고 있습니다, 비행 책임자 동지"

"계기판의 수치를 보고하라!"

나는 움푹 들어간 곳에 있는 눈금 있는 작은 강철 실린더를 살펴보았다.

"3만 2천7백 미터입니다"

"이제부터 불을 끄고 내 말을 들어라. 여기 있는 지도를 보니, 너는 이제 아주 가까이 갔다"

심장이 쿵 하고 내려앉았다. 물론 지도에서 총구처럼 나를 응시하는 작은 검은 원까지는 아직 먼 길이 더 남았음을 알고 있었지만 말이다.

"어디라고요?"

"착륙선 〈루나-17B〉 말이다"

"하지만 〈루나-17B〉는 저잖아요"

"그게 뭐 어쨌단 거야. 그들도 마찬가지다"

그는 다시 술에 취해 있는 것 같았다. 하지만 나는 그가 하는 말을 이해했다. 아마 달의 흙 표본을 채취하는 게 이전 〈루나-17B〉 탐사대의 일이었을 것이다. 그때는 두 명의 우주비행사가 달에 착륙했다. 빠슉 드라치와 주랍 빠르쯔바니야가 그들이다. 그들은 소형 로켓을 가져와 지구에 5백 그램의 흙을 보낸 후, 달 표면에서 1분 30초 정도 있다가 총을 쏴 자살했다.

"잘 들어라, 오몬!" 비행 책임자가 말했다. "이제부터 주의해야 한다. 속도를 늦추고 헤드라이트를 켜라"

나는 스위치를 가볍게 퉁기고, 투시 구멍의 검은 렌즈에 눈을 바짝 댔다. 광학적 왜곡 때문에 루노호뜨 주위의 암흑이 아치 모양으로 내 앞에 펼쳐져 끝없이 이어진 터널처럼 보였다. 분명히 식별할 수 있는 것은 돌로 뒤덮인 울퉁불퉁한 기복뿐이었다. 태고 때부터 있던 현무암이 분명했다. 1미터 반 정도마다 나의 진행 방향과 수직으로 교차하듯이 사막의 초승달 모양 모래언덕을 떠올리게 하는 길고 낮은 융기들이 있었다. 그런데 기묘한 것은 루노호뜨를 움직일 때 전혀 그 요철이 느껴지지 않는다는 것이었다.

"어떤가?" 수화기의 목소리가 물었다.

"아무것도 안 보입니다" 내가 말했다.

"헤드라이트를 끄고 전진하라. 서두르지 말고"

나는 40분을 더 갔다. 그러다 루노호뜨가 뭔가에 부딪혔다. 나는 수화기를 들었다.

"지구, 응답하라. 여기 뭔가가 있습니다"

"헤드라이트를 켜라"

내 시야의 정중앙에 검은 가죽 장갑을 낀 두 손이 보였다. 손가락을 쫙 펼친 오른손은 삽의 손잡이에 놓여 있었다. 삽에는 작은 돌멩이가 섞인 모래가 아직도 조금 남아 있었다. 왼손은 어렴풋이 빛을 발하는 마까로프 권총을 쥐고 있었다. 양손 사이에 검은색의 뭔가가 보였다. 가까이 가서 보니, 장교의 패딩 재킷인데 치켜세운 옷깃과 그 위로 삐죽 튀어나온 검은 방한모의 머리 꼭대기가 보였다. 머리 일부와 어깨는 루노호뜨의 바퀴에 가려 보이지 않았다.

"그게 뭔가, 오몬?" 수화기가 귓속으로 숨을 내뿜었다.

나는 눈앞에 보이는 광경을 간단히 묘사했다.

"견장은? 견장이 보이는가?"

"보이지 않습니다"

"반 미터 후진하라"

"루노호뜨는 후진하지 못합니다" 나는 말했다. "페달 브레이크 때문입니다"

"젠장…… 수석 설계사에게 말했었는데" 비행 책임자가 중얼거렸다. "뭐 이제 말해서 무슨 의미가 있나. 주랍과 빠슈일 거야. 주라는 대위고 빠샤는 소령이었지.[1] 뭐 그건 됐고. 자, 헤드라이트를 끄고 배터리를 아껴라"

"네, 알았습니다"라고 말했지만, 명령을 수행하기 전에 움직임 없는 손과 방한모의 펠트 모서리에 다시 한 번 시선을 주었다. 잠시 동안 나는 전진할 수 없었지만, 이를 악물고 몸 전체의 무게를 페달에 실었다. 루노호뜨는 위쪽으로 쿵 하고 기울

---

1   '주라'는 '주랍'의 애칭, '빠샤'는 '빠슈'의 애칭이다.

어지더니 1초 후엔 다시 아래로 내려왔다.

"전진" 비행 책임자와 교대한 할무라도프가 수화기에서 말했다. "일정에서 뒤처졌다"

나는 배터리를 아껴 거의 모든 시간을 완전한 어둠 속에서 보내며 페달을 광적으로 돌렸고, 가끔 나침반을 확인하기 위해 몇 초 정도만 스위치를 켰을 뿐이었다. 사실 핸들바가 쓸모가 없었기 때문에 나침반을 확인하는 건 별 의미 없는 행위였지만, 지구에선 내게 그렇게 하라고 명령했다. 뭐라 묘사하기 어려운 감각이었다. 암흑, 비좁고 후덥지근한 공간, 눈썹에서 뚝뚝 떨어지는 땀, 가벼운 진동. 아마 태아가 어머니의 자궁 속에서 느끼는 감각과 흡사하지 않을까.

나는 내가 달에 있음을 알았지만, 나와 지구 사이에 있는 막대한 거리는 순수한 추상 개념으로 여겨질 뿐이었다. 무선으로 나와 얘기하는 사람들이 마치 가까운 어딘가에 있는 것처럼 느껴졌다. 그들의 목소리가 수화기에 또렷이 들렸기 때문이 아니라, 나와 그들을 연결하는 직무상의 관계와 개인적인 감정의 완전히 비물질적인 그 무엇이 그렇게 멀리, 수십만 킬로미터나 뻗어 나갈 수 있다는 것이 잘 상상이 되지 않았다. 하지만 가장 기묘한 것은, 나와 어린 시절을 연결해 주는 추억들 역시 그런 이해할 수 없는 거리를 뛰어넘어 이곳까지 이어질 수 있다는 점이었다.

어린 시절 나는 여름방학을 모스끄바 교외의 마을에서 보내곤 했다. 고속도로에 면해 있던 마을로, 나는 대부분의 시간을 자전거 안장에 앉아 하루에 삼사십 킬로미터씩 달리곤 했다. 자전거는 제대로 조정이 잘 안되는 것으로, 핸들바가 너무 낮아 루노호뜨에서처럼 몸을 수그려야만 했다. 아마도 그때와 같은 자세를 취한 채 오랜 시간 있어서인지 나는 가벼운 착란상태에 빠졌다. 마치 깬 상태로 자는 것같이 의식이 멍하니 흐릿해졌다. 주위가 컴컴하니 유난히 더 그렇게 됐다. 몸 아래로 빠르게 지나가는 아스팔트 위에 내 그림자가 보이는 듯했다. 고속도로 정중앙에는 좌우의 도로를 나눈 하얀 점선이 달리고, 나는 가솔린 냄새가 가득한 공기를 들이마셨다. 바로 옆을 아슬아슬하게 지나가는 트럭의 엔진 소리와 타이어가 아스팔트에 닿는 쉭쉭 소리가 들려오는 것 같다는 생각을 하기 시작했다. 지구와의 다음 무선 교신 시간이 되어서야 나는 제정신을 차렸다. 하지만 교신이 끝나자 곧 달의 현실로부터 이탈하여 모스끄바 교외의 고속도로로 순간 이동을 했다. 그리하여 나는 그곳에서 보낸 시간이 내게 얼마나 많은 의미를 갖는지 깨닫게 되었다.

한번은 무선 교신에 꼰드라찌예프 동지가 나타나서 달에 관한 시를 나에게 읊어 주려고 했다. 나는 어떻게 하면 무례를 범하지 않는 선에서 그에게 낭송을 하지 말아 달라는 요청을 할 수 있을까 궁리하다가, 그가 시의 첫 행을 읊는 순간, 그 행이 꼭 내 영혼을 사진 찍은 듯 생생하게 표현하고 있음을 깨달았다.

> 우리는 그렇게도 단단하게 존재의 연결 끈을 믿고 있었네
> 하지만 지금 돌이켜 보며 내게 다가온 놀라움이란
> 나의 청춘이여, 그대는 도대체 내게 누구란 말인가
> 그 색채는 나의 것이 아니고, 진실의 흔적조차 보이지 않네
>
> 뭔가가 우리 둘을 가르며 빛을 드리우고 있다네
> 그것은 얕은 여울과 익사자를 나누는 달빛
> 나는 준경기용 자전거로 달로 향하는 그대를 보고 있네
> 그 떠나가는 뒷모습 너머로 보이는 전신주의 행렬
>
> 도대체 그때부터 얼마나 오래……

내가 조용히 흐느끼자 꼰드라찌예프가 바로 낭송을 멈췄다. "그다음은요?" 내가 물었다.

"잊어버렸어" 꼰드라찌예프 동지가 말했다. "갑자기 머릿속에서 지워져 버렸어"

나는 그의 말을 믿지 않았지만, 논쟁하는 것도 부탁하는 것도 무의미하다는 것을 알았다.

"지금, 무슨 생각을 하나?" 그가 물었다.

"뭐 아무것도" 내가 말했다.

"아무것도 생각하지 않는 사람은 없지" 그가 말했다. "인간의 머릿속엔 항상 어떤 생각이 굴러가고 있는 법이지. 나에게 말해 보게, 알고 싶네"

"그냥, 저는 어린 시절을 종종 떠올리곤 해요" 나는 마지못해하며 말을 꺼냈다. "자전거를 타던 기억 같은 거요. 지금이랑 많이 비슷했어요. 아직까지도 잘 모르겠습니다. 자전거를 타고 가던 그때, 핸들은 이렇게 낮고, 앞은 정말 환하고 바람은 너무나 신선했는데……"

나는 말을 멈췄다.

"그래서? 뭘 잘 모르겠다는 건가?"

"운하를 향해 달려가고 있다고 생각했는데, 분명히…… 그런데 어째서 저는 지금 이런……"

꼰드라찌예프 동지는 일이 분 동안 아무 말도 없다가, 조용히 수화기를 내려놓았다.

라디오의 〈등대〉 방송을 틀었다. 나는 그게 진짜 라디오국의 〈등대〉 방송이라고 믿지 않았다. 2분마다 자신들이 〈등대〉 방송이라는 시그널을 내보냈지만.

"말르이 뻬레흐바뜨 마을의 마리야 이바노브나 쁠라후따 씨는 조국에 일곱 명의 아들을 선사했지요" 멀리 쏘베뜨에 있는 공장의 점심시간에 상공을 날아다니고 있어야 할 여성의 목소리가 말했다. "그들 중에 두 아들, 이반 쁠라후따와 바씰리 쁠라후따는 현재 병역 중으로 내무성 전차 부대에 있죠. 그분들이 어머니를 위해 우리 방송에 익살스러운 노래 '사모바르'[2]를 신청해 왔습니다. 신청하신 곡을 보내 드리겠습니다. 마리야 이바노브나, 당신을 위해 쏘베뜨 연방의 국민적 놀이꾼 아르쫌 쁠라후따가 노래합니다. 형제들보다 8년 일찍 상병으로 제대한 그는 매우 기뻐하며 우리의 리퀘스트를 수락하였습니다"

그리고는 현악기 소리에 이어 심벌즈가 두세 번 짱하고 울리더니 감정이 풍부한 목소리가, 마치 만원 버스에서 옆의 승객을 밀듯이 p 발음[3]을 강하게 밀어붙이면서 노래를 부르기 시작했다.

아아, 뜨겁게 뜨겁게 물 - 이 - 끓고 있네!

나는 스위치를 껐다. 가사를 들으니 한기가 느껴졌다. 지마의 잿빛 머리와 〈원자 심장을 단 어머니〉 앨범 재킷의 젖소가 뇌리를 스치자, 오싹한 떨림이 천천히 등줄기를 타고 흘렀다. 나는 일이 분 정도 기다려, 분명히 노래가 끝났으리라 확신하고 볼륨 단추를 돌렸다. 1초간 정적이 흐르더니 숨죽이고 있던 바리톤이 내 얼굴 정면으로 펄쩍 뛰어올랐다.

2　　2차 대전 중 독·쏘 전쟁 시기 1941년경 널리 알려진 노래. 익살스러운 내용으로 적을 조롱하면서 애국심을 표현했다.

3　　러시아어에서 'p'의 발음은 영어의 'r' 발음과 같다.

우리는 악당들에게 차를 부어 주었지
불처럼 타오르는 끓는 물로!

바로 스위치를 끄고, 이번엔 더 오래 기다렸다. 다시 스위치를 켜자 아나운서가 말하고 있었다.

"우리의 우주비행사들을 생각해 봅니다. 천상에서의 임무 수행을 가능하게 한 것은 지상의 일에 힘쓰는 노동자들의 노고 덕분임을 떠올려 봅니다. 그들에게는 오늘이……"

갑자기 나는 혼자만의 생각에 잠겼다. 아니 좀 더 정확히 말하면, 수많은 생각 중의 하나를 덮고 있는 얇은 얼음장을 뚫고 미끄러져 들어갔다. 아득한 저음의 엄숙한 코러스가 새로운 노래의 기념비에 최후의 벽돌을 놓았을 무렵, 간신히 뭔가가 귀에 들려오기 시작했다. 분명 나는 완전히 현실 세계에서 떨어져 있음에도 불구하고 무의식적으로 페달 돌리기를 계속했다. 오른 무릎을 최대한 바깥쪽으로 굽히면서 돌렸는데, 그렇게 하면 부츠 때문에 생긴 물집에서 오는 통증이 덜했다.

나는 느닷없이 떠오른 어떤 생각에 충격을 받았다.

사람이 어디에도 존재할 수 있다는 전제하에, 눈을 감는 것만으로도 내가 환상 속 모스끄바 교외의 고속도로 위에 존재하고, 마음에 드는 2단 변속기로 비탈을 실제로 내려가는 것처럼 느낄 만큼 나의 감은 눈앞에 아스팔트, 나무, 햇빛도 진짜 현실같이 생생한 것이 된다면, 또는 이제 별로 멀지 않은 곳에 있는 〈자브리스키 포인트〉에 대해선 잊어버리고, 행복한 기분을 몇 초간이라도 맛볼 수 있다면, 그 말은 곧, 내가 유년 시절의 그때, 여름의 행복에 빠져 그저 세계의 일부가 된 듯했던 그때, 내 앞에 어떤 미래가 준비되었는지는 조금도 생각하지 않고 자전거로 아스팔트 띠를 따라 바람을 가르며 태양을 향해 열심히 달리고 있을 무렵으로 돌아갔다는 뜻 아니겠는가? 그렇다면 또, 사실 그때 이미 나는 내 몸 주위에 딱 달라붙어서 천천히 굳어 가는 루노호뜨의 일그러진 투시 구멍을 통해 내 의식 속 외에는 아무것도 보지 않은 채, 달 표면의 생명 없는 어둠 속을 질주하고 있었다는 뜻도 되지 않을까?

  잘 있으렴, 바람에 흔들리며 익어 가는 보리여
  우리를 기다리는 것은 우주로의 여정
  슬픔도 비애도 없는 곳
  하늘에 홀로
  두둥실 높이 떠 있는 달
  창문 밖 거대한 하늘은 칠흑 속에 잠겨……

"사회주의—그것은 괴승 라스뿌찐을 수장으로 하는 선진적 협동조합 노동자의 집단이며, 집단 내의 수많은 선전가와 선동가뿐만 아니라 그 집단의 조직자들에 의해서도 모사되고 촬영된다. 이 조직자란, 차례차례 죽고 사라져 감에도 불구하고 노농勞農감독부를 개조해야 하는 만큼은 무한하게 남아 있는 저공비행 기병대들의 시련 및 고난과는 다른, 항공기의 역사적으로 굳어진 이용 체계에서 좌석으로써 다른 사람과 구별되는 이들이다"

뾰족한 턱수염의 황금색 옆얼굴선이 그려져 있고, 금속박으로 싸인 두 개의 올리브 나뭇가지로 테두리가 쳐진 반원 안에 〈레닌〉이라는 글자가 적힌 판자가 벽에 걸려 있는 것을 보았다. 그 장소를 전에 몇 번이나 지나쳤음에도, 항상 주위에 사람들이 있어서 감히 가까이 가 볼 생각을 못 했었다.

나는 새로운 호기심을 품고 그것의 전체 구조를 살펴보았다.

판은 거의 1미터 길이로 꽤 컸고, 진홍색 벨벳으로 덮여 있었다. 두 개의 경첩으로 벽에 고정되었고 뒷면의 작은 걸쇠가 벽에 밀착되어 걸려 있었다. 나는 주위를 둘러봤다. 낮잠 시간이 아직 끝나지 않아서 복도에는 아무도 없었다. 나는 창문 쪽으로 다가갔다. 식당으로 이어진 가로수 길도 저 멀리서 나를 향해 천천히 기어 오는 루노호뜨를 빼면 텅 비어 있었다. 나는 루노호뜨에 타고 있는 유라와 레나를 알아보았다. 아래층에서 탁구공이 통통 튀는 소리만 들릴 뿐 조용했다. 낮잠 시간에 탁구를 칠 권리가 있는 사람들이 존재한다는 생각에 우울한 기분이 들었다. 걸쇠를 떼어 판자를 가까이 끌어 내리자, 벽에 사각형의 여백이 드러났다. 그 정중앙에 금색 페인트로 칠해진 스위치가 있었다. 명치가 쿡쿡 쑤시는 것 같은 통증을 느끼며 손을 뻗어 그 스위치를 탁 쳐서 위로 올렸다.

낮게 윙 하는 소리가 났다. 그게 무슨 소린지도 모르면서 나는 내가 뭔가 주위의 세계는 물론 나 자신에게도 끔찍한 일을 저지른 것 같은 기분이 들었다. 윙 하는 소리가 다시 이번에는 더 크게 들렸고, 문득 그 스위치도, 열린 작은 진홍색 문도, 내가 서 있는 복도도, 모두 진짜가 아님을 깨달았다. 왜냐하면 사실 나는 벽의 스위치 옆에 서 있는 게 아니라, 끔찍하게 비좁은 어떤 공간에 몸을 구부린 불편한 자세로 앉아 있었기 때문이다. 다시 윙 하는 소리가 들리더니 몇 초 후, 내 주위에 루노호뜨가 확실한 모습을 드러냈다. 또 한 번의 윙 하는 소리. 어제,

핸들바에 머리를 얹기 직전, 지도 위의 붉은 선을 〈자브리스키 포인트〉라고 옆에 적힌 검은 원의 중심까지 이어서 표시했던 기억이 뇌리를 스쳤다.

전화가 울렸다.

"잘 잤냐, 이 멍청한 놈아?" 할무라도프 대령의 목소리가 수화기 속에서 쩌렁쩌렁 울렸다.

"너야말로 멍청한 새끼다!" 나는 갑자기 화가 치밀어 되받아쳤다.

할무라도프는 투덜대며 반가운 듯 웃었다. 내 말대꾸에 별로 개의치 않는 것 같았다.

"여기 중앙항공관제센터에는 다시 나 혼자 있다. 모두들 일본으로 몰려갔지. 공동 비행 건을 정리하기 위해. 쁘하제르 블라질레노비치가 안부를 남겼다. 작별 인사를 못 해 유감이라더군. 전부 마지막 순간에 급히 결정되었거든. 그리고 나는 너 때문에 여기 남아야 했지. 자, 오늘 해야지? 이제 고뇌의 시간은 다 지나간 거 맞지? 그렇지? 끝나서 기쁜가?"

나는 대답하지 않았다.

"뭐야, 나한테 화났다 이건가? 저번에 내가 널 빌어먹을 놈이라고 욕해서? 그런 건 마음에 담아 두지 말라고. 넌 항공관제센터 전원의 가슴을 철렁하게 했었다. 우린 거의 비행을 취소할 뻔했고" 이렇게 말한 할무라도프는 잠시 침묵했다가 다시 말을 이었다. "정말 여자 같은 놈이구만……. 너 남자잖아,

아니야? 오늘은 특별한 날이다. 그것만큼은 명심해라"

"알고 있어요" 내가 말했다.

"단추를 최대한 끝까지 단단히 채워라" 할무라도프는 걱정스러운 듯 충고했다. "특히 재킷의 목 부분을. 얼굴은……"

"어떻게 하는지 다 잘 알고 있습니다" 나는 그의 말을 잘랐다.

"우선 고글을 쓴 다음, 목도리로 머리 주위를 싸고 모자를 써라. 턱 아래로 끈을 묶는 것 잊지 말고. 그다음엔 장갑. 소매와 부츠에 줄을 감고. 진공에 농담은 안 통해. 그렇게 해서 3분 정도는 버틸 거다. 알겠나?"

"네"

"새끼, '네'가 아니라, '예, 알았습니다'라고 못 할까! 준비되면 다시 보고해!"

최후의 순간, 인간은 전 생애를 빨리 되감기 해서 보게 된다고들 얘기한다. 잘 모르겠다. 아무리 노력해도 그런 일은 전혀 내게 일어나지 않았다. 그 대신 내 눈앞에는, 일본에 있는 란드 라뽀프의 모습이 이상할 정도로 세부까지 선명하게 떠올랐다. 아침 햇살이 쏟아지는 길을 고가의 신제품 운동화를 신고 걸으며 미소 짓는 그의 모습이. 운동화를 신을 그 발이 어떤 대용물인지도 잊은 채로. 그리고 다른 이들의 모습도 상상했다. 조끼가 포함된 양복을 입은 연로한 지식인으로 변모한 비행 책임자, 텔레비전 시사 프로그램의 통신원에게 사려 깊은 표정으로 인터뷰를 해 주는 꼰드라찌예프 동지. 하지만 나 자신에 대한 생각은 조금도 머리에 떠오르지 않았다. 마음을 차분하게 가라앉히기 위해 〈등대〉를 켜니 조용한 노래가 흐르고 있었다. 노래는 강 저편 멀리서 타오르는 빛, 비애에 잠겨 숙인 머리, 슬픔에 찢어질 듯한 가슴, 금 시곗줄 말고는 잃을 게 없는 백위군[1]들을 묘사하고 있었다. 방독면으로 리놀륨의 마루를 기어가던 오래된 기억이 소생한다. 마스크 안에서 나는, 스피커의 먼 음향에 맞춰 작은 소리로 노래하고 있었다.

    그것은, 백위군의 쇠사슬이다!

갑자기 라디오 스위치가 끊어지더니 전화가 울렸다.

"자" 할무라도프가 물었다. "준비됐나?"

"아직입니다" 내가 대답했다. "꼭 그리 급히 서둘러야만 합니까?"

"이 멍청한 새끼 무슨 소리 하는 거야!" 할무라도프가 말했다. "너의 신상 파일에 뭐라고 적혀 있는가 봤더니, 너 학교 다

1　　20세기 초 러시아 혁명 과정에서 10월 혁명의 볼쉐비끼 세력, 즉 적군에 대항한 '반혁명 세력'. 빠스쩨르낙의 『닥터 지바고』와 같은 작품에 그 내전의 양상이 자세하게 묘사되어 있다. 혁명의 성공으로 결국 백군들은 처형되거나 망명, 이민의 길을 택해야 했다.

닐 때 우리가 쏴 죽인 새끼 말고는 친구 한 명 없었다며. 다른 사람 생각 좀 하고 살면 안 되냐? 난 오늘도 테니스 치러 못 가게 생겼구만"

할무라도프가 뚱뚱한 허벅지에 하얀 반바지를 입고 루쥐니끼 테니스장에서 테니스공을 치고 있을 때, 나는 더 이상 그 어디에도 존재하지 않는다. 그런 생각이 퍼뜩 뇌리를 스치자 왜 그런지 엄청나게 화가 치밀었다. 그가 부러웠기 때문이 아니라, 아직 학교에 다니던 시절 가 본, 햇빛이 눈부시던 9월 어느 날의 루쥐니끼 풍경이 문득 눈앞에 놀라울 정도로 생생하게 떠올랐기 때문이다. 하지만 내가 사라지면, 할무라도프도 루쥐니끼 자체도 사라질 것이라는 걸 뒤이어 깨달았다. 그런 생각을 하자, 꿈에서 질질 끌려 나온 우울한 기분을 떨쳐 버릴 수 있었다.

"다른 사람? 무슨 다른 사람인가요?" 내가 조용히 중얼거렸다. "아니, 뭐 됐습니다. 가 보십시오. 혼자 알아서 처리할 테니"

"무슨 소리야?"

"괜찮다니까요, 가 보십시오"

"이런 멍청한 놈, 정말" 할무라도프가 심각한 목소리로 말했다. "난 보고를 깔끔하게 마무리 지어야 해. 달에서 오는 신호를 기록하고 모스끄바 시간도 기입해야 돼. 그 일부터 빨리 서둘러 줘"

"란드라또프도 일본에 간 건가요?" 갑자기 내가 물었다.

"뭐가 궁금한 거야?" 할무라도프가 미심쩍은 듯이 물었다.

"그냥 잠시 떠오른 게 있어서"

"그래, 뭐가 기억났는데?"

"그냥 그가 졸업 시험에서 깔린까 춤을 췄던 게 기억났습니다"

"그래? 야, 여기 란드라또프! 너 일본에 있냐? 여기 누가 너 찾으신다"

웃음소리가 났고, 수화기를 손으로 틀어막느라 미끄러지는 끼익 소리가 났다.

"여기 계신다" 할무라도프가 겨우 입을 열었다. "그가 안부를 전하는군"

"제 안부도 전해 주십시오. 됐습니다, 이제 시간이 된 것 같은데요"

"승강구를 밀어젖혀" 할무라도프가 재빨리 말하며, 내가 암기하고 있던 지시 사항을 반복해 말했다. "그러고는 바로 핸들바를 쥐어. 기압 때문에 날아가지 않게. 그다음 산소마스크로 숨을 쉬면서 밖으로 나가라. 이동 경로를 따라 열다섯 보 걷고 라디오 부표를 꺼내 설치하고 스위치를 켜라. 루노호뜨로부터 거리를 확실히 확보하는 거 잊지 마라. 루노호뜨 때문에 신호가 차단되지 않도록…… 그런 다음…… 우리가 총알이 하나든 권총을 줬었지. 아직까지 우리 우주비행사 부대엔 겁쟁이가 한 명도 없었다"

나는 수화기를 내려놓았다. 전화가 다시 울렸지만 무시했다. 라디오 부표 스위치를 켜지 않고, 저 못된 할무라도프 새끼가 하루 종일 항공관제센터에 갇혀 서성이다가 당의 어떤 처분 대상이 되도록 만들어 줄까 하는 생각이 일순 머리를 스쳤다. 하지만 너는 반드시 거기까지 날아가서 임무를 마쳐야 한다고 했던 쇼마 아니낀의 말이 떠올랐다. 제1단계 로켓, 제2단계 로켓을 맡았던 친구들, 그리고 달착륙선의 과묵한 지마를 나는 배신할 수 없다. 그들의 죽음으로 나는 여기까지 올 수 있었으니, 그들의 짧지만 고귀한 운명 앞에서는 할무라도프에게 내가 품은 앙심은 하찮고 부끄러워진다. 그리고 지금 금방이라도 용기를 모아 해야 할 일을 마쳐야 한다는 걸 마침내 깨닫는 순간, 전화 소리가 멈췄다.

나는 준비를 시작했고, 30분 만에 준비 완료되었다. 기름을 묻힌 면 솜으로 만든 특수 수분 보충 지혈봉으로 귓구멍과 콧구멍을 제대로 막은 다음 복장을 점검했다. 단추는 모두 단단히 끝까지 채웠고, 상의는 안으로 잘 집어넣어 단단히 잡아맸다. 오토바이용 고글의 고무줄이 너무 조여서 얼굴을 파고들었지만, 만지작거리지 않고 그냥 놔두었다. 어쨌든 그다지 오래 참지 않아도 될 테니까. 나는 선반에서 권총집을 집어 올려 권총을 꺼낸 후 공이치기를 잡아당겨 놓고 패딩 재킷 주머니에 쑤셔 넣었다. 라디오 부표가 든 가방을 왼쪽 어깨에 메고, 수화기를 집어 올리려는 찰나, 귓속을 이미 면 솜으로 틀어막았다는 사실이 기억났다. 그리고 뭐 어쨌든 인생의 마지막 순간을 할무라도프와의 대화로 낭비하고 싶은 마음이 사실 없었다. 지마와 나누었던 마지막 대화를 떠올리며, 〈자브리스키 포인트〉에 대해 그에게 거짓말한 것은 옳은 선택이었음을 확신했다. 풀지 못한 수수께끼를 남겨 두고 이 세상을 떠나는 것은 고통이다.

나는 마치 깊은 물속으로 뛰어들어 가기라도 하는 듯 숨을 크게 내쉬고 행동을 개시했다.

배터리가 너무 약해 램프도 빛을 내지 않아서 거의 완전히 새까만 어둠 속에서 작업해야 함에도 불구하고, 결국 그 많은 훈련으로 몸에 밴 수순대로, 단 한 번 멈추지 않고 작업을 착착 해 나갔다. 보이는 것이라곤 램프의 작은 진홍빛 필라멘트뿐이었다. 우선 나는 승강구 가장자리를 둘러싼 다섯 개의 나사를 제거해야 했다. 첫 번째 나사가 바닥에 땡그랑 소리를 내며 떨어지자, 나는 벽을 더듬어 비상용 열림 장치의 작은 창문을 찾아, 마지막 남은 콘비프 깡통으로 유리를 세게 쳤다. 유리가 산산조각 났다. 뚫린 창문 사이로 손을 찔러 넣어 기폭 장치의 고리에 손가락을 걸어 잡아당겼다. 기폭 장치는 F-1 수류탄 구조로 만들어져 3초의 지연 시간이 주어지는데, 나에게는 핸들바를 잡고 머리를 최대한 아래로 숙일 충분한 시간이다. 머리 위에서 벼락이 치는 것 같은 쾅 소리가 났고, 진동이 너무 강해서 안장에서 거의 떨어질 뻔했지만, 가까스로 버텼다. 0.5초 정도 기다리다가 머리를 들었다.

바닥이 보이지 않는 무한한 우주의 검은 심연이 주위를 둘러싸고 있었다. 나와 우주 사이에 있는 것은 오토바이 고글의 얇은 플렉시 유리뿐이었다. 나는 완전한 어둠에 둘러싸여 있다. 머리를 숙여 산소마스크에서 깊은 숨을 들이마시고는 서투른 발걸음으로 루노호뜨 밖으로 나와 몸을 폈다가 전진하기 시작했다. 발을 디딜 때마다 한 달간 펴지 못했던 등의 통증을 견디느라 엄청나게 힘이 들었다. 나는 열다섯 걸음은 도저히 못 갈 것 같아, 한쪽 무릎을 꿇고 라디오 부표가 든 가방 줄을 풀러 당겨서 꺼내려 했지만, 레버가 걸려 아무리 해도 꺼낼 수가 없었다. 폐에 공기를 담고 있기가 점점 더 힘들어져서 짧은 순간 공황 상태에 빠졌다. 그때 나는 맡은 임무를 끝내지 못하고 거기서 죽을 것 같다는 생각을 했다. 하지만 다음 순간 가방이 스르르 풀어졌다. 나는 보이지 않는 달의 표면에 무선 표식을 설치하고 레버를 돌렸다. 암호화된 〈레닌〉〈CCCP〉〈미르〉라는 단어가 창공으로 날아가며 3초마다 반복되었다. 기계 측면에 붙은 작고 붉은 램프의 불이 켜지며, 보리 이삭 사이를 떠가는 지구의 형상을 비추었다. 그리고 난생처음 조국의 문장紋章이 사실은 달에서 본 지구의 모습을 표현한 것임을 깨달았다.

공기가 폐에서 터져 나올 것 같았고, 몇 초 후엔 그것을 토해 내고 그을린 입으로 공허를 삼키게 될 것이라 생각했다. 나는 팔을 뒤로 휘둘러 최대한 멀리 니켈 도금된 침대 막음구를 던졌다. 죽음이 임박했다. 호주머니에서 권총을 꺼내 관자놀이까지 올리고, 나의 짧디짧은 인생에서 일어난 가장 중요한 사건을 기억하려 애썼지만, 머릿속에 떠오른 것이라곤 그 아비로부터 들은 마라뜨 뽀빠지야의 이야기였다. 자신과 아무 관계도 없는 그런 죽음의 이미지를 떠올리며 죽는다는 이 어이없는 상황에 화가 나서 뭔가 다른 것을 생각하려 애썼으나, 그러지 못했다. 겨울 숲이 눈앞에 또렷이 떠올랐다. 덤불에 앉아 있는 사냥꾼들, 사냥꾼들에게 달려들면서 으르렁대는 두 마리 곰. 방아쇠를 누르는데, 문득 나는 일말의 의심도 없이 확실히 깨달았다. 키신저는 사실 자신이 칼로 찌른 게 뭔지 아주 잘 알고 있었다는 걸. 총은 불발이었다. 하지만 총 같은 건 없어도, 이제 모든 것이 분명했다. 눈앞에 밝게 빛나는 원이 떠오르고, 나는 그중 하나를 움켜쥐려고 했지만 번번이 놓치고는 얼음처럼 차가운 검은 현무암 위로 쓰러졌다.

날카로운 돌이 뺨을 압박하는 게 느껴졌다. 목도리 때문에 그렇게 아프진 않았지만 불쾌한 건 마찬가지였다. 나는 팔꿈치를 대고 몸을 일으켜 주위를 둘러봤다. 아무것도 보이지 않았다. 코가 가렵다가 재채기를 하자 콧속의 봉이 빠져서 떨어졌다. 나는 목도리와 고글을 당겨 빼고, 모자를 벗고는 귓구멍과 콧구멍에서 부풀어 오른 면 솜 봉을 뺐다. 아무 소리도 안 들렸지만, 멀리서 퀴퀴한 냄새가 났다. 습도가 높고, 패딩 재킷을 입었는데도 한기가 들었다.

나는 일어서서 주위를 손으로 더듬다가, 양팔을 뻗어 앞으로 걸어가기 시작했다. 곧바로 뭔가에 걸려 넘어질 뻔했지만, 균형을 잡았다. 몇 발자국 가자 손가락에 벽이 만져졌다. 벽을 더듬어 보니, 두꺼운 전선이 있었다. 전선은 끈적거리는 솜털 같은 걸로 덮여 있었다. 나는 뒤로 돌아 반대 방향으로 걸었다. 이번에는 조금 더 조심스럽게 공중에 발을 높이 들어 올리며 걸었지만, 몇 발자국 못 가 또 뭔가에 걸려 넘어졌다. 손에 다시 벽과 전선이 닿았다. 그러다 문득, 5미터 정도 떨어진 곳에 작은 적색 램프가 켜져 있는 것이 눈에 띄었다. 램프 불빛에 오각형의 금속 물체가 보였고, 나는 모든 것이 기억났다.

하지만 내가 기억해 낸 것의 의미를 이해하거나 그것에 대해 분명히 생각할 틈도 없이, 멀리 오른쪽에서 강렬한 빛이 번쩍였다. 나는 반사적으로 손으로 얼굴을 가리고 머리를 돌렸다. 손가락 사이로 긴 터널이 멀리까지 이어져 있는 것이 보였다. 환한 빛은 터널 맨 끝에서 번쩍이고 있었다. 빛은 좌우의 벽을 뒤덮은 두꺼운 케이블 더미들과 한 점으로 소급될 정도로 멀리 이어진 선로를 비추었다.

빛을 등지고 돌아서자 선로 위에 서 있는 루노호뜨가 보였다. 나의 긴 검은 그림자가 길게 드리워 있는 루노호뜨에 누군지 모를 설계자는 별 모양과 거대한 〈CCCP〉 문자를 그려 넣었다. 나는 선로 위를 흐르는 눈부신 빛(어쩐지 그 빛을 보니 지는 해가 생각났다)으로부터 얼굴을 피하며 루노호뜨 쪽으로 뒷걸음질 쳤다. 루노호뜨 동체에서 뭔가가 튕겨 날아가는 것과 동시에, 뭔가가 갈라지는 커다란 소리가 났다. 누군가 나를 향해 총을 쏜다는 걸 깨닫고 루노호뜨 뒤로 달려가 숨었다. 두 번째 총알이 동체에 부딪쳐 땡그랑 소리가 났고, 몇 초간 장례식의 종처럼 반향이 울렸다. 달가닥거리는 바퀴 소리가 들리더니 또 한 번의 사격이 있었고, 바퀴 소리가 멈췄다.

"이봐, 끄리보마조프!" 인간의 목소리 같지 않은 커다란 목소리가 쩌렁쩌렁 울렸다. "손 올리고 나와라, 바보 같은 새끼! 너는 훈장을 받게 됐다!"

나는 루노호뜨 뒤에서 엿보았다. 50미터 정도 떨어진 선로 위에 눈부신 탐조등이 달린 작은 수동 전차가 서 있었다. 탐조등 앞에는 한 손에 확성기를 들고 다른 손에는 권총을 든 남자가 다리를 넓게 벌리고 건들거리며 서 있었다. 그는 총을 들어 올렸다. 총소리가 천둥처럼 울리며 총알이 몇 번 튕기더니 지붕 아래를 휙 스치고 지나갔다. 나는 머리를 숨겼다.

"나와라, 쥐새끼 같은 놈!"

그의 목소리가 친숙했지만, 누군지 확실히 떠오르진 않았다.

"둘!"

그가 다시 발포했고, 루노호뜨의 동체에 맞았다.

"셋!"

나는 다시 머리를 내밀어 엿보았다. 남자가 확성기를 수레에 내려놓더니 양팔을 넓게 펼치고 선로의 침목을 천천히 넘으면서 루노호뜨 쪽으로 다가왔다. 그가 조금 더 가까워지자, 입으로 비행기 엔진 소리를 흉내 내어 윙 하는 소리를 내는 게 들렸다. 그 소리를 듣는 순간 곧바로 그가 누군지 알아보았다. 란 드라또프였다. 터널을 따라 뒤로 도망갈 수도 있었지만, 그가 루노호뜨에 다다르자마자 난 완전히 무방비 상태가 될 것임을 깨달았다. 나는 잠시 멈칫하다가 몸을 수구려 톱니 모양 돌기가 있는 비좁은 선체 바닥 밑으로 기어 들어갔다.

이제 보이는 거라곤 솜씨 좋게 발을 디디지만 어딘가 좀 휘청거리며 침목을 넘어 점점 더 가까이 다가오는 그의 다리뿐이었다. 그는 아무것도 눈치채지 못한 듯 보였다. 그는 루노호뜨에 다가서자 좀 다른 어조로, 더 격렬하게 윙 소리를 내기 시작하여, 나는 그가 한쪽으로 급격하게 기울이며 기계 주위를 돌고 있다는 것을 깨달았다. 녹슨 바퀴 사이로 그의 부츠가 나타나자, 나는 나도 모르게 그 다리를 와락 잡았다. 복사뼈 근처를 손가락으로 움켜쥔 순간, 거의 아무것도 들어 있지 않은 부츠의 느낌에 혐오감이 밀려와서 나는 거의 손을 뗄 뻔했다. 그는 비명을 지르며 넘어졌다. 나는 손아귀의 힘을 풀지 않았고, 부드러운 가죽 안에서 의족이 부자연스럽게 휘어졌다. 나는 한 번 더 그것을 비틀고 나서 밖으로 기어 나갔다. 내가 간신히 루노호뜨에서 빠져나오는 동안, 그는 이미 침목 사이에 떨어진 권총 쪽으로 기어가고 있었다. 나에겐 1초 정도밖에 없었다. 나는 오각형의 무선 표식을 집어 들어 란드라또프의 후두부를 힘껏 내리쳤다.

으드득하고 뼈가 으스러지는 소리가 나더니, 붉은 램프가 꺼졌다.

란드라또프의 수동 전차는 나의 루노호뜨보다 훨씬 가볍고 속도도 빨랐다. 강력한 탐조등이 통로의 둥근 공간을 비추고, 벽을 따라 이어진 케이블들을 비췄다. 케이블은 '로켓' 캠프 식당에 매달아 내려져 있던 실 같은, 끈적이는 섬유로 덮여 있었다. 그 통로는 아무래도 버려진 지하철 터널 같았다. 때때로, 지금 선로를 따라 전진하고 있는 터널과 똑같이 어둡고 인기척이 없는 다른 터널들로 갈라지는 몇몇 분기점들을 만났다. 종종 쥐들이 앞을 가로질러 달리곤 했는데(어떤 건 크기가 작은 개만 했다) 다행히도 나에겐 전혀 신경을 쓰지 않았다. 계속 가다 보니 오른쪽에 또 다른 선로가 나타났다. 벌써 몇 번 나타났던 다른 지선들과 똑같아 보였는데, 그 분기점을 지나는 순간, 수동 전차가 오른쪽으로 확 기울어지면서 나는 선로에 나가떨어져 어깨를 심하게 부딪혔다.

내가 뛰어넘은 분기점은 사실 반환점으로, 앞바퀴가 앞으로 직진했던 반면 뒷바퀴는 오른쪽으로 구부러졌던 것이다. 그 결과 전차는 어떻게 해도 꼼짝 못하는 상태가 되어 버렸다. 어둠 속을 걸어서 계속 가야 함을 받아들이고 천천히 걸음을 내디뎠다. 란드라뽀프의 권총을 가져오지 않은 것이 후회됐다. 하지만 뭐, 들쥐가 나를 공격하기라도 하면, 그런 걸로 날 지킬 순 없을 테지만.

50보도 채 가기 전에 전방에서 개 짖는 소리와 사람들의 고함 소리가 들렸다. 나는 몸을 돌려 왔던 길을 다시 뛰어갔다. 뒤에서 빛이 점등되었다. 돌아보니, 선로의 침목 위를 껑충 뛰어넘으며 달려오는 셰퍼드 두 마리의 회색 형체가 보이고, 그 뒤에 원 모양으로 흔들리는 횃불을 든 추격자들이 보였다. 발포는 해 오지 않았다. 아마도 개가 맞을 수도 있기 때문인 듯했다.

"저기 있다! 벨까! 스뜨렐까! 달려!" 누군가 뒤에서 소리쳤다.

나는 지선으로 들어가, 할 수 있는 한 최대한 빠르게 달렸다. 다리가 부러질 정도로 높이 껑충껑충 뛰면서. 쥐를 밟아서 넘어질 뻔도 했다. 그때 문득, 환하게 반짝이는 기이한 별들이 내 오른쪽에서 빛나는 게 보였다. 나는 그쪽으로 돌진해 벽에 충돌했고, 케이블을 잡고 벽을 기어올랐는데, 셰퍼드들이 내 등으로 달려드는 게 느껴졌다. 나는 끝까지 올라가 벽을 넘어가서 추락했다. 내가 다치지 않았던 것은, 폴리에틸렌으로 덮인 안락의자처럼 느껴지는 아주 부드러운 뭔가에 떨어졌기 때문이다. 골판지 상자나 나무 곽이 뒤죽박죽 쌓여 있는 틈에 쑤셔 박힌 것이었다. 나는 그 속을 기어가기 시작했다. 몇 번인가 손이 폴리에틸렌으로 덮인 안락의자의 등받이와 팔걸이에 닿았다. 갑자기 주위가 환해졌다. 조용히 대화하는 소리가 아주 가까이 들려오자, 나는 얼어붙었다. 내 얼굴 바로 앞에 옷장의 뒤판이 우뚝 서 있었다. '네프까'라는 단어가 찍힌 커다란 판자였다. 내 뒤에서 개 짖는 소리와 고함 소리가 나더니, 그 후 확성기로 증폭된 커다란 목소리가 들렸다.

"스톱! 조용히! 2분 후에 생방송이다!"

개들은 계속 짖어 댔고, 건방진 테너 목소리가 무슨 일인지 설명하려고 했지만, 확성기가 다시 고함치기 시작했다.

"당장 여기서 꺼져! 네 개들과 동반으로 군법회의에 회부되고 싶지 않으면!"

짖는 소리가 차츰 멀어졌다. 개들이 끌려 나간 게 분명했다. 1분 후 나는 용기를 쥐어짜서 옷장 뒤에 숨어 고개를 살짝 내밀고 엿보았다.

순간적으로 내가 고대 로마의 거대한 천문관 안에라도 들어와 있는 게 아닌가 하고 생각했다. 어마어마하게 높은 둥근 천장에 붙어 있는 별이 멀리서 반짝였다. 별은 전력의 삼 분의 일 정도의 빛으로 유리와 양철 틈에서 빛나고 있었다. 옷장에서 40미터가량 떨어진 곳에 낡은 기중기가 서 있었다. 땅에서 4미터 정도 높이의 기중기 팔 위에는 거대한 유리병 같은 형태의 우주정거장 〈살류뜨〉[2]가 부착되어 있었다. 살류뜨는 도킹한 보급선 〈아그담 T3〉와 함께, 플라스틱 모형 비행기를 고정해 놓은 다리처럼 기중기 팔이 꽂혀 있는 형태였다. 구조물 전체를 지탱하기에는 기중기 한 대로는 부족한지, 우주왕복선의 선미를 두서너 개의 긴 기둥이 버팀대 역할을 하고 있었다. 그 버팀대들은 어슴푸레한 빛 속에서는 볼 수 있었지만, 각등 두 개가 옷장 바로 옆에 켜지자 거의 보이지 않았다. 배경의 벽과 마찬가지로 검은색으로 칠해져 있고, 전깃불을 반사하는 번쩍이는 금속박으로 싸여 있기 때문이었다.

각등은 필터를 통과해 희끄무레하고 생기 없는 기묘한 빛을 쏘았다. 빛은, 곧바로 아주 실물같이 보이는 우주선 외에도 '삼성Samsung'이라고 크게 쓰인 텔레비전 카메라를 비추었다. 카메라 옆에서는 기관총을 든 남자 두 명이 담배를 피우고 있고, 그 옆에 긴 탁자가 보였다. 탁자에는 확성기와 음식, 그리고 유령처럼 투명한 보드까 병들이 탁자에 박힌 고드름처럼 늘어서 있었다. 장군 두 명이 앉아 있었다. 그 옆에는 마이크가 놓인 작은 탁자가 있고, 평복을 입은 남자가 앉아 있었다. 그 남자 뒤의 배경에는 '뉴스'라는 문자가 적히고 지구와 그 위로 긴 궤적을 남기며 비스듬하게 날아가는 별의 일러스트가 그려진 커다

---

2   구쏘련의 우주정거장으로 1971년에 1호가, 1973년에 2호가 쏘아 올려졌다.

란 합판 한 장이 세워져 있었다. 평복을 입은 또 한 명의 남자가 작은 테이블에 바짝 몸을 굽혀, 마이크를 앞에 두고 앉아 있는 남자에게 무슨 말인가를 하고 있었다.

"테이크 3!"

목소리가 들렸지만, 말하는 사람의 모습은 보이지 않았다. 서 있던 평복의 남자가 급히 카메라 쪽으로 뛰어가서 그것을 작은 탁자 쪽으로 향하게 했다. 종이 울리고 마이크를 앞에 두고 앉은 남자가 천천히 말하기 시작했다.

"오늘 우리는 쏘베뜨 우주과학의 최전선, 항공관제센터의 지부 중 한 곳에 나와 있습니다. 우주비행사 아르멘 베지로프와 잠불 메젤라이치스가 궤도 우주선에서 생활한 지 이제 7년째가 됩니다. 역사상 최장기간의 우주비행으로, 우리나라를 세계 우주 기술의 선두 주자로 올려놓은 쾌거가 아닐 수 없습니다. 저와 카메라맨 니꼴라이 고르지엔꼬가 도착한 바로 그날, 비행사들이 중대한 과학적 임무를 수행하게 된 것이 이를 상징적으로 말해 주는데요. 지금부터 정확히 30초 후, 우주비행사들이 천체 관측 모듈 〈끄반뜨〉를 설치하기 위해 우주 공간으로 나올 것입니다"

공간 전체에 부드러운 빛이 갑자기 확 비추이며 밝아졌다. 나는 머리를 들어 천장의 램프들이 최대 전력으로 켜지는 것을 보았다. 수백 년간 인간이 계속 동경해 온 별들의 장대한 파노라마가 펼쳐졌다. 창공에 박힌 은제 못에 관한 아름답고 천진

무구한 전설을 낳은 인류의 동경, 바로 그 별 하늘이다.

〈살류뜨〉 쪽에서 뭔가가 부딪치는 둔탁한 음이 들렸다. 습기로 부풀어 오른 창고 문을 문 안쪽에 있는 산패유 단지를 넘어뜨릴까 봐 조심하며 어깨로 쾅쾅 쳐서 여는 것 같은 소리였다. 마침내 우주선 동체 위로 승강구 문이 살짝 튀어나오자, 마이크를 쥔 남자가 말했다.

"보세요! 생중계입니다!"

승강구는 천천히 열렸다. 우주선 위로 짧은 안테나가 달린 은색의 헬멧이 나타났다. 탁자 쪽 사람들이 일제히 박수를 쳤다. 헬멧에 이어 어깨와 은색의 양팔이 모습을 드러냈다. 그 손이 우선 기체의 특수 받침대에 안전용 로프를 맸다. 그것은 수영장에서의 장시간 훈련으로 완성된 아주 느리고 매끄러운 동작이었다. 마침내 첫 번째 우주비행사가 우주 공간으로 기어나와 승강구에서 몇 발자국 떨어진 곳에서 걸음을 멈추었다. 지상 4미터 높이에서 그런 식으로 서 있다니, 꽤 큰 용기가 필요한 일이라는 생각이 들었다. 그때 탁자의 장군 중 한 명이 내 쪽을 쳐다보는 것같이 느껴져서 나는 얼른 옷장 뒤로 머리를 숨겼다. 내가 다시 밖으로 머리를 내밀었을 땐, 우주비행사 두 명 모두 우주선 위에 서 있었다. 작은 별들이 점점이 흩어져 있는 새까만 우주의 심연 같은 배경 앞에 선 그들의 우주복은 눈이 부실 정도로 하얬다. 한 명이 손에 작은 곽을 들고 있었다. 내가 보기엔 아무래도 그것이 천체 관측 모듈 〈끄반뜨〉

같았다.[3] 우주비행사들은 물속에서 움직이던 대로 천천히 기체의 동체 위를 걸어 긴 안테나 기둥까지 가서, 나사를 사용해 매우 민첩하게 곽을 안테나 기둥에 고정했다. 그런 다음 그들은 카메라 쪽으로 얼굴을 돌리고 부드럽게 손을 흔들고는, 똑같이 물속을 걷는 것 같은 동작으로 승강구 쪽으로 걸어가 한 명 한 명 차례차례 안으로 들어가 사라졌다.

승강구가 닫혔지만, 나는 믿기지 않을 정도로 멀리서 반짝이는 별들에서 계속 눈을 떼지 않았다. 백조자리가, 하늘의 절반을 차지한 거대한 페가수스를 포옹할까 아니면 작지만 마음을 뭉클하게 할 정도로 순수하고 투명한 리라를 포옹할까 망설이면서, 날씬한 긴 팔을 넓게 펼치고 있었다.

평복을 입은 남자가 마이크에 대고 기쁨에 찬 어조로 빠르게 말했다.

"작업이 진행되는 동안 여기 항공관제센터에는 정적이 흘렀습니다. 솔직히 저 역시 숨을 참고 있었는데요, 모든 게 계획대로 성공리에 마무리되었습니다. 우주비행사들의 정확하고 조화로운 동작에 놀라움을 금할 수 없는데요. 수년간의 훈련과 궤도 훈련 비행이 헛되지 않았음이 분명히 드러났습니다. 오늘 설치된 과학 설비는……"

나는 옷장 뒤로 물러났다. 주위에서 일어나는 모든 일에 대

---

3   실제로 천체 관측 모듈 〈끄반뜨〉는 10톤이 넘는 거대한 설비이다.

해 어떤 감정도, 어떤 흥미도 느끼지 못하고 있음을 자각했다. 만약 지금 누군가가 나를 덮치더라도 나는 도망가거나 숨거나 하지 않을 것이다. 지금 내게 필요한 것은 수면뿐이다. 나는 달에서 그랬던 습관대로 포갠 팔에 머리를 묻고 졸았다. 잠결에 목소리가 들렸다.

"우주 공간에서의 작업을 중계한 카메라는, 비행 기술자에 의해 본체의 솔라 패널 중 하나에 설치된 것이었습니다"

오랜 시간, 족히 다섯 시간 정도는 잔 것 같았다. 몇 번인가 누군가 물건을 옮기며 가까이 와서 욕설을 내뱉는 소리가 들리고, 가는 여자 목소리가 긴 의자를 바꿔 놓아야 한다고 말하는 것이 들렸지만, 나는 꼼짝도 안 했다. 어쩌면 모든 게 꿈이었을지도 모른다. 마침내 정신을 차렸을 땐, 주위가 조용했다. 나는 살그머니 일어서서 옷장 뒤에 숨어 밖을 내다보았다. 마이크가 있는 탁자에는 아무도 없었고, 텔레비전 카메라에는 방수시트가 덮여 있었다. 각등 하나가 우주선을 비추고 있었다. 사람 모습은 보이지 않았다. 나는 옷장 뒤에서 나와 주위를 둘러보았다. 모든 것이 텔레비전 중계 때와 똑같았다. 다만 한 가지, 우주선 아래에 쓰레기들이 산더미같이 쌓여 있는 게 달랐다. 흰 종잇조각들과 빈 〈만리장성〉 깡통들이었다.

나는 탁자 쪽으로, 남은 보드까와 전채 요리 접시 쪽으로 다가갔다. 몹시 갈증을 느꼈다. 자리에 앉자, 등이 자동적으로 자전거 타는 자세로 구부러졌다. 나는 가까스로 몸을 바로 펴고 남은 보드까를 모두 들이켰다. 두 잔은 족히 되는 양이었는데, 차례차례 모두 비웠다. 접시에 남은 양념된 버섯 하나를 안주 삼아 먹을까 하는 마음이 몇 초 스쳤지만, 끈적끈적한 점액으로 뒤덮인 포크를 보자 비위가 상했다.

나는 나의 우주비행사 동지들이 생각났다. 그리고 이곳과 같은 홀에 아연 도금된 관이 늘어서 있는 광경을 상상했다. 네 개는 납땜되었고, 나머지 하나는 비어 있는 광경이. 무슨 이유에선지 그들이 나보다 행복했을지 모른다는 생각이 들었지만, 그래도 나는 여전히 그들에 대해 비애의 감정을 느꼈다. 그러고는 미쪽에 대해 생각했다. 그러자 곧바로 머릿속이 윙윙거리며 그날 일어났던 일을 생각해 낼 여력이 생겼다. 하지만 그러는 대신, 지구에서의 마지막 날을 떠올렸다. 비로 컴컴해진 붉은광장의 자갈들과 우르차긴 대령의 휠체어와 다음과 같이 속삭이면서 연신 내 귀를 스치던 따뜻한 그 입술을.

"오몬. 친구를 잃는다는 것, 그리고 아이 때부터 자신이 교활하고 경험 많은 적과 팔짱을 끼고 불멸의 순간을 향해 걸어왔다는 것을 깨닫는 것이 얼마나 괴로운 일인지 나는 잘 안다. 녀석의 이름은 입에 올리고 싶지도 않구나. 하지만 그래도 너와 나, 그리고 녀석이 함께 있던 그때의 대화 내용을 한번 떠올려 보면, 녀석은 이렇게 말했었지. '죽을 때 무슨 생각을 품고 죽는 게 뭐가 중요합니까? 우리는 결국 유물론자들인데요' 그래

서 내가 인간은 사후에 자신이 이룬 과업의 성과 속에서 살아
간다고 말했던 거 기억하지. 하지만 그때 내가 미처 말하지 못
한 게 있단다. 어쩌면 더 중요한 것이라 할 수 있다. 기억해라,
오몬. 물론 인간에게는 어떠한 영혼도 없지만, 영혼은 그 각각
이 하나의 우주다. 이게 바로 변증법이지. 그러니 우리의 소명
이 그 안에 살아 있어서 승리를 거두고 있는 영혼이 단 하나라
도 존재하는 한, 그 소명은 결코 죽어 없어지지 않는다. 왜냐하
면 전 우주는 존재할 것이고, 우주의 중심에는 이……"

그는 광장 전체를 가리키듯 손을 넓게 벌렸다. 자갈이 위협
적으로 검게 빛났다.

"그리고 하나 반드시 기억해 두어야 할 중요한 얘기가 있다,
오몬. 아직 너는 내가 하려는 얘기를 이해하지 못할 테지만, 나
중에, 내가 더 이상 네 곁에 없을 때를 위해 지금 얘기해 둔다.
그러니 잘 들어 두어라. 우주 정복 경쟁에서 우리나라가 선두
에 서기 위해서는 오직 하나의 순수하고 성실한 영혼만 있으면
충분하다. 멀리 있는 달 표면에서 사회주의 승리의 깃발이 펄
럭이게 하는 데는 그런 영혼이 하나만 있으면 돼. 하지만 여하
튼 하나, 일순간이라도 그러한 영혼이 반드시 존재해야 한다.
왜냐하면 그 깃발은 그 영혼 속에서 펄럭일 테니까……"

문득 나는 강력한 땀 냄새가 훅 끼쳐 오는 걸 느끼고, 돌아
보던 순간, 두꺼운 장갑을 낀 주먹의 일격을 받고 의자에서 나
가떨어졌다.

올려다보니, 누더기가 된 펠트 우주복과 〈CCCP〉라는 글자가 빨간색으로 테두리에 칠해진 헬멧을 쓴 우주비행사가 서 있었다. 그는 빈 병을 집더니 탁자에 내리쳐 박살 낸 뒤, 그 뾰족한 모서리를 든 손을 올리고 내 쪽으로 몸을 기울였다. 나는 가까스로 몸을 굴려 벌떡 일어나 도망갔다. 그는 나를 쫓아왔다. 동작이 매우 느렸는데, 왜인지 이동속도를 높이는 것을 무서워하는 것 같았다. 나는 곁눈으로 또 한 명이 더 있음을 발견했다. 그 남자는 〈아그담 T3〉를 지지하는 검은 기둥 중 하나를 급히 기어 내려오다 별의 주석 은박지를 떨어뜨렸다. 나는 문 쪽으로 뛰어가 돌진하며 어깨로 밀어 봤지만, 문은 모두 잠겨 있었다. 나는 다시 오던 방향으로 뛰어가서 첫 번째 우주비행사를 휙 피해 갔지만, 두 번째 우주비행사와 정면으로 맞닥뜨렸다. 그는 다리를 휘둘러 육중한 자석 밑창이 달린 부츠로 나를 찼다. 그가 겨냥한 건 사타구니였지만, 다리에 맞았다. 그러고는 헬멧에 붙은 예리한 안테나로 내 배를 들이받으려고 했다. 나는 가까스로 재빨리 다시 피했다. 그때 나는 퍼뜩 깨달았다. 어쩌면 수년간 그들이 간절히 기다리고 기대해 왔을지 모를 보드까를 내가 마셔 버린 걸지도 모른다고. 그러자 정말 무서워졌다. 내 앞에는 '위험'이라는 글자와 붉은색 번개가 그려진 삼각형의 판이 달린 작은 문이 있었다. 나는 그쪽으로 뛰어갔다.

문 뒤에는 바닥이 쿵쿵 울리는 금속으로 된 아주 좁은 통로가 있었다. 그 통로를 따라 겨우 5미터 정도 달렸을까, 등 뒤에서 자석 밑창이 무겁게 댕그랑거리는 발걸음 소리가 다시 들려왔다. 그 소리에 나는 더 빨리 힘껏 달렸다. 모퉁이를 돌자, 둥근 환기통이 있는 벽에서 끝나는 짧은 통로가 나왔다. 환기통의 철망은 찢어져 있었고, 그 너머에는 정지한 환기팬의 녹슨 날개가 보였다. 되돌아 뛰어가려고 돌아서자, 벌써 추격자는 단일한 하나의 총체로 느껴지지 않을 정도로 무척 가까워져서, 서로 관계없는 인상들의 조합으로만 상대의 존재를 느낄 뿐이었다. 암녹색 플렉시 유리로 된 얼굴 가리개가 달리고 붉은 〈CCCP〉 글자가 크게 새겨진 둥근 구, 검은 장갑과 거기서 톡 튀어나온 반투명한 작은 삼지창, 강하게 훅 풍기는 땀 냄새, 은색 펠트 어깨에 달린 소위 견장. 다음 순간, 나는 이미 철망 뒤 환기구에 몸을 집어넣으며 꿈틀대고 있었다. 나는 배의 프로펠러 같은 거대한 팬 날개 사이를 맹렬한 기세로 재빨리 벌렸지만, 위쪽으로 계속 이어진 환기구 구멍을 오르기 시작하자, 내패딩 재킷이 한쪽으로 쏠려 걸려서, 자궁 속 태아처럼 꿈틀대며 꼼짝도 할 수 없었다. 아래쪽에서 부스럭대는 소리가 나더니 뭔가가 내 발목을 스쳤다. 나는 비명을 지르며 마구 버둥거려 몸을 빼내어 순식간에 2미터는 족히 위로 올라가 환기구의 수평 구멍으로 비집고 들어갔다. 그 구멍 저편에는 흰 구름층으로 감싸인 지구가 보였다. 나는 흐느끼며 그쪽을 향해 기어갔다.

눈물의 얇은 막을 통해 보이는 지구는 희미하고 흐릿했으며, 마치 누리끼리한 허공 속에 떠 있는 것처럼 보였다. 나는 몸을 꿈틀대며 그쪽으로 전진하면서, 점점 가까워지는 지구의 표면을 바로 그 허공에서 계속 응시했다. 나를 압박하던 벽이 쪼개지며 갈색 타일 바닥이 곧바로 나를 향해 날아오를 때까지.

"이봐, 젊은이!" 나는 눈을 떴다. 더러운 파란색 작업복을 입은 여성이 나에게 몸을 굽히고 있었다. 그녀 옆 바닥에는 양동이가 놓여 있고, 손에는 자루걸레가 들렸다.

"몸이 안 좋아? 여기서 뭐하고 있는 거야?"

나는 주위를 돌아봤다. 맞은편 벽에는 작은 갈색 문이 있었다. 벽에 '다음번 점검은 7/14'라는 종이가 붙어 있다. 그 옆에는 커다란 지구 사진과 '평화의 우주를 위해!'라는 글자가 적힌 달력이 걸려 있었다. 나는 벽에 푸른색 페인트가 칠해진 짧은 복도에 누워 있었다. 벽에는 서너 개의 문이 가까이 늘어서 있었다. 시선을 위쪽으로 돌리니, 달력 맞은편 벽에 환기통의 검은 구멍이 나 있는 게 보였다.

"네?" 나는 물었다.

"취했냐고 묻잖아, 취했어?"

나는 벽에 손을 짚고 몸을 일으켜서 복도를 따라 걷기 시작했다.

"어디로 가는 거야?" 여자는 거칠게 나를 돌려세웠다. 나는 반대 방향으로 걸어갔다. 모퉁이를 돌자 위로 올라가는 가파른 계단이 나왔다. 계단 끝에는 나무 문이 있었다. 문 너머에서 뭔가 알 수 없는 윙윙거리는 소음이 들렸다.

"계속 가." 여자가 뒤에서 나를 밀면서 말했다.

나는 계단을 계속 오르다가 한 번 아래를 돌아봤다. 여자가 계단 아래에서 나를 주의 깊게 보고 있었다. 문을 밀어 내가 나간 곳은 어슴푸레하게 들어간 벽감 안이었다. 주위에는 평복을 입은 남자 여러 명이 있었지만, 나에게 주의를 기울이는 사람은 없었다. 멀리서 들려오는 웅웅거리는 소리는 점점 더 커지고 있었다. 옆쪽으로 시선을 돌리자, 구릿빛으로 〈레닌 도서관〉이라고 새긴 글자가 보였다.

문득 뇌리를 스치는 생각이 있었다. 지구다!

나는 계단 아래의 어두운 벽감에서 나와 지하철 승강장 끝에 있는 거대한 거울을 향해 천천히 비틀거리며 걸어갔다. 거울 위에는 시간을 알리는 위협적인 오렌지색 숫자가 있어, 지금은 아직 밤이 아님을, 그리고 앞 전차가 4분 전에 지나갔음을 알려 주었다. 오랫동안 면도를 안 한 듯 수염이 무성하게 자란 젊은 남자의 얼굴이 거울에서 나를 쳐다보고 있었다. 눈은 붉게 충혈되고 머리는 엉망으로 헝클어졌다. 군데군데 흰색 도료가 묻은 더러운 검은 패딩 재킷을 입은 모습이, 영락없이 지난밤 어디서 잠을 잤을지 모를 행색이다.

사실, 어디서 잤는지 전혀 모를 일이었다. 승강장을 성큼성

큼 걸어 다니던, 작은 콧수염이 난 경찰관이 내게 눈길을 주기
시작할 즈음, 전차가 도착해 문이 열려서, 나는 더 생각할 것도
없이 바로 열린 문 안으로 발을 디뎠고, 전차는 나를 새로운
삶으로 데리고 갔다. 나는 생각했다. 비행은 아직 계속되고 있
다고. 이 루노호뜨의 내부 등은 절반이 켜지지 않았다. 그 때문
에 어딘지 모르게 빛이 부패한 것 같은 느낌이 든다. 나는 좌석
에 앉았다. 옆의 여자가 반사적으로 다리를 꼭 붙이고 내게서
떨어져 앉으며 사이의 빈 공간에 시장바구니를 놓았다. 곁눈으
로 힐끔거리며 보니, 별 모양의 마카로니 박스와 작은 냉동 닭
의 서글픈 형체가 보였다.

  어쨌든 어디로 가야 할지 결정해야 했다. 나는 비상 급정거
손잡이 옆의 벽에 붙은 노선도를 올려다보았고, 내가 지금 정
확히 적색 선의 어디에 있는지 찾기 시작했다.

『오몬 라』에 대하여[1]

쏘련의 인공위성 〈스뿌뜨닉〉 발사의 충격은 대단한 것이었다. 작품에서도 언급되는 바이꼬누르(까자흐스딴) 우주기지에서 제1호가 쏘아 올려진 때가 1957년이었다. 인류 최초의 인공위성이었다. 역시 작품에서 언급된 라이까를 태운 제2호기가 같은 해 11월에, 제3호기가 1958년에 발사되었다. 특히 1957년은 러시아 우주로켓의 아버지라 불리는 찌올꼽스끼 탄생 100주년이기도 해서, 이미 인쇄를 마친 기념우표 우측 하단에 '1957년 10월 4일, 세계 최초의 인공위성'이라는 문구를 추가 삽입하여 재발행했을 정도다. 스뿌뜨닉의 내부는 발신기와 전지를 적재한 간단한 구조였지만 지구를 돌면서 발신하는 전자

---

1   가령 작품을 여러 번 읽으며 매번 새롭게 만나기를 즐기는 독서가라면 해설은 최소한 일독을 마친 뒤에 읽을 것을 권한다. 옮긴이의 독단적인 해석이 강력한 스포일러가 될 수 있기 때문이다.

음은 미국을 비롯한 과학기술 선진국에 충격을 주었다. 그해 여름의 쏘련은 대륙간탄도미사일 발사에도 성공한 직후라 그 충격은 배가되었다. 이어서 1959년에 보낸 루나 위성은 달의 뒤편 촬영에 성공했고, 1960년 스뿌뜨닉 5호는 그 안에 함께 태워 보낸 개 두 마리가 무사히 지상 생환했다. 그리고 마침내 1961년 4월 12일 가가린이 보스똑 1호를 타고 108분간의 유인 우주비행을 수행하여 〈우주비행사〉의 탄생을 전 세계에 과시했다.

이 엄청난 사건들이 1962년에 태어난 이 작가에게 어떠한 의미를 가졌을지 충분히 상상 가능할 것이다. 아니 그 세대의 인간들이 어떤 세상으로 태어난 것인지 우선 주목해 보자. 인간만큼 자신의 태생적 시공간과 자신이 속한 세대를 강하게 의식하면서 살아가는 존재는 우주 어디에도 없기 때문이다. 어쩌면 이러한 쏘련의 성공과 그 이후의 냉전이나 좌절이라는 거대한 흐름이, 한 국가의 운명과 그 내적인 갈등의 차원을 넘어서 매우 복잡한 형태로 그 구성원들에게 내면화되었을 것이다. 이 소설에서 주인공이 겪는 삶의 여정이 아니라, 그 영혼이 겪는 변화가 그 어떤 고전에서 묘사된 것보다 드라마틱하게 다가오는 이유가 바로 여기에 있다.

바로 이 1962년에 태어난 작가는 우리 식으로 말해서 초등학교 입학할 무렵 미국의 달 착륙 사건을 목격하게 된다(1969년 아폴로 11호). 전 세계가 달에 인간이 발을 디딘 그 순간에 충격을 받고 있을 때, 쏘련의 소년은 아마도 그 인간이 러시아인이 아님에 더 경악했을 것이다. 바로 이 암스트롱의 '달 착륙' 사건으로 대표되는 미국과 쏘련의 '우주 정복 경쟁'이라는, 과장을 좀 보태면, 총성 없는 '제3차 대전'이나 다름없는 각 체제의 이데올로기 존립을 건 싸움이 시작된 것이다. 그 이후 쏘련은 달에 사람을 보내는 대신, 인간의 장기 우주 체재 및 탐사 쪽으로 방향을 돌려서 우주정거장 〈살류뜨〉(1971)와 〈소유즈〉의 결합을 반복 수행했고, 1980년대에는 〈살류뜨〉에 승무원을 수송하기 위한 〈소유즈〉 T 시리즈 및 TM 시리즈를 개발했다. 1988년 12월에는 신형 궤도 정거장 〈미르〉에서 우주 체재 세계 신기록 366일을 달성하기도 했다. 그 외, 미국의 우주왕복선이나 쏘련 붕괴 이후 우주정거장 〈미르〉의 결함 폭로 등 일련의 수많은 사건들은 이 작품에서 직접적으로 거론되지는 않지만, 흐릿한 무대배경처럼 암약한다.

이렇게 보면 이 작품의 작자나 주인공이 어린 시절을 보낸 1960년대 쏘련에서 우주비행사의 꿈이라는 것은 우리의 상상을 초월하는 의미와 울림을 가졌을 것이 확실하다. '인류 최초의 사회주의 혁명'이라는 20세기 초 대변혁의 파장이 마치 다시 한 번 전 우주적으로 팽창되는 듯한 몽환적인 유포리아가 공기처럼 떠돌던 시대 분위기에서 태어난 세대였으니 말이다. 우주비행사 유리 가가린의 신화는 쏘련만이 아니라 전 세계적인 충격이었고, 어찌 보면 미국과 쏘련의 경쟁, 냉전 시대, 핵무기 경쟁, 그리고 최근의 상황까지 이어지는 (이 세대에 영향을 미치게 되는 일련의) 격동의 세계사의 시발점이 아니었는가 싶을 정도다. 바로 같은 시대에 비밀경찰이 되고자 하는 꿈을 실현하고 훗날 쏘련 붕괴 후 대통령이 된 인물도 있기는 하지만 그것은 매우 예외적인 경우이고, 평범한 소년은 우주비행사를 꿈꾸던 시대였다.

이 작품의 화자이자 주인공의 이름인 '오몬'은 '경찰특수부대'의 약자로, '경찰관이 되어 출세하기'를 바라는 마음에서 현직 경찰인 주인공의 아버지가 지어 준 이름이다. 막연히 '하늘에 대한 동경'에서부터 시작한 그의 어린 시절 꿈은 차차 '전투기 비행사'가 되고 싶은 열망으로 구체화된다. 그러다 우연히 '박람회장'에서 우주비행사가 그려진 모자이크화를 본 날, '우주비행사가 된 다음 달로 날아가고 싶은' 꿈을 가진 또래 친구 미쪽을 만난 것이 계기가 되어 '우주비행사'에 대한 꿈을 본격적으로 키워 나간다.

이 소설은 일견, 우주여행과 달에 대한 순수한 동경을 품은 소년이 우주비행사가 되기까지의 역경과 시련을 다룬 (자전적인) 성장소설 같아 보인다. 하지만 주인공이 살고 있는 시공간은 한 개인의 꿈이, 그리고 그 개인의 성장과 인생 이야기가 오롯이 그 개인의 서사로 포괄될 수 있는 녹록한 시공간이 아니었다. 냉전 이데올로기가 위세를 떨치던 1960년대 쏘련, 그곳에선 국가권력과 군부의 가이드라인과 추상적인 구호와 영웅화 작업 등으로 유지되는 국가 이데올로기가 개인의 사생활은 물론 운명까지도 공공연히 침식하며, 그러한 침윤으로 인한 상흔을 '숭고한 시대적 과업'이라고 대중에게 주입하는 시대였다.

그런 시대 분위기에서 주인공 오몬과 그의 친구 미쪽이 어린 시절부터 품은 '우주비행사 꿈'은 애초부터 개인의 순수한 꿈으로 남을 수 없는 것이었는지도 모른다. 국가 차원에서 주도된 '대중 선전'용 설치물과 영화, 선전 포스터의 틈바구니에서 꿈을 키워 간 그들이 선택할 수 있는 진로는 '당의 허가증'이 있어야 참가할 수 있는 '로켓' 캠프와 병역의 일환으로 선택한 비행학교뿐이었다. '로켓' 캠프에서 불합리한 군대식 기합을 받고, 비행학교에선 함께 입학한 동급생들이 입학 첫날 다리 일부분이 절단되는 비인간적인 상황(비행기 조종석에 인체 구조를 맞추기 위한 조치로 추정된다)을 목격하지만, 사실 오몬은 그때까지는 자신이 스스로 선택해서 온 그 길을 우주비행사가 되는 불가피한 과정으로 받아들인다. 개인의 꿈이 필연적으로 겪게 되는 좌절 및 불합리한 현실과의 타협 수순으로 도저히 받아들이기 어려운 '비정상적인' 상황은, 원대하기는 하나 한 개인의 영혼에서 잉태되었기에 여전히 '소박했던' 꿈에 '영웅적 위업'이라는 강요된 이데올로기가 덧씌워지는 순간부터 본격적으로 시작된다.

비행학교 입학 면접에서 달에 대한 순수한 동경과 우주비행

사가 되고 싶은 꿈을 이야기한 오몬과 미쪽은 까게베 산하의
비밀우주학교 훈련생으로 뽑혀 모스끄바의 루반까 거리에 있
는 까게베 본부로 이송된다. 그곳에서 그들은 비행 책임자와
정치 고문으로부터 서방에 뒤처져 있는 쏘베뜨의 우주 정복 성
과와 함께 '귀환시킬 필요가 없는 자동 조작 '유인' 우주선'(쏘
련은 당시 귀환 가능한 유인 우주선을 개발할 기술이 없었던 것 같다)에 대
한 얘기를 듣게 된다. 뒤이어 그들은 바로 그들 자신이 그 귀환
하지 않는 우주선에 타서 쏘베뜨의 기술력을 만방에 알리는 역
할을 맡은 숨은 '영웅이 되지 않으면 안 된다'라는 암시를 듣
는다. "영웅이 되고 싶지 않다"는 주인공의 항변은 위압적 분
위기와 고문을 암시하는 장면에 묻혀 맥없이 꺾이고 만다.

　친구 미쪽이 '윤회 검사'라는 약물 텍스트 결과 '사상적으로
불순한' 부적격자로 처리되어 처형당하는 비극적인 사건(이는
당시 까게베가 사상범들에게 자행했다고 전해지는 고문 방법 중 하나인 약물
고문, 즉 약물을 투여해 환각 상태에서 하는 말을 채집해 기소하던 것을 암시
하는 대목이 아닐까 한다)을 겪고, 동료 비행사들이 맡은 바 소임을
다하고 단계별로 죽어 나가는 과정을 목격하는 등 온갖 우여
곡절 끝에 달에 착륙한 오몬은 맡은 임무를 수행하고 죽어 간
다. 평범했던 한 소년이 우주비행사가 되어 천신만고 끝에 달
에 가게 되지만 결국 죽음을 맞이한다는 구구절절한 인생 역정
으로 요약하면 매우 간단하다. 그러나 그 과정이 무척 생생하
고 감동적으로 묘사되기에 만약 여기서 작품이 마무리되었다

면, 이 소설은 한 개인의 비극적 삶과 시대의 부조리를 고발하는 작품으로 읽히고 그칠 것이다. 하지만, 이 작품에서 말하고자 하는 쏘베뜨 현실의 속살은 여기서 한 꺼풀 더 적나라하게 벗겨진다. 그리고 소설의 서사와 구조는 단선적인 해석을 거부하듯 한층 더 복잡해져, 해석의 나비 채를 이리저리 흔들어 봐도 그 실체는 선명하게 잡히지 않는다.

얼음처럼 차가운 달의 표면에 쓰러져 (작중인물 자신도, 독자도) 죽은 줄 알았던 주인공 오몬이 깨어난다. 그가 깨어나서 본 풍경은 가령 천국이나 사후세계가 아니라, 어느 폐쇄된 지 오래된 선로였다. 그 주위에는 '조금 전까지'(죽기 전까지?) 타고 있던 월면 주행용 루노호뜨가 놓여 있고, 달에 설치하는 게 그의 임무였던 '무선 표식' 장치도 보인다. 모든 걸 기억해 낸 오몬은 그 사태를 받아들일 새도 없이 쫓기게 된다. 비행학교 선배이자 '영웅이 될 것'을 강요하며 그를 고문하던 란드라또프가 총을 쏘며 그를 위협하고, 또 어떤 자들은 개를 풀어 그를 쫓는다. 추격전 끝에 돌고 돌아서 그가 숨어든 곳은 생방송을 준비 중인 어떤 스튜디오 안. 옷장 뒤에 숨어 엿본 스튜디오에는 달 표면을 재현한 세트에 커다란 우주선이 놓여 있고, 은빛 별들이 천장에 박혀 있다. 아나운서가 달에서 보낸 전파 생방송이라며 흥분하면서 텔레비전에 송출하는 화면은 사실 그 스튜디오에서 연출된 우주비행사들의 모습이었던 것이다. 하지만 소설은 여기서 한 겹 더 나아간다.

불 꺼진 스튜디오에 남아 있던 음식으로 허기를 채우던 오
몬은 우주비행사 역할을 하던 이들의 공격을 받게 되고, 그들
을 피해 도망가다 지하철 환기통 안으로 들어간다. 구멍 너머
로 지구의 모습이 보이는 환기통의 좁은 통로를 기어 나와 바
닥으로 떨어지며 정신을 잃은 듯한(소설 속에서 이 연결 부분이 정
확히 묘사되지는 않는다) 오몬을 깨우는 건 지하철 청소부. 정신을
차려 살펴보니 한쪽 벽엔 지구 사진이 있는 달력이, 맞은편 벽
에는 환기통이 보인다. 술 취했냐고 묻는 청소부의 재촉에 어
떤 계단에 올라 문을 열고 나가니, 그곳은 바로 평범한 시민들
로 붐비는 지하철 승강장이었다. 비로소 승강장에 있는 거울을
통해 본 자신의 모습은 '지난밤 어디서 잤을지 모를' 행색. 이
윽고 도착한 지하철에 오른 오몬. 자신을 피해 멀리 앉은 여성
의 장바구니 안을 곁눈으로, '로켓' 캠프에서, 비행항공학교에
서, 그리고 달로 가기 전 마지막 식사에서도 늘 먹던 똑같은 식
사 메뉴의 식재료가 들어 있는 것을 흘깃 본다. '비행은 계속되
고 있다'라는 생각을 하는 오몬은 자리에서 일어나 노선표를
살피며 앞으로 어디로 가야 할지 망설이면서 소설이 끝난다.
이번에는 스스로 목적지를 설정하여 다른 선으로 갈아타서 새
로운 꿈을 살아갈 것임을 암시하는 것일까.

이렇게 의도적으로 모호하게 줄거리를 정리해 봤지만, 사실
『오몬 라』는 하나의 방향으로 줄거리를 정리하는 게 자칫 다른

해석의 가능성을 배제할 위험이 있는 무척 다층적이고 복잡한 작품이다. 독자는 두 번째 독서를 시작하면서 모든 인물과 사물들을 새롭게 인지하게 될 것이다. 오로지 주인공 오몬이 파악한 상황에 대한 해석에 의존하여 주인공을 둘러싼 사태 전체를 이해해야 한다는 핸디캡 때문이기도 하지만, 소설의 서사 자체가 그러한 모호성과 애매성을 의도적으로 잠복시키고 있기 때문이다. 꿈에서 깨어난 줄 알았는데, 꿈에서 본 이미지가 현실에서 계속 눈에 띌 때, 여전히 꿈을 꾸고 있는 건지 헷갈리는 것처럼, 소설 속 허구와 현실은 종종 그 경계가 흐릿해진다. 사실 우리는 꿈속에서 늘 깨어 있고, 현실 속에서는 눈멀어 살고 있지 않은가. 이 대목에서 동양 고전 속 꿈의 모티프나 따르꼽스끼 영화에 나오는 몇몇 이미지를 떠올리는 사람도 많을 것이다.

여러 이미지나 모티프의 집요한 반복이 이 소설 서사의 두드러진 특징 중 하나라고 할 수 있는데, 이러한 반복은 전체 서사의 구조를 파악하기 어렵게 만드는 일종의 '몽상적인 취기'를 자아낸다. 마치 이 이야기 전체가 꿈속의 꿈이 끊임없이 중첩되는 '하나의 거대한 꿈'이 아닌가 의심하게 할 만큼(이렇게 보면, 마지막 장면에서 노선표를 보는 오몬은 과연 완전히 꿈에서 깨어났는가 하는 의문이 자연히 생기게 된다). 또는 이야기 전체가 실제로는 일상생활의 사소한 단편에서 증식한 꿈속의 사건에 불과하다는 해석도 가능할 것이다(가령 어디서부터는 모두 오몬의 꿈이었다는 식으로). 가장 쉬운 예로, '별 모양의 마카로니, 쌀을 곁들인 말라빠진 닭, 데친 과일'이라는 식사 메뉴의 이미지가 반복해서 등장하는 것이 인상적이다. 그뿐만 아니라 끈적끈적한 실이나 줄의 이미지, 복도의 모티프, 윙윙거리는 소음 모티프, 로켓 모형 이미지 등 다양한 이미지와 모티프가 사용되어 현실과 허구의 경계를 모호하게 만든다. 그중 우주선엔 전화가 아닌 무선통신기가 있어야 하는데, 우주선 속에서 '전화'를 받는 행위가 의도적으로 반복되는 점은, 우주선이 촬영장의 세트에 불과하다는 해석을 뒷받침해 준다(쏘련 시대의 우주 영화에는 무선통신기가 대부분의 경우 전화기 모양을 하고 있었다). 또한 '로켓 캠프'의 식당 천장에 매달려 있던 'CCCP 문자를 그려 넣은' 로켓 모형의 이미지는 비밀경찰 지하의 훈련장과 마지막 장에서 버려진 지하철 선로와 '세트장'에서 오몬이 보게 되는 로켓 모형으로 반복된다(어떤 반복들은 소설 전후반 전체에서 데칼코마니 효과를 증폭시킨다). 세트와도 같은 가공의 체제를 유지하기 위해 이념과 이상의 유지가 자기목적화된 쏘련의 전도된 상황에 대한 절묘한 묘사로 보아야할까. 단어와 문장과 이미지, 행동과 해석, 인물, 리듬 등 무수한 반복이 절묘하게 대칭을 이루어, 두 번째 독서에서는 매우 특별한 체험이 시작되게끔 구축된 텍스트라 할 수 있다. 부분 속에 전체가, 전체 속에 부분이 담기는 구조도 또 다른 감상의 포인트가 될 것이다.

이러한 서사 전략은, 이야기의 내용이나 에피소드에 쏠렸던 독서의 시야를, 현실과 허구의 경계, 인간의 의식이 작동하는 기제 등으로 확장하게 한다. 즉, 현실과 허구를 이루는 실체는 무엇이고 우리의 의식은 그 경계를 명확하게 구분할 수 있는 가, 인간의 의식은 과연 어떤 지각과 기억 정보 및 오류로 이루어져 있는가, 등등을 곰곰이 생각해 보도록 하는 것이다. 이 소설은 '거짓으로 진실을 지탱한다'(이는 영웅이 될 것을 오몬에게 설득하는 정치 고문이 직접 한 표현이다)고 할 수 있는 쏘련의 왜곡된 체제에 대한 스테레오타입의 이미지를 배경으로 이용한 리얼리즘적 이야기에서부터, 철없이 순수한 공상적인 이야기까지 종횡무진 오가는 이야기 전개로 독자로 하여금 환상과 현실의 낙차를 끊임없이 절감하게 함으로써, 어느 순간 독자가 생각하는 '현실'과 '허구'의 경계를 무너뜨려 버린다. 단순히 환상과 현실의 일대일 대립이 아니라, 이 두 항이 서로 포개지고 매개되어 있어 그 경계선을 명확히 그어 따로 떼어 내어 분리하기가 어려워지는 것이다. 물론, 작품 전반에 깔려 있는 작자의 태도는 단순히 냉소적인 상황의 조소에 머물지 않고, 쏘련에 대한 신랄한 비평과 불합리한 상황에 처한 삶 속에서 부조리에 강하게 저항하는 인간에 대한 공감이 묻어 있다는 점도 지적해야 할 것이다.

다시 읽기에 들어가는 독자를 위한 몇 가지 힌트들을 적어 본다. 방독면을 쓴 채로 바라보는 지구의와 눈물로 흐려진 시야 속에 들어오는 달 풍경이 반복되는 것이 좋은 예가 될 것이다. 미묘한 변주와 각기 다른 시공간에 축적되는 감정 전달을 주목해 보자. 이 두 장면은 마지막까지 그 변종들이 나타난다. 침대 위의 그림 〈드네쁘르 강의 달밤〉 모습이 소설 어디에선가 묘사되고 있다든지. 첫 독서에서 보이지 않았던 퍼즐이 풀려 가는 재미도 쏠쏠하다. 주인공의 이름은 어떠한가. 오몬 끄리보마조프. 오몬은 고대 이집트 신 '아몬(아멘)'에서 따온 것을 우리는 알게 되는데 한편 그의 성 '끄리보마조프'를 보는 순간 제목만이라도 들었던 '까라마조프'를 떠올리는 것은 너무도 자연스러운 일. 말할 것도 없이 '부친 살해'의 테마를 통해 부친 세대에 대한 부정과 비판을 담고 있다는 해석이 가능할 것이다. '우르차긴'이라는 이름은 사회주의 리얼리즘의 걸작 오스뜨롭스끼의 소설에 나오는 모범적 혁명 전사 '꼬르차긴'을, 우르차긴의 성 '밤락'은 유명한 강제 노동 수용소 '바이깔-아무르 교정 노동 수용소'의 약칭이라고 한다.

한편 미쪽의 '윤회 검사'는 또 무엇인가. 이 장은 별개의 독립된 작품으로 작품집에 실린 적도 있다. 물론 전생을 회고한 것일 리는 없고 약물을 사용한 고문을 암시한 것인데 이다음 장에서 뭔가를 중얼거리는 일본 사람과 마찬가지로 일종의 환각을 본 것으로 해석해야 할까. 여기에서는 우리의 주인공 오몬의 운명을 선취하여 반복하는 듯한 세 가지 전생이 암시된다. 메소포타미아 문명 슈메르 왕조(메스칼람둑은 슈메르 초기왕조

시대에 실재한 우르 제1왕조의 창시자 메스안네파다의 부친이기에 시기는 기원전 27세기경)가 배경으로, 닌프루삭은 슈메르 신화에서 대지의 여신으로 나온다. 다음으로 '도미티아누스' 등 로마 황제의 이름이 나오는 대목은 1세기나 2세기의 로마가 무대인 듯하다. 물론 섹스티우스 루피누스는 허구의 인물일 것이다. 세 번째, 나치스의 과학 아카데미 '아넨에르베'와 친위대(SS)가 언급되는 것은 물론 2차 대전 당시의 나치스 독일. '새'라는 이름을 가진 포겔 폰 리히트호펜은 제1차 세계대전 당시 유명했던 격추 명사수 만프레드 폰 리히트호펜을 암시하는 것 같다. 미쪽은 이러한 전생에서의 소행을 실토하고 사살된다. 교관들에게는 이정도의 범죄가 되어야 사형감이라는 것일까.

끝으로 핑크 플로이드는 언급하지 않는 것이 좋으리라. 분명 그 문제의 대목에서 그들의 가장 유명한 곡이 언급되리라는 기대 속에서 끝내 아쉬워해야 했던 독자들이 있을 것 같다. 말할 것도 없이 '달의 뒷면Dark Side of the Moon'이라는 작품인데, 이 앨범 엔딩의 매우 암시적인 내레이션 내용이 역시 이 작품과 연결된다는 점만 밝혀 둔다. 인간의 광기와 어둠 속의 진실을 노래한 이 음악이 이 소설의 전체 내용이라는 해석은 너무 순진할지도 모르지만 말이다. 미국 아폴로호의 달 착륙이 허구라는 소문이 아직도 사라지지 않고 있다지만 그 진위를 떠나서 그보다 더 기묘한 일들이 얼마나 꼭꼭 어둠 속에 감춰져 있는가. 달의 뒷면 같은 건 애초 없다고 말한들 인간의 광기와 부조리한 현실을 우리가 볼 수 있는 날은 영원히 도래하지 않을 것이다. 이 작품의 깊이는 최소한 지구에서 달을 잇는 상상의 긴 선을 멀리에서 바라보고 있을 만큼 멀찌감치 놓여 있다.

• • •

뻴레빈이라는 작가가 등장하고, 이 작품이 발표된 후 20년의 세월이 흘렀다. 1992년의 이 작품을 시작으로, 『노란 화살』(1993), 『차빠예프와 공허』(1996), 『P 세대』(1999) 등 주옥같은 작품을 내면서 그는 쏘련 붕괴 후 러시아의 대표적인 소설가로 전 세계의 주요 언어로 읽히고 있다. 고전과 대중문화를 아우르고, 동양 사상에 대한 관심도 많아서 그는 한국의 절에서 오랜 시간 수양한 경험도 있다. 오래전 금세기 초 대학원생 동지들을 이끌고 일본에서 열린 러시아 작가들의 대형 행사에 참석했을 때 그는 극성팬인 우리들을 따스한 미소로 맞이해 주었다. 쏘로낀, 똘스따야, 아꾸닌 등 러시아를 대표하는 작가들과 나란히 앉은 그에게, 우리가 한국에서 온 팬클럽이고 우리들은 러시아어와 한국어와 영어로 그를 읽고 토론하며 이번에 그의 발언을 듣기 위해 여기에 왔노라고 말하자 장내는 매우 숙연해졌던 것을 기억한다(여담이지만 당시 우리의 질문 발언을 일본 청중 혹은 러시아 작가들에게 통역한 분은 요네하라 마리였다. 개인적으로도 구면이었던 그분을 마지막으로 본 것도 그 행사가 있었던 토쿄대였다).

우리와의 인연으로 보면 (아나똘리 김이라는 전례와 함께) 그가 체험한 우리의 정신적 풍토적 시공간이 눈에는 보이지 않아도 직접 간접으로 매우 친밀하게 러시아 문학과 연결되어, 뻴레빈이라는 작가가 많이 번역되어 읽힐 것 같았다. 하지만 아나똘리 김과 마찬가지로 철학서의 느낌을 주는 탓인지 좀처럼 독자가 늘지 않았다. 두 작가 모두 전 세계에서 가장 덜 번역된 나라가 한국이라고 해도 과장은 아니다. 한국에 아직 러시아어 사전도 없었던 1980년대 후반에 필자가 아나똘리 김의 단편을 번역한 이래로, 개인적으로 이 작품의 번역은 근 25년 만의 소설 번역이었다. 이렇게 좋은 작품들이 많은데 번역도 안 하고 무엇을 했는지 모르겠다. 전세살이와 서고 이사 몇 번 하다 보니 10년이 거품처럼 꺼져 버렸다. 바흐쩐이라는 철학자의 책 두 권을 번역하다가 또 10년을 도둑맞았다. 설마 했던 장남의 대학 입시 재수가 갑자기 삼수로 돌변하는 바람에 급전(입시 준비 종합반 수강료!)을 위해 이 번역을 받아들였다. 아니 번역 제안이 그 시간에 맞추어 들어왔다. 참으로 기묘한 인연이다. 닥치면 무조건 하는 게 인간이라지만 여러 가능성 중에서 하필 이 작품을 선택하게 된 것은 편집자 김현지 님의 명쾌한 출판 철학과 (필자보다 더 많이 뻴레빈을 알고 있는) 안목 때문이었다. 이어지는 필자의 작가론을 보면 분명해지지만 필자는 이 작품을 잘 모르고 있었다. 공항에서 표지가 다른 두 가지 영어판을 보고 신기해하면서도 애써 무시했던 기억은 있었다. 이 작품의 저작권을 확보하여 필자를 선택하고 즉시 선불금을 입금해 주신 고즈원에 감사드린다.

인연은 자주 우연이라는 친척을 동반하는데 이 책의 경우도 예외가 아니다. 이 작가가 50세가 되는 뜻깊은 해이기도 하지만 금년은 쏘련과 미국의 우주개발사에서도 여러 가지로 의미 있는 50주년을 기념하고 있다. 스뿌뜨닉 충격으로 뒤늦게나마 미국이 존 글렌을 우주 궤도에 올린 것이 1962년 2월 20일. 미국에서는 그로부터 50년이 되었다고 자축하고 있다(이날은 필자가 이 작품의 번역을 마친 날이다). 다른 일로 들른 영풍문고에서 천문학 관련 세계 제일의 권위지라고 하는 『천문학』 2월호에 눈이 갔다. 바로 이 50주년 특집호······ 이 특집호 안 첫 기사 서두에는 바로 그 글렌보다 수개월 전에 쏘련의 유리 가가린이 최초로 우주 공간에 도달했다는 언급을 하고 있기는 하지만 모든 특집 기사는 물론 미국의 우주개발사이다. 한편 번역 수락 이후 모아 둔 『클래식 록』의 핑크 플로이드 특집호, 『내셔널 지오그래픽』, 달 탐사 관련 기사들과 이번 주 일본 회사의 우주 엘리베이터 구상 관련 기사까지······ 잡다한 자료들을 정리하다가 발견한 또 하나의 50주년 특집호가 있다. 막 번역을 시작할 무렵 오려 둔 것으로 보이는 영국 「파이낸셜 타임즈」 주말판 작년 4월 2일~3일 자 문화 면 특집 권두 기사. 다름 아닌 인간이 우주 공간에 진입한 이후 50주년, 유리 가가린을 기리는 특집이다. 1961년 4월 12일 바로 그날 이후 38개국의 520

명이 우주 공간을 탐험했다고 적고 있다. 물론 2008년의 한국인을 포함한 숫자다.

그 밖에도 독일의 뻴레빈이라고 해도 좋을지 모르겠지만 적어도 가가린에 열광했을 듯한 그와 같은 세대의 작가 리하르트 프레히트의 2009년 문제작 『소련우주비행사』도 번역 출판되었다. 서너 가지 우연을 더 나열할 수 있지만 과유불급이라고 너무 많다 보면 '공허'해질 수 있으니 이쯤에서 접겠다. 부디 소생이 뻴레빈의 또 다른 작품을 번역할 수 있도록 차남의 재수나 삼수를 기원할 수는 없는 노릇이니, 다른 젊은 학도들에 의해 그의 모든 소설들이 빨리 소개되기를 멀리 떨어져서 기다리고 싶다. 이 귀한 작품을 반환점으로 삼아 소생은 또 다른 25년을 시작하고 싶기 때문이다. 비밀경찰도 우주비행사도 꿈꿔 본 적이 없는 소생 역시 1962년생인데 금년에 소생이 기념하고자 하는 것은 바로 그해 사망한 마릴린 몬로 50주기 단지 그거 하나뿐이다.

2012. 2. 29.

최건영

쏘련의 해체와 러시아의 포스트모더니즘 문학
—빅또르 뻴레빈을 중심으로[1]

I. 러시아에서의 포스트모더니즘 논의

전 세계는 물론 최근 러시아 내의 포스트모더니즘 논의를 보자면 그 자체가 하나의 이데올로기로 작용한다는 느낌을 줄 정도로 방대하다. 본래 이데올로기의 종언과 무효성을 전제로 해야 할 포스트모더니즘 논의가 처한 이러한 역설적인 상황은, 특히 긴 시간 동안 유지되었던 단일한 이데올로기의 거대 담론이 무너진 이후의 러시아에서 더욱 두드러진다. 공산주의라고 하는 '밝은 미래'를 꿈꿔 온 쏘련이 무너졌다는 것은 그 '미래'가 붕괴된 것을 의미한다. 이는 원하든 원하지 않든 바로 그 '미래 그 이후'부터 시작해야 하는 상황이 아닌가.

1990년대 러시아의 혼란과 암중모색의 전환기를 '포스트모더니즘'이라는 문화사적 구분으로 담아내려는 시도는 이러한 러시아적 특수성으로 인해 매우 중대한 의미를 지닌다. 다시 말해 서구와는 전혀 다른 중세 및 근대 문명사를 가진 러시아가, 쏘련이라는 역시 또 한 번의 비서구적 실험을 거쳐, 현재 서구보다 더 과격한 '포스트모던'한 언어문화를 창출해 내고 있다면 이는 분명 문화사적 대사건이라 할 수 있는 것이다.

현대 러시아 문학에는, 복잡한 슈젯(플롯)과 다중적 시공간의 설정, 불분명한 정체성, 사상적 다원성, 다층적인 의미와 서술 방법의 다양성, 서술 과정 노출 등의 창작적 원리와 기법을 공통적으로 보여 주는 커다란 작가군이 형성되어 있다. 이들의 창작 세계를 아우르는 문학비평사적 용어를 확정 짓는 것이 아직은 시기상조라 할 수 있다. 포스트 공산주의, 포스트 유토

1　이 글은 옮긴이가 한국슬라브학회 연례 학술 대회(2000년 11월 18일)의 밀레니엄 기념 〈러시아 포스트모더니즘〉 특집 행사에서 구두 발표한 논문을 약간 보완한 것이다. 옮긴이는 이 구두 발표 논문의 축약본을 '미래의 문학으로 이끄는 〈터보 리얼리즘〉의 작가—빅토르 펠레빈의 작품 세계'라는 제목으로 『현대문학』 2000년 4호(해외작가 특집 항 70~80쪽)에 발표한 바 있으나(이 특집호에는 작가와 김근식 교수의 대담, 작품 「노란 화살」이 수록되어 있다), 원 논문은 오랜 시간 잊고 있었다. 분실한 것으로 알았던 이 파일을 찾기 위해 옮긴이는 수백 기가의 외장하드를 한 달 내내 휘저었지만 실패, 혹시나 해서 들어 본 구형 MP3 속 핑크 플로이드의 음악 파일 안에서 발견되었다. 2000년 가을 발표 당시 옮긴이가 쏘련 붕괴 직후의 1990년대, 약 10년 정도를 시야에 넣고 있었음은 말할 것도 없다. 개인적으로는 이 글을 끝으로 이후 약 십여 년, 19세기 문학과 바흐찐 연구에만 몰두해 왔기에 금번의 작품 번역은 어느 정도 거리감을 가지고 진행되어 거대한 시간 속에서 마치 꿈을 한바탕 꾸고 난 느낌을 떨쳐 버릴 수가 없다.

피아, '미래 그 이후After the Future'[2] 등 다양한 표현이 난무하고 있으나 그중에서도 가장 빈번하게 사용되고 있어 인지도가 가장 높은 것은 '러시아의 포스트모던 문학'이 될 것 같다.

그러나 여기서 '러시아의'라는 형용사가 매우 주의를 요하는 부분이다. 1990년대 전후에 나타난 새로운 현상과 그 작가군을 지칭하는 협의의 논의를 할 것인지, 과거 '두 개의 러시아 문학'이라 불리던 현상을 모두 한 계보로 인정하여 이미 나보꼬프에서 시작되어 비또프를 거쳐 최근의 쏘로낀과 뺄레빈 등의 작가군을 포함하는 논의가 될 것인지에 대한, 심미적 사상적 레벨의 논의와는 별도로 그 기원에 관한 논의가 아직 명확하지 않기 때문이다. 현재의 문제적 작가들에게 나타나는 여러 현상들을 보자면 가령, 고차원적 이념의 상실, 일차원적 가치관의 붕괴, 현실의 상대화 경향, 인간 존재의 단편화 등을 들 수 있겠지만, 이러한 현상은 보는 시각에 따라서 세기말 러시아나 상징주의, 아방가르드까지 거슬러 올라갈 수도 있는 것이다. 그만큼 러시아의 경우는 그 다양성으로 인해 포스트모더니즘 문학의 기원적 고찰이 매우 어렵다는 점을 생각해야 한다.

기원에 대한 시각은 늘 갈피를 잡기가 어렵지만, 원래 1970년대 후반 프랑스를 중심으로 한 근대사상에 대한 점검과 비

2　'미래 그 이후'라는 표현은 미하일 엡슈떼인의 논문 제목이면서 동시에 선언적인 뉘앙스를 품고 있다.

판으로 시작된 포스트모더니즘 논의는 차츰 구체적으로 포스트구조주의라는 근대 형이상학에 대한 비판으로 이어진다는 시각도 가능할 것이다. 사상계만이 아니라 건축, 문학 등 여러 분야에서 근대의 기초에 대한 재검토와 자기비판이 동시대적 현상으로 퍼져 나갔다. 그 배경으로는 프랑스의 5월 혁명이나 전 세계적인 1968년의 학생운동, 그리고 무엇보다도 소비사회의 도래로 인한 금욕주의적 근대의 생활양식 붕괴가 지적되고 있다.

하지만 문제는 원래 근대에 대한 비판적인 태도, 즉 사상적 태도를 의미하던 이러한 흐름이 언제부턴가 근대가 종언을 고한 후 나타난 그 이후라는 시간적 개념을 내포하기 시작한 것이다. 이러한 시대구분으로 포스트모더니즘을 이야기한다면 러시아의 모던-포스트모던도 이야기하기가 쉬울 것이다.

그러나 우리가 말하는 모더니즘은 실로 방대한 요소를 가지고 있다. 그렇게 간단하게 끝내 버릴 문제였는가 하는 점도 생각해 보아야 한다. 모더니즘의 이상이 그 일부분만 실현된 현재에 문제점과 한계를 비판하고 지적하는 작업과 동시에 이루어져야 하는 것은, 여전히 유효한 그 긍정적 가능성을 살펴보는 것이 아닐까. 데리다가 말하는 '탈구축'도 결국 여기에서 접점을 찾을 수 있을 것이다. 차라리 모던의 다양한 가능성의 장을 찾아 메꾸는 '트랜스모던'의 목소리가 더 건전하게 느껴지기도 한다.

포스트모더니즘을 논하는 지금의 시점에서 본다면 부정적인 요소로 변한 것이 많지만 일단 근대가 무엇이었는지를 생각해 보자. 기계론의 중시, 방법주의, 진보적 시간관, 시민사회, 산업 사회와 노동 등등. 기계론과 방법주의에 대해서는 비판이 많지만 아직도 유효한 구석은 많다.[3] 민주주의나 이성적 시민사회라는 개념도 아직 그 가능성이 모두 발현되고 있다고는 말하기 어렵다(러시아는 더군다나 20세기에 이러한 전통이 취약했다). 한두 개념만 보아도 이미 근대의 종언을 이야기하기보다는 그 가능성을 알차게 실현해 나가야 하는 것은 아닐까 하는 평가가 엄연히 존재한다.[4] 확실한 것은 근대가 진행형인 상황 중에 포스트모더니즘에 대한 논의가 시작되었다는 점이다. 바로 이러한 상황과 그 서구적 용어 사용에 대한 인식이 있어야만 이를 하나의 잣대로 삼아 러시아의 경우를 보다 선명하게 비교적으로 고찰할 수 있으리라 생각된다.

과연 이러한 서구의 포스트모더니즘 논의가 러시아에서는 어떻게 진행되고 있으며, 그 문학적 발현은 어떠한 양상을 보이고 있는가. 러시아에서 자신들의 문제를 포함하여 포스트모더니즘 논의가 시작된 것은 사실상 겨우 1990년대 10년의 역사 정도다. 1980년대 후반 뻬레스뜨로이까 이후 쏘련/러시아 문단도 격변을 거듭하여 수많은 우여곡절을 겪었다. 해금과 폭로문학, 망명 작가와 작품의 귀환을 거쳐 작가동맹, 펜클럽을 둘러싼 혼란과 문예지의 재편성 등 문학 외적인 역사만 해도 전체적인 흐름을 파악하기란 쉬운 일이 아니다. 그러다 차츰 문학에 대한 무관심이나 권위 있는 전통 문예지가 겪는 참담한 현실을 바라보며 '붕괴 후의 우울'을 말하던 시기를 지나, 이제 적어도 문학에서는 다양한 가치관을 모색하는 긍정적인 시각과 기대의 목소리가 나오기 시작했다.

두 명의 소설가 안드레이 씨냡스끼와 빅또르 예로페예프로 대표되는 러시아 국내외의 평론에서 다양한 가치와 문학 본래의 미적 가치 추구에 대한 논의가 시작된 것은 1980년대 말 1990년대 초의 일이다. '새로운 산문'[5], '또 하나의 문학'에 대

---

3   좀 더 구체적으로 보자면 '기계론의 중시'란 자연과 인간 사회를 기계 모델로 파악하는 태도라 할 수 있다. 러시아에서는 혁명을 전후한 시기에 사상 유래가 없는 방대한 논의가 분출한다. '방법주의'란 사물과 현상을 부분으로 환원시켜 다시 구성해 나가는 식의 분석적 이성에 의한 사고를 말한다. '진보적 시간관'이란 시간이 직선적으로 흐르며 미래에는 보다 나은 사회가 보장된다는 진보의 시간 의식을 말한다. 러시아의 경우, 역시 유토피아 사상과 연결되는 점이 많다.

4   사실 어느 사조에서도 그 전환기에는 두 가지 경향이 공존하기 마련이다. 바로 그러한 전환점의 한가운데에 우리가 현재 위치하고 있는 것이 아닐까. 인류 역사와 그 문화적 발흥이 결국은 디오니소스적 흐름과 아폴론적 흐름의 양극을 왕복하면서 발전해 온 것이 분명하다면 이는 모더니즘에서 포스트모더니즘에로의 전환에도 그대로 적용될 수 있으며 바로 이 두 지점이 교차하는 기로에 우리가 살고 있다고 볼 수도 있다. 물론 고딕, 바로크, 낭만주의를 전자의 흐름에, 르네상스, 고전주의, 리얼리즘을 후자의 흐름에 놓는 데에는 쉽게 동의를 구할 수 있지만 모던-포스트모던의 경우에는 논란의 여지가 있다. 다만 포스트모던의 경우, 이전의 모든 문화적 경향에 대한 종합적이고 통합적인 측면이 없지 않아 역시 유보적이긴 하지만 필자는 아폴론적인 흐름에 놓고자 한다.

한 기대, 여성 작가의 대활약, 도블라또프 현상, 오베리우와 같은 부조리 문학 재평가, 아이기의 시에 대한 관심, 1970년대 이후 언더 문학으로 있었던 콘셉추얼리즘에 대한 복권 및 그 구성원들의 활약 등 암중모색기를 거쳐, 현대 러시아 문학은 전혀 새로운 환경 속에 접어들었다는 느낌이 든다.[6] 바로 이러한 흐름 속에 나타난 일련의 평론가의 논의와 산문 작가의 활약은 급기야 본격적인 포스트모더니즘 논쟁으로 이어지는데, 평

---

5   1980년대 중반 이후의 러시아 문학('새로운 산문' '대안적 산문' 등)에 대한 논의로는 로버트 포터의『러시아의 대안적 산문』(1994)과 같은 단행본 연구서가 나와 있다. 그러나 이 연구서도 그렇고, 거의 같은 시기에 나온 로절린드 마시의『현대 러시아 역사와 문학』(1995)에서도 빅또르 뻴레빈과 같은 작가는 아직 이름조차 등장하지 않는다. 이듬해에 나온 데이비드 길레스피의『20세기 러시아 소설』(1996)에서도 그 논의는 비또프에서 끝난다. 즉 1990년대 초 뻴레빈과 같은 역량 있는 작가의 출현은 이 모든 변화가 단지 '새롭다'는 것 이상의 더 근본적이고 통시적인 문제를 담고 있다고 생각해 보게 해 주었다. 이는 본고에서 러시아 포스트모더니즘 문학의 '대표적' 예로 논하는 뻴레빈과 같은 작가가 이 시기의 문학을 보다 포괄적인 시야에서 볼 수 있는 계기를 마련했다는 것을 반증한다. 바꿔 말하면 뻴레빈의 등장이 그 이전의 '새로운' 문학에 대해서도(얼마나 많은 호칭들이 등장했는지는 포터의 책 2쪽을 보라) 하나의 큰 흐름으로 수렴되어 논하여질 수 있게 비평적 계기를 마련해 준 것이다. 이 부분은 다시 10년만 더 지나면 보다 선명해질 것이다.

6   서구의 논의와 러시아의 경우를 함께 다루었다는 점에서 러시아 최초의 포스트모던 관련 '교과서'라 할 수 있는 스꼬로빠노바의『러시아 포스트모던 문학』(1999)에서는 해당 문학을 다음과 같이 세 개의 흐름으로 구분하고 있다.
제1기─씨냡스끼, 비또프, 베네직뜨 예로페예프, '러시아 관념주의 그룹' 등
제2기─쁘뽀프, 빅또르 예로페예프, 쏘로낀, 쏘꼴로프 등
제3기─뻬뜨루쉡스까야 등

론가로는 바일과 게니스, 엡슈떼인, 꾸리쯔인 등이, 소설에서는 뻬뜨루쉡스까야, 쏘로낀과 뻴레빈이 두드러진다.[7] 단순하게 1980년대 후반 혹은 뻬레스뜨로이까 이후의 모든 새로운 흐름을 포괄적으로 '포스트모더니즘' 문학이라 뭉뚱그리는 경향도 없지 않지만 개중에는 매우 구체적인 논의를 전개하는 평론가도 많다.[8]

이 중에서도 '러시아적 포스트모더니즘'을 특별한 문학적 기법의 문제 차원이 아니라, 보다 넓게 세계 인식의 문제 차원에서 본다면 가령 까렌 스쩨빤얀이 제시한 '세 가지 기본 원리'를

7　　바체슬라프 꾸리쯔인이 1990년대에 발표한 포스트모더니즘 논의를 모은 평론집 『러시아 문학의 포스트모더니즘』(2000)을 가장 중요한 논의로 꼽을 수 있다. 여기에서 그는 그 개념과 현황에 대하여 매우 폭넓은 논의를 전개한다. 한편 영어권에서도 활동하고 있는 미하일 엡슈떼인은 『미래 그 이후』(1995)라는 책으로 꾸리쯔인보다 앞서 러시아의 포스트모더니즘 논의를 영어권에서 널리 전개했다. 필자가 참가한 학회에 한해서만 살펴보아도, 엡슈떼인은 1995년 바르샤바에서 열린 제6회 국제동구러시아학회(ICCEES)에서 러시아 포스트모더니즘을 논하는 패널의 중심인물이었고, 꾸리쯔인은 2000년 핀란드 탐뻬레에서 열린 제7회 대회에서 역시 같은 테마의 패널을 이끈 중심인물이었다. 여기에서 꾸리쯔인은 '문학과 인터넷'이라는 패널의 좌장이었다. 이러한 테마가 전혀 없었던 1995년 대회로부터 5년이 흐른 지금, 러시아 포스트모더니즘 문학은 전 세계에서 가장 풍부한 콘텐츠의 인터넷 문예지와 작품을 보유하고 있다고 할 수 있을 만큼 심도 있고 방대한 흐름이 웹상에 형성되고 있다. 이 패널에는 드미뜨리 바빌스끼, 마리나 꼰스딴찌노바, 드미뜨리 꾸즈민 등 젊은 전문가들이 참가, '룰리넷Ру Ли Нет'을 포함해 러시아의 인터넷 문학 현상 전반에 관한 폭넓은 논의를 전개했다.

8　　가령 라울 에셜먼과 같은 연구자는 러시아 포스트모더니즘의 초기 단계를 쏘베뜨 문학까지 거슬러 올라가 그 기원을 따진다. 조쉔꼬, 슉쉰, 농촌과 문학까지도 그 논의 대상에 들어 있다.

우선 꼽을 수 있다. 엡슈떼인의 상기上記 논문과 함께 포스트모더니즘 문학에 대한 대표적 초기 논의 중 하나인 이 글에서 그는 고차원적 이념의 상실, 현실의 상대화, 인간 존재의 단편화를 지적한다.

1. 보다 고차원적인 의미나 실존하는 개인을 넘어서는 어떤 목적을 향한 신념의 상실. 그 어떠한 정신적 진보나 인간의 발전에 대하여 논하는 것이 의미가 없다.

2. 현실은 비합리적이고, 인식 불가능한 것이어서 우리가 현실 세계라고 부르는 것은, 인간의 상상력이나 창조적 공상에 의해 생성되는 그 외 모든 세계와 같은 정도만큼만 리얼한 것이다.

3. 지고至高의 진실이란 것은 존재하지 않으며, 본래 여러 가지 진실의 계층적 질서란 것은 없다. 따라서 존재를 그 전체로 논하는 것은 불가능하다. 존재란 자의적인 단편斷片으로 이루어진 것이다.

문제는 이러한 조건이나 경향을 가진 포스트모더니즘을 현대 러시아 문학 전체를 지배, 수렴하는 시대사조로 논의하는 것이 아직은 시기상조라는 점이다. 본래 무한의 차이를 전제로 하는 포스트모더니즘이 그 차이를 소멸시킬 정도로 시대의 통일 양식이 된다는 것 자체가 모순일지도 모른다. 현재 그러한 조류로 분류되고 있는 대표적인 작가들 자신이 그 진영에 속한다는 자각을 하는 경우는 거의 없다고 본다. 적어도 작가 본인이 그런 언급을 하는 예는 아직 찾아보기 힘들다. 바로 여기서 러시아 포스트모더니즘의 대표적 작가로 논하려는 뻴레빈 조차도 예외는 아닌 듯하다.

그럼에도 불구하고 1990년대 초 이래 현재까지의 방대한 논의를 읽어 보면, 스쩨빤얀이 지적하는 것과는 달리, 포스트모더니즘을 하나의 시대 양식, 혹은 역사 발전의 한 단계로 논의하려는 경향도 적지 않음을 목격할 수 있다. 가령 포스트모더니즘을 공산주의보다 한층 더 발전한 최종 단계로 보거나, 바로크-고전주의-낭만주의-리얼리즘 등의 시대사조와 동일 선상에 놓고 논하는 경우가 그러하다. 나아가, 서구의 포스트모더니즘과는 다른 러시아 고유의 미학적 역사적 특수성을 강조하는 경향도 나타나고 있다. 미하일 엡슈떼인, 블라지미르 빠뻬르늬, 보리스 그로이스 등은 모두 역사적 발전의 흐름 속에서 문화사적 축을 중심으로 러시아의 포스트모더니즘을 논하고 있다.[9] 물론 포스트모더니즘과 동일 개념으로 '포스트공산

9   러시아의 포스트모더니즘에 관한 논의를 가장 포괄적으로 모은 1995년의 논문집 『신호의 재등장』을 보면 이러한 경향 전체가 문화사적 관점 속에 정리되어 있음을 관찰할 수 있다. 여기에는 엡슈떼인과 꾸리쯔인에 의한 러시아 포스트모더니즘의 기원과 정의에 관한 글을 필두로 기성세대 및 젊은 세대의 평론가, 작가, 시인, 화가 등에 의한 논의가 두루 포함되어 있다.

주의'를 논하거나 러시아적 전통의 흐름 속에서 '포스트 유토
피아'를 논하는 경우도 혼재하고 있음은 말할 것도 없다.[10]

　이러한 관점에서 볼 때 역시 현대 러시아 문학에서 포스트
모더니즘 논의는 이제 그 출발점에 서 있는지도 모른다.[11] 이미
엡슈떼인은 '포스트 포스트모더니즘'까지 논하고 있지만, 적어
도 1985년 이후의 러시아 문학을 논하는 중요한 쟁점으로 포
스트모더니즘이 등장한 것만은 틀림이 없다. 우리는 여기에서
가장 대표적인 경우로 뻴레빈을 논하고자 한다. 비또프에서 뻬
뜨루쉡스까야에 이르는 포스트모더니즘 경향을 대표하는 다
른 작가들에 비해, 문자 그대로 바로 이 시기에 탄생한 사실상
유일한 작가인 그의 소설들은 이러한 경향을 가장 잘 반영하
고 있다고 여겨지기 때문이다.[12]

10　　　유토피아 사상의 큰 흐름 안에 위치하는 공산주의 이데올로기는 그
성격상 당연히 미래지향적인 것이다. 쏘련의 붕괴를 단순히 '미래지향적 이데올로
기의 붕괴'로, 따라서 명확한 미래상이 없거나 그 미래상을 그려 낼 수 없는 것이
현재 러시아 문화의 포스트모더니즘적 특징이라고 논하는 것은 반드시 타당하다
고 볼 수 없다. 한술 더 떠서 엡슈떼인은 일찍이 1996년에 러시아 문화가 포스트
모더니즘 단계도 넘어서, 이제 새로운 단계에 접어들었다고까지 주장했다. 한편
러시아 유토피아 사상과 포스트모더니즘과의 관계에 대한 논의는 『러시아 실험
소설』(1993)을 참고할 수 있다.

11　　　필자가 참가한, 2000년 7월 29일부터 8월 3일에 걸쳐 핀란드에서 열
린 제7회 국제동구러시아학회에서는 러시아 포스트모더니즘에 관한 패널이 무려
다섯 개나 개설되었는데 니나 꼴레스니꼬프, 에렌 멜라, 알렉싼라 스미스, 미하일
베르그, 알렉쎄이 바를라모프, 꾸리쯔인, 리포베츠키, 누마노 등이 참가하였다.

II. 뻴레빈의 작품 세계[13]

첫 단편집 『청색 등불』

뻴레빈의 작품 중 가장 먼저 화제가 된 것은 317쪽의 첫 단편집 『청색 등불』로, 초판 10만 부가 단숨에 팔렸다. 물론 여기에 실린 작품들은 그 전에 문예지에 발표되었던 것으로, 작가의 고정 팬이 많았음을 보여 준다. 이 작품집은 전체가 5부로 구성되어 있고 21편의 단편이 실려 있다. 여기에서는 자기 고유의 의식 세계를 지닌 창고, 철학 하는 닭, 늑대인간, 비행하

---

12 서구의 연구서에서 뻴레빈을 포스트모더니즘 작가로 본격적으로 다루기 시작한 것도 불과 최근 수년의 일이다. 바로 1999년에 나온 리포베츠키의 『러시아 포스트모더니스트 소설』에서도 사실상 뻬뜨루쉡스까야와 쏘로낀까지를 중심적으로 논하고, 뻴레빈에 대하여는 부분적인 논의에 그친다.

13 고르바초프의 뻬레스뜨로이까 선풍 이후 1990년대 러시아 문단에는 현재 진행형의 문제를 다루는 작가들이 등장했는데, 아프간 전쟁의 아픔을 그려 낸 소설가 유리 뽈랴꼬프를 제외하면 뻴레빈이 가장 큰 화제를 불러일으켰다(두 작가 모두 1962년생). 뻴레빈은 대학을 졸업하고 직장 생활 중 작가 활동을 시작했다. 1990년 러시아 SF 팬이 선정하는 〈벨리꼬에 꼴리쪼상〉 단편 부문 수상 이후, 1991년에 첫 단편집 『청색 등불』을 냈다. 이후에도 SF와 환상문학상 중편과 단편 양 부문을 모두 휩쓸더니 1993년에는 현 러시아 문단 최고 권위의 문학상인 러시아 부커상을 수상했다. 첫 단편집으로 일약 러시아 현대문학사에 우뚝 서게 된 뻴레빈은 『오몬 라』「노란 화살」『벌레들의 삶』 등 중장편으로 계속 화제를 불러 일으켰다. 그의 최근작은 장편으로 『P 세대』가 있다. 그는 러시아 문학 전통의 철학적 담론, 신비주의, 불교를 중심으로 하는 동양 사상에, 컴퓨터게임이나 가상공간을 종횡무진 넘나드는 자유분방한 환상을 더하여, 러시아 밖 서구의 독서계에서도 러시아 문학의 새로운 유망주로 주목받고 있다.

는 소년 등을 주인공으로 한 다분히 풍자적인 철학적 환상 세계가 펼쳐지는데, 그 다양하고 신선한 이미지와 마술에 가까운 러시아어는 경이로울 만큼 다양한 세계다.

　가장 눈에 띄는 작품으로는 작가의 소년 시대와 청춘에 해당하는 쏘베뜨 말기를 배경으로 한 단편들을 들 수 있다. 이 단편들은 고르바초프 등장 전후의 음산한 사회 분위기를 풍자하고 있는데, 트랙터 속에서 졸고 있는 자, 우주정거장 안에서 자고 있는 자, 졸면서 스포츠 이야기에 열중하는 자 등을 풍자적으로 묘사한 「잠자거라」를 비롯하여, 「고스쁠란(국가계획위원회)의 왕자」[14] 「네팔 통신」 「장 태수太守의 쏘련」 등이 있다.

　이 중, 작품 「고스쁠란의 왕자」 서두를 살펴보자. "사람의 그림자가 달리는 모습. 그 모습은 감상적일 정도로 정성껏 그려져 있다. 〈Up〉 키를 누르면 점프하고, 몸을 굽히다가, 공중에 순간적으로 정지하여 머리 위의 물건을 잡으려 한다. 〈Down〉 키를 누르면 몸을 숙여 바닥에 있는 물건을 주우려 한다. 〈Right〉 키를 누르면 오른쪽으로 달리고, 〈Left〉는 왼쪽이다. 하여간 이러저러한 키로 이 인물을 조종할 수 있는데, 이 네 가지가 기본이다. (…) 게임의 목적은 공주가 살고 있는 최종 스테이지까지 올라가는 것. 하지만 상당한 시간이 필요한 작업이

14　　1989년에 출시되어 선풍적인 인기를 끌며 엄청난 수의 시리즈를 양산해 낸 게임 〈페르시아의 왕자〉를 패러디한 제목으로 보인다.

다. 게임에서 이기기 위해 중요한 것은 키를 누르고 있다는 사실을 잊고, 자기가 그 인물 자신이 되어 몰입해야 한다는 점이다. 그래야만 비로소 인물은 신속하게 움직이는 것이다……"

이는 컴퓨터게임을 소재로 한 소설이다. 주인공 싸샤는 국가자원공급위원회에 근무하는 청년. 그는 오웰의 반유토피아 소설에 탐닉하는 비판적인 시각의 소유자이다. 그의 상사는 사무실에서 일본도를 휘두르며 연습에 열중하거나 자주 그를 불러 게임 요령을 지도받는다. 그러던 어느 날, 상사는 고스쁠란에 백업 소프트 프로그램을 운반하는 일을 싸샤에게 맡긴다. 복도를 나서자 벽 한 면에서 플레이트의 파편이 흩날리지만 이는 주인공에게 매우 익숙한 장면. 피하고 뛰고 아래로 몸을 숙이면서, 제4단계로 향하는 출구에 도착, 지하철에 탑승한다. 마침내 고스쁠란 침투에 성공하는 주인공은 프로그램을 전하기 위해 미궁 속을 질주한다. 어떤 방에서는 과장이 전차 부대를 지휘하며 농장에서 전투를 전개 중이고, 다른 방에서는 F15와 F16을 입수한 직원이 미그기를 격추시키는 게임에 푹 빠져 있다. 싸샤는 제7단계에서 생명 수치가 6인 빨간 가운의 강적을 만나 쓰러지지만 교훈담을 들려주고 위기를 모면, 최종 제12단계까지 가는 키를 입수한다. 거대한 관료 조직 고스쁠란의 미로 같은 망과 컴퓨터게임의 복잡한 내용이 연결되면서, 부패하고 무위도식하는 공무원들의 일상이 풍자되어 있음은 말할 것도 없다. 소설의 끝에 가서는 공주를 구하기 위한 본래 게임의 최종 목표가 이루어지기는커녕 공허한 무력감만이 남아 부조리한 분위기를 자아낸다.

초기 단편에 나타나는 두 번째 특징으로는 작가 특유의 '오리엔탈리즘'을 들 수 있다. 시대적 불안이나 세기말과 연결되는 동양 선호 취미는 유럽이나 러시아의 세기말에서 이미 목격된 것이지만, 러시아 20세기 말의 경우는 쏘련 붕괴와 그 비극적 후유증이 겹치면서 매우 강렬한 현실감을 자아냈다. 자본주의 물결과 일본 경제의 성공을 암시하는 일본풍과 일본적 기호는 물론이고, 중국이나 아라비아의 전사가 등장하는 게임까지 다양하게 묘사된다. 복도나 회랑의 장식을 동양풍으로 묘사하여 묘한 긴장감과 환상성을 노리는 경우가 있는가 하면, 중국의 고전에서 가져온 이야기를 변화시키기도 했다. 남가일몽南柯一夢(『당송전기집』 중에서 「남가태수전」)을 소재로 취한 단편 「장 태수의 쏘련」이라는 작품에서는 쏘련이라고 하는 안티유토피아 공간에 대한 고찰이 전개된다. 주인공 장이 공간적인 여정을 거쳐 안티유토피아 쏘련에서 돌아오는 과정을 그리면서 작가 자신도 시간의 경과에 따라 쏘련에서 돌아오는 귀환을 이루는데, 장이 안티유토피아를 회상하듯이 독자로 하여금 과연 그 긴 쏘베뜨 시대가 무엇이었는가에 대한 명상을 유도하는 구조다.

단편집에 실린 세 번째 부류의 작품군으로는 러시아 혹은 러시아 문학을 배경으로 한 단편들을 들 수 있다. 대표적인 작품으로는 「중부 러시아에서 늑대인간의 문제」와 「베라 빠블로브나의 아홉 번째 꿈」인데 특히 후자가 역작이다. 여기서 뺄레빈은 가장 최근의 사건을 소재로 하여 뻬레스뜨로이까로 시작되는 일련의 모든 격동이 러시아인에게 과연 무엇이었는가를 묻고 있다. 역사가나 정치학자들이 논하기에는 너무나 가까운 과거이겠지만, 뻬레스뜨로이까에 대한 고찰을 다루는 뺄레빈의 자세는 무척이나 진지하며 나름대로 매우 선명한 이미지를 그려 내고 있다.

먼저 베라 빠블로브나는 러시아 쁘롤레따리아 문학의 고전, 체르늬쉡스끼의 『무엇을 할 것인가』에 등장하는 활동적인 여주인공의 이름이다. 『무엇을 할 것인가』에서 베라는 애인과 남편의 도움으로 재봉 공장을 경영하며 희망에 찬 사회주의 실현을 꿈꾼다. 혁명의 이상을 상징하는 젊고 재기 발랄한 매력적인 여성으로 볼 수 있다. 소설 중에는 그가 꿈을 꾸는 장면들이 있는데, 낯선 여성에게 이끌려 지하실에서 광야로 나가는 첫 번째 장면에서 시작하여 모두 서너 장면의 꿈들이 전개된다. 각각 〈베라 빠블로브나의 X 번째 꿈〉이라는 표제가 붙어 있다. 물론 이는 의무교육을 받은 러시아 독자라면 누구나 알고 있는 이야기이다.

여기서 문제는 뺄레빈의 '아홉 번째'라는 표현. 우리로 치자면 1970년대 이발소에 걸려 있음 직한 〈제9의 파도〉라는 그림이 있다. 러시아 화가 아이바좁스끼의 명화인데, 문학사로 보면 에렌부르그의 동명 소설도 있다. 아홉은 원래 출애굽기에서

신이 파라오에 내린 재앙의 숫자로, 러시아어 표현에서도 '아홉 번째 파도'는 가장 강하고 위험한 파도, 질풍노도의 대동란을 의미한다. 최근의 러시아에서 일어났던 '아홉 번째 파도'를 말한다면 물론 쏘베뜨 연방의 붕괴이다. 뻴레빈의 작품 속에서는 이와 동시에 배설물의 대홍수를 암시하고 있기도 하다.

『무엇을 할 것인가』에 나오는 베라의 꿈들 중 가장 중요한 것은 제4의 꿈이다. 여기에 나오는 철과 유리로 된 궁전 〈수정궁〉은 밝은 미래를 표현하는 유토피아의 전형으로 매우 유명한 내용이다. 특히 이 〈수정궁〉이 합리주의적인 과학과 이성에 대한 신뢰를 바탕으로 한 공산혁명의 이상이었음은 말할 것도 없다. 그로부터 70년 후 잃어버린 혁명의 이상을 탈환하고자 1985년 고르바초프가 등장하여 개혁을 시작한다. 건강하고 매력적인 젊은 여성 베라 빠블로브나는 칠십여 년이 지난 후 생활에 찌든 노파로 변해 있다. 선량하고 낙천적인 성격이, 서구 상품에 대한 유치한 동경과 구매욕으로 변해 있다. 미래와 이상의 상징이었던 수정궁은 배설물 처리장으로 사용되고……. 여기서 베라에게 존재하던 이러한 변화의 징조는 자신의 내부에서 시작되었음이 암시된다.

한편 작품에는 마냐샤라는 인물이 등장한다. 베라는 그녀를 보면 왠지 〈도스또옙스끼〉의 뻬떼르부르그가 떠오른다고 말한다. 이는 19세기 러시아 문학사에서 유토피아적 상상력에 관한 또 하나의 전형으로서, 도스또옙스끼의 『악령』『미성년』『이상한 사람의 꿈』에서 반복되는 〈황금시대의 꿈〉을 상징한다. 〈수정궁〉의 미래지향적, 진보적 이미지와는 정반대인 이 〈황금시대의 꿈〉은 과거를 지향하는 꿈이다. 도스또옙스끼는 자연 그자체를 신격화하고 타락한 과학적 지식을 습득하기 이전의 인류의 순진무구함을 이상화하면서, 이 황금시대를 인류가 돌아가야 할 태고의 유토피아로 그리고 있다. 여기서 과학은 악의 근원으로 유토피아에서 배제되어야 할 요소가 된다. 가령 『지하생활자의 수기』에서 볼 수 있듯이 수정궁은 도스또옙스끼에게 비판의 대상이었다.

체르늬쉡스끼나 도스또옙스끼와 같은 19세기의 두 거장이 꿈이라는 모티프를 통해 현실 속에 존재하지 않는 장소를 그리며 이를 통해 하나의 이상을 제시했다면, 뻴레빈은 같은 모티프를 통해 자신이 처한 시대와 그 시대의 전체상을 똑바로 응시한다. 이는 자먀찐이나 오웰처럼 이 상태로 계속되면 어떻게 되리라 하는 식의 안티유토피아론과도 또 다른, 새로운 선택으로 평가할 수 있다. 매우 환상적이면서 동시에 고도의 리얼한 현실을 담고 있는 뻴레빈식의 터보 리얼리즘은 일면 도스또옙스끼가 언급한 〈환상적 리얼리즘〉과 접하는 지점을 보여준다고 평가할 수 있다. 환상이야말로 가장 진지한 현실 인식이라는 진리에서 두 작가가 만나고 있다.

첫 본격 장편소설 『벌레들의 삶』

이러한 작품들로 구성된 데뷔 단편집에 바로 이어 뻴레빈은 『오몬 라』(1992년 5월 『즈나먀』지), 『벌레들의 삶』(1993년 4월 『즈나먀』지), 「노란 화살」(1993년 7월 『신세계』지) 등의 중장편 소설을 연속적으로 발표, 문단을 흥분시켰다. 이 중에서도 가장 널리 알려진 작품으로는 『벌레들의 삶』을 꼽을 수 있다.[15]

『벌레들의 삶』은 그 제목에서 쉽게 짐작할 수 있듯이 모기, 풍뎅이, 개미, 자벌레나방, 파리 등 벌레들이 주인공이다. 그리고 인간의 삶과 흡사한 벌레들의 삶을 비유적으로 보여 주면서 쏘련이 붕괴한 이후 러시아 땅에서 벌어지는 일들을 풍자하고 있다. 미국 자본이 러시아를 잠식하고, 러시아인들은 미국을 동경하며 이민을 가거나 미국 남자와 사귀기 위해 애쓰고, 마약에 탐닉하며 포스트모더니즘 예술에 대한 토론을 벌이고, 어미들은 먹을 것을 놓고 다투고……. 그리고 그 와중에도 삶과 진리에 대한 진지한 물음을 끊임없이 던지는 삶. 마침 뻴레빈을 처음 읽고 그를, 라퐁텐이나 이솝, 끄릴로프의 우화 세계를 현대적으로 개작한 작가라 생각한 독자들도 있었으리라.

그의 매력은 그다음에 있다. 벌레들은 벌레이기만 한 것이

---

15   이 작품은 '벌레처럼'이라는 제목으로 국내에 번역 출판되어 있으나 (이은민 옮김, 책세상, 1998) 그렇지 않아도 어렵고 섬세한 뻴레빈의 러시아어 표현이 약간 손상되어 있으며 이따금 오역도 보여 아쉬움이 크다. 한편 『오몬 라』는 중편으로 발표되었으나 최근에는 장편소설로 분류하기도 한다.

아니라 끊임없이 사람으로 변신한다. 미국 모기 샘과 초록색 파리 나따샤가 바위 위에서 정사를 나누는 장면에서 또 다른 모기 아르시발트가 나따샤의 허벅지 위에 앉았다. 순간, 나따샤가 자신의 허벅지를 치자 아르시발트는 죽고 만다. 벌레들이 정사를 벌일 때에는 실제 사람으로 변했던 것이다. 이는 나따샤가 끈끈이에 붙어서 죽는 장면에서도 마찬가지다. 끈끈이에 붙은 나따샤는 파리지만, 끈끈이를 걷어서 쓰레기통에 버리는 웨이트리스는 사람이다. 불과 얼마 전에 레스토랑에 온 다른 벌레들을 접대한 바 있는 웨이트리스였다.

샘과 나따샤가 함께 택시를 타고 가다가 샘이 운전기사의 피를 빼는 장면도 이러한 변신을 잘 보여 준다. 처음에는 택시 기사나 손님들이 모두 사람이었지만, 택시 기사의 등 뒤에서 피를 빨 때 샘은 모기가 된다. 그리고 기사와 대화를 나눌 때는 다시 사람이 된다. 사람과 벌레 사이를 끊임없이 오가며 변신하는 이 장면은 애초에 작가가 사람과 벌레를 구분하지 않았음을 보여 준다 하겠다. 이뿐이 아니다. 하나의 벌레는 또 다른 벌레로 변신한다. 암개미 마리나의 딸 나따샤는 초록색 파리가 되고, 아르시발트는 무당벌레와 바퀴벌레 사이에서 모기로 태어났으며, 쎄료자는 매미 유충임에도 불구하고 땅만 파다 보니 바퀴벌레가 되었다.

이렇듯, 모든 벌레들은 상황과 의지에 따라 사람이나 다른 벌레로 끊임없이 변화하고, 유충에서 성충으로 성장하고, 생식하고 출산하며 늙어 간다. 이러한 생명의 역동성은 생생한 색깔과 빛으로 파노라마처럼 펼쳐진다. 또한, 이 다양한 벌레들이 머물고 있는 시공간은 쏘련 연방 붕괴 후의 끄림 지역 휴양지로 서로 일치한다. 여기서 작가의 구성 능력이 돋보이는데, 우선 모기와 파리가 머물고 있던 장면에 다른 모기들의 장면이 스쳐 가거나 앞서 나왔던 풍뎅이들의 장면에 마리나가 인간으로 등장하는 장면이 겹쳐지는 것을 들 수 있다. 개별적인 사건들처럼 보였던 것이 사실은 같은 시공간에서 일어나는 일들이었으며, 등장인물들은 서로 주의를 기울이지 않았다 해도 찰나의 인연으로 한데 묶이는 것이다.

그리고 땅속에 있는 개미 마리나가 스딸린 시대의 수용소 도시 마가단에 살고 있다고 말하면서 끄림 지역 이야기에 등장하는 장면은, 혹한의 극동 도시 마가단과 따뜻한 끄림 지역 휴양지를 하나로 이으며, 현재의 러시아와 과거의 러시아를 한데 잇는 독특한 시공간을 창출한다. 결국 과거와 현재, 미래가 일렬로 구분되는 것이 아니라 서로 중첩되고 공존하는 독특한 시간관을 보여 주는 것이다. 이는 다분히 불교적이라 할 수 있다. 이 밖에, 같은 시공간을 메우고 있는 사람과 벌레의 시각이 서로 교환되는 것, 바퀴벌레가 되어 지하를 파던 매미 유충 쎄료자가 죽은 후 도착한 곳이 결국 그가 태어난 나무 아래였다는 장면처럼 탄생과 죽음이 순환 고리로 연결되는 것, 자벌레나방인 지마와 미샤가 선문답 같은 대화를 나누면서 꿈과 현실, 자아와 타인의 경계를 허무는 장면들은 대단히 불교적인 분위기를 만든다.

따라서 뻴레빈의 『벌레들의 삶』은 벌레들의 눈으로 사람의 사회를 풍자한 것에서 그치지 않는다. 이는 아주 작은 벌레에서부터 사람, 더 나아가 달과 밤하늘까지 조금의 치우침도 없이 종이 안에 담아낸 우주 사람 만상이다. 여기에 블록이나 뿌슈낀의 문학 텍스트들을 구체적으로 환기시키는 묘사들이 더해진다. 게다가, 장자의 나비의 꿈이나 손가락으로 가리킨 달 이야기 등 동양의 지혜와 유쾌하게 전복된 사고들도 벌레들의 대화 속에 적절하게 드러난다. 사람의 영혼을 담고 있는 벌레들. 이는 모든 생명을 누군가가 환생한 것으로 보는 불교적 관점을 보여 주고 있다.[16]

그러니, 뻴레빈이 사람을 벌레와 등치시킨 것은 사람을 비하하기 위해서가 아니라 벌레에도 똑같은 애정을 담은 것이라 보아야 할 것이다. 이는 삶과 진리에 대한 탐구를 계속하는 자벌레나방들의 모습에서도 나타나고, 자신이 낳은 알이나 죽은 남편의 다리까지 먹어야 하는 암개미의 심정을 어쩔 수 없는 상황이라고 변호해 주는 따뜻한 배려에서도 잘 나타난다.

『벌레들의 삶』은 현재까지 발표된 뻴레빈의 작품 중 최고의

16　똘스또이의 불교에 대한 관심 이후, 20세기만 보아도 소설가 이반 부닌이나 시인 아르쎄니 따르꼽스끼, 아나똘리 김 등 많은 러시아 예술가들이 동양의 명상적 세계와 참선에 관심을 가져왔다.

걸작임에 틀림없다. 동물과 인간의 상호 변신과 시공간을 횡단하는 서술 기법은 이미 1984년에 아나똘리 김이 대표작『다람쥐』에서 시도하여 당시 쏘련 문단에 큰 충격을 준 바 있다. 물론, 동물의 시각으로 인간을 바라본 서술 방식으로는 이미 똘스또이의『홀스또메르』가 있어 형식주의 연구자들에게 〈낯설게 하기〉라는 예술 기법의 전형 중 하나로 논의되기도 했다. 그러나 변화의 정신적 육체적 차원을 구분하여 변용/변신의 모티프를 소설에 적용시킨 것은 아나똘리 김이 러시아 문학에서 최초로 시도한 것으로, 뻴레빈은 이 작품의 경우 김의 영향을 받은 듯하다.

이 외에도, 뻴레빈의 시도는 여전히 신선하다. 그는 동물이나 벌레가 고유의 지각기관을 통해 세계를 인식한다는 점에 착안하여, 이들이 지각하는 각자의 잠재 능력(시각, 청각, 촉각 등)에 따라 그 지각 대상의 면면이 부각되면서 매우 새롭게 보이도록 한다. 이는 동물의 눈으로 인간 세계를 바라보게 한 똘스또이식의 낯설게 하기나, 동물과 인간의 영혼, 혹은 죽음에서 부활한 시점으로 대상을 바라보는 아나똘리 김의 서술 기법과도 다른, 새로운 효과를 만들어 낸다. 「세상을 등진 남자와 여섯 손가락」과 같은 그의 단편에서도 이러한 감각의 유희를 관찰할 수 있다.

한편 「장 태수의 쏘련」을 보면, 동물의 시점을 빌리지 않고도 인간이 개미의 세계를 보는 것처럼 인간들 자신의 세계를 거리감을 유지하며 느끼게 하는 서술 장치를 볼 수 있다. 인간이 개미를 죽이고 살릴 수 있는 힘을 가지고는 있다지만, 신과 인간의 관계가 인간과 생물의 관계의 연장선상에서 논의될 때, 여기서 생기는 시점의 전환은 새로운 차원의 논의를 가져다주는 것이다. 이러한 시점 전환의 역동적 서술을 가장 잘 보여 준 작품으로도 『벌레들의 삶』을 평가할 수 있다. 여기서는 다양한 벌레들 각자의 시점, 또 벌레가 변한 사람들과 벌레 간의 시점들이 장면마다 빠르게 전환되고 있기 때문이다. 특히 이러한 시점 전환은 사색적이고 철학적이면서 신비주의에 가까운 비전과 서정적인 묘사가 어우러지는 뻴레빈의 문체와 어우러져 독특한 세계를 만들어 낸다.

장편 『차빠예프와 공허』

『벌레들의 삶』 이후 만 3년이 지나 뻴레빈은 현재까지의 작품 중 가장 큰 스케일을 보이고 있다고 평가할 만한 대작을 낸다. 『즈나먀』 1996년 4~5월호에 연재된 장편 『차빠예프와 공허』는 초기에 보여 준 환상문학적인 설정과 다중적인 이미지와 테마를 얽어 가면서 러시아사와 러시아 문학 고전을 횡단하는 일대 스펙터클의 세계를 보여 준다.[17] 서문과 열 개의 장으로 구성된 이 작품은 주인공 뾰뜨르 뿌스또따의 기록이다. 무無 혹은 공空이라 번역할 수 있는 매우 철학적인 이름의 소유자인 '뿌스또따'는 작가이면서 동시에 정신분열증 환자로 등장한다. 소설 속의 작자는 이 수기가 1920년대 전반에 내몽골의 절에서 집필된 것이라고 주장하고 있다. 의사와 차빠예프가 권해서 자신의 정신적 체험을 모두 기록한 것이라 하는데, 1918년 차빠예프와 겪은 사건들과 현대에 존재하는 인물의 환상 체험이 주 내용이다.

주인공의 인격은 크게 두 개로 분열되어 있다. 하나는 혁명 직후 1918년에, 다른 하나는 현대의 러시아에 속한다. 전자에서는 자기가 죽이고 만 사람을 대신하여 적군赤軍의 정치장교가 되어 쏘련 내전기의 전설적인 영웅 차빠예프의 원정에 참가, 기묘한 체험을 거듭한다.[18] 주인공의 또 다른 분신은 현대 모스끄바 근교 정신병원에서 정신분열증으로 장기 치료를 받고 있다. 담당 의사인 찌무르 찌무로비치에 의한 '집단치료'라는 방법 덕택에 그는 환각 상태에서 여러 인물을 체험하며, 다른 세 동료 환자의 환각도 순서대로 공유하게 된다.

전체 열 개의 장 중 홀수 장(1, 3, 5, 7, 9장)에는 혁명기가, 짝수 장(2, 4, 6, 8, 10장)에는 현대의 체험이 그려지는 구성이다. 따라서 과거와 현재의 두 가지 자아는 각각 한 장 걸러서 등장하지만 각 장이 서로 상호적으로 내포하는 복잡한 관계를 갖고

17   여기에서는 바그리우스 출판사의 1999년판을 사용하여 논한다.

18   1919년 전사한 러시아 내전기의 영웅 바씰리 차빠예프를 말한다. 푸르마노프의 소설이나 1934년의 동명 영화뿐만 아니라 여러 종류의 일화나 아넥도뜨의 주인공으로도 러시아에 널리 알려져 있는 인물이다.

하나의 흐름을 이루며 연결되어 있다. 따라서 주인공의 수기는 두 시대에 존재하며 차빠예프와 의사가 그것을 읽으면서 코멘트 하는 장면이 나타난다. 작품 전체를 놓고 볼 때 둘 중에서도 혁명기의 자아가 비교적 강세를 보인다고 할 수 있는데, 그 자아는 현대의 시간 장에 등장할 경우 유쾌한 시대착오적 장면을 연출한다. 예를 들어 그는 블록, 마야꼽스끼, 브류쏘프 등과 동시대인이지만, 동시에 아널드 슈워제네거, 그레벤쉬꼬프, 맥도날드의 햄버거 등 현대 세계의 이미지를 상대하게 된다. 이런 식으로 그의 의식 세계에서 혁명기 러시아와 현재의 러시아가 동시에 그려진다.

구성적 특징과 전체 소설의 흐름에 대한 이해를 돕기 위해 각 장을 요약하면서 구체적으로 살펴보자.

제1장. 1918년 2월의 모스끄바. 뻬뜨로그라드의 26세 작가 뽀뜨르는 자신의 시에 나타나는 내용을 수상하게 여긴 체까(비상위원회) 요원의 추적을 받아 모스끄바까지 도망친다. 거기서 안면이 있던 친구 작가를 우연히 만난 뽀뜨르는 그가 체까의 하수인이 되어 있는 것도 모르고 자초지종을 설명한다. 친구가 자신을 체포하려고 하자 뽀뜨르는 그를 살해한다. 그의 유품에서 점퍼, 신분증, 현금, 코카인을 입수한 주인공은 뽀뜨르 파네르늬로 변신한다. 그는 위원회에서 파견된 두 명의 인물과 함께 퇴폐적인 문예 카바레 〈오르골 담뱃갑〉을 방문한다. 거기에는 브류쏘프와 알렉쎄이 똘스또이 등 문인들이 있었고, 무대

에서는 포스트리얼리즘풍의 연극, 비극 소품 〈라스꼴니꼬프와 마르멜라도프〉 등 실험적인 작품들이 올려지고 있었다. 마약을 넣은 보드까를 마신 주인공은 무대에 올라 혁명적인 소네트를 낭송하고 발포를 일삼아 대혼란을 불러일으키고 만다.

제2장. 현대. 마리야의 꿈. 그다음 날 주인공은 독방에서 구금된 채로 깨어난다. 주인공의 의식 속에서 그러한 것으로 그려진다. 그는 자신의 정체가 탄로 난 것이 아닌가 걱정한다. 하지만, 나타난 사람은 두 명의 병원 사람(1장의 두 체까 요원과 이름이 같다)과 정신과 의사 찌무르 찌무로비치 까나슈니꼬프. 그는 여기에서 자신이 중증의 분열증 환자로 다루어지고 있다는 사실을 인식하기에 이른다.

의사는 주인공의 증세를 쏘련 붕괴 후 사회에 적응하지 못한 결과, 즉 외계 질서의 와해가 의식에 반영되어, 방향을 잃은 내적 에너지가 정신세계를 혼란시키고 있는 상태라고 설명한다. 양자 간에, 동양적 원초 지향과 서구적 미래지향이라는 두 종류의 유토피아 추구와, 사회 변화의 원인에 대한 대화가 오간다. 주인공은 그 과정에서 자신이 분실한 과거 기록이 모두 의사의 손에 들어가 있음을 알게 된다.

병원에서 주인공은 집단치료에 참가한다. 분열증 환자가 서로 환상적 자아의 경험을 공유하고, 그 과정에서 자신의 고착된 허위적 자아를 상대화하는 방법을 통해 병적인 상태에서 벗어날 수 있다는 치료 방법이다. 첫 번째 환상 제공자는 마리야라고 불리는 남자. 러시아 화이트하우스 포격 사건 당시 총탄을 맞고 쓰러졌던 인물. 그의 의식 속에서는 1993년 10월 사건 당시의 분위기와, 러시아에서 유행했던 멕시코 드라마 〈단순한 마리야〉에 나오는 주인공, 아널드 슈워제네거 등의 모티프가 하나의 현실로 존재하고 있다. 환상 속에서 그는 단순한 마리야와 동화하여 세계의 악과 대결하고자 하는 절대적 힘의 소유자를 꿈꾼다. 그런데 바로 그 앞에 슈워제네거가 등장하여 그를 제트기에 태워, CNN이 중계하는 소란 속의 모스끄바 상공을 비행한다. 마리야는 비행 끝에 기체에서 떨구어져 추락, 오스딴끼노의 티브이 탑과 충돌한다. 주인공 뾰뜨르는 이 모든 것을 자신의 일처럼 체험하고, 꿈속에서 후일담을 진행한다. 그 내용에 의하면 마리야와 결혼한 슈워제네거가 임신을 하게 된다는 것이다.[19]

제3장은 다시 1918년 2월의 모스끄바에서 전개된다. 제1장 사건의 다음 날 아침, 자신이 살해한 작가의 방에서 깨어난 주인공 앞에 전날 밤 문예 카바레에 있었던 남자가 등장한다. 적군의 지휘자 바씰리 이바노비치 차빠예프의 명으로 왔다고 하면서, 뾰뜨르를 동쪽 전선에 파견할 기병 사단 내 정치장교로 스카우트하고자 한다는 것이다. 주인공은 상대가 정중하지 못한 것에 불만을 품지만, 본능적인 신뢰감으로 이를 수락한다.

---

19   아널드 슈워제네거의 실제 부인 이름이 마리아이기도 하다.

마술적 분위기를 풍기는 차빠예프는 장갑차 속에서 자신의 칼날 위에 레닌의 모습을 비춰 보인다.

전선을 향하여 이동하는 도중 뾰뜨르는 자신과 같은 정치장교 푸르마노프를 만난다.[20] 물론 소설 『차빠예프』의 저자와 같은 이름. 그 후 열차 이동 중 뾰뜨르는 만찬장에서 차빠예프를 따르는 단발의 미인 기관총 사수 안나를 만나 황홀해하는데, 이 모든 것이 그에게는 꿈과 같은 가면무도회로 느껴진다. 안나 일행과 그녀를 따르는 병사들이 탄 화물차에 도착하자 길게 늘어선 시커먼 화물차에서 사람들의 노래하는 소리가 들려온다. 그 광경을 본 뾰뜨르가, 화물차를 두고 인간이 끌고 가야 하는 어두운 과거라고 비유하여 말하자 차빠예프는 그러한 발상이 잘못된 선입관이라 주장하면서, 과거는 잘라 버릴 수 있는 극복 대상임을 증명하기 위해 병사들의 화물차를 분리시켜 버린다. 이처럼 비록 두 개의 공간에서 벌어지는 일이라 하여도 각 장의 연결은 하나의 흐름을 형성한다. 즉 분명 두 개의

20　　　작가 드미뜨리 푸르마노프(1891~1926)는 실제로 1919년 차빠예프 사단에서 정치장교로 근무한 적이 있다. 1923년부터 모스끄바의 쁘롤레따리아작가협회를 이끌었으며, 후일 사회주의문학의 표본으로 일컬어진 소설 『차빠예프』(1923)를 남겼다. 이 작품은 1934년 바씰리예프 형제에 의해 영화로 만들어져 거의 모든 쏘련 사람들이 관람했다고 전해진다. 1960년대까지 공연용 버전과 두 개의 오페라 버전도 만들어졌다. 1934년의 영화는 러시아에서 비디오 보급판이 만들어져 아마존 등을 통해 쉽게 구할 수 있다. 한편 푸르마노프의 소설에 대한 가장 최근의 논의이며 이전과는 달리 러시아 아방가르드 미학과의 관계에서 접근한 글로는, 『꿈 실험실』(1996)에 실린 로널드 브룬의 논문을 보라.

시공간이 평행하게 존재하면서 동시에 한 흐름 속에도 속하는 절묘한 슈젯 구조를 만든 것이다.

제4장은 다시 현대의 병원이다. 연속적인 꿈에서 깨어난 주인공은 약물 탓에 현실감각이 흐려진다. 깨어날 때마다 현실 상황을 인식하지 못할 뿐만 아니라, 인물의 출현과 그 배경의 인지 사이에 시간차가 발생하기도 한다. 이러한 상태로 그는 이미 지인인 동료 환자 3인을 새삼스럽게 거듭 인식하기도 한다. 앞에서 나온 마리야, 신러시아인풍의 거인 볼로진, 지식인 타입의 쎄르죽으로부터 주인공은 자신의 이름이 '뿌스또따'라는 것, 자신의 병은 기존의 인격을 완전 부정하고 가공의 인격으로 대신하는 증상을 보이고 있다는 것 등을 알게 된다. 한편 낮잠 시간을 틈타 그는 의사의 방에 잠입, 자신에 관한 정보를 훔쳐 읽는다. 기록에 의하면 자신의 병은 자신의 이름에 대한 혐오에 원인이 있고, 14세경부터 대인 기피 증세를 보였으며, 오랜 기간 흄, 버클리, 하이데거 등의 공과 무에 관한 저작을 탐독했다는 것이다.

차츰 주인공은 자신의 내부에 있는 복수의 자아에 의한 합창과 논쟁을 들을 수 있게 되고, 내부적 모순이 해결되지 않음으로 인해 극단적인 우유부단에 빠지고 만다. 동시에 중국 철학의 영향, 자유로운 사고를 통한 현실 초월의 의지, 중생을 초월한 깨달음의 의식, 대중 앞에서의 연설 갈망 등의 증세를 보인다. 바로 이때 그는, 현실은 환상인가 아닌가에 관한 분열증

환자들의 논쟁에 휘말려 마리야가 휘두른 유물론자의 선조 아
리스토텔레스의 흉상에 머리를 맞고 기절하기도 한다.

주인공이 깨어나는 곳은 다시 1918년 6월의 중앙아시아 작
은 마을이라는 설정으로 소설은 제5장에 접어든다. 제3장의
사건으로부터 이미 4개월이 흐른 상태이지만 그는 그사이에
있었던 일을 망각하고 있다. 병상의 그를 간호하고 있는 안나
에 의하면 주인공은 4월 초 로조바야라는 역에서 벌어진 전투
에서 활약, 두부에 총탄을 맞아 쇼크로 기절했다는 것이다. 그
는 안나를 데리고 마을 식당에 간다. 안나가 차빠예프의 친척
임을 알게 된다. 마을에는 백군과 적군이 반반 정도 있으며 차
빠예프 사단은 이미 상당수의 병사를 잃었다는 것도 안나를
통해 알게 된다. 현실은 모두 '공'이며 모든 여자는 악마라고
하는 그의 테제로 인해 안나와의 논쟁이 시작되다가, 옆자리
의 남자와 싸움이 붙는다. 바로 이때 차빠예프와 안나의 비밀
을 잘 알고 있는 듯한 그리고리 꼬뚭스끼라는 남자가 끼어들
어 안나를 독점해 버린다.

귀가길, 숙소 옆 욕실에서 그는 차빠예프와 재회한다. 갑자
기 시작된 철학풍의 대화에서 차빠예프는 '어디서' '언제' '누
가'라는 세 개념을 축으로 하는 소피스트적 화법을 통해, "너
는 누구냐" "너는 어디에 있느냐" 등 답이 없는 질문으로 주인
공을 난처하게 한다. 만일 전 세계가 내 안에 존재하고 있다면
나 자신은 어디에 존재하고 있는가. 또, 만일 내가 세계의 내부

에 존재하고 있다면 나의 의식은 어디에 존재하고 있는 것인가. 주인공은 당황한다. 차빠예프를 만족시키는 것은 나는 '그 어디도 아닌 장소'(нигде)에 있다는 대답. 그리고 또 하나는, 그가 말을 향해 손으로 가리키며 답을 하는 듯 "자 여기에 있다"라고 한 것.

이날 밤 주인공은, '인텔리 비판'을 핑계로 방에 들른 꼬뚭스끼의 제안으로 코카인과 마차를 교환한다. 여기서 주인공의 잠이, 집단치료 대상의 하나인 쎄르죽의 환상에 연결되면서 제6장으로 넘어간다. 새로운 사회에 적응을 못하고 있던 쎄르죽은 맥도날드 포장지의 신문광고를 통해 일본인 종합상사에 응모하여 면접을 받는다. 매니저 카와바타와 회사의 분위기, 면접장의 분위기를 통해 경영관, 인생관, 미의식, 불교 철학, 무사도적 윤리 등 스테레오타입의 일본과 일본적 미학이 묘사된다. 현대의 러시아는 서구식 실용주의에 해를 입고 있으나, 본래의 러시아는 일본적인 '공' 사상에 연결되는 부분이 있다는 주장. 즉 이전의 마리야의 꿈에 대한 안티테제로, 러시아와 동양의 연금술적인 결혼을 주장한다……. 술과 음식과 여자 등 '풀코스'를 거쳐서 그는 상사에 입사한다. 하지만 그 직후 경쟁사의 음모로 인해 상사가 경영 파탄을 맞았다는 내용의 팩스가 들어오자 그는 주변에서 하라키리(할복)를 강요받는다.

제7장은 제5장 사건의 다음 날이다. 차빠예프가 주둔한 마을에 푸르마노프가 이끄는 적군 병사가 집결. 주인공과 차빠예

프의 산악 지대 원정과 선문답. 차빠예프는 주인공을 마치 대지의 문과 같이 웅장하게 버티고 있는 언덕으로 데려가서 '검은 바론'이라는 별명을 지닌 신비의 인물 융케른-폰-슈테른베르그에게 안내한다. 바론에 의하면 이 장소는, 정신병원이나 다른 차빠예프가 있는 장소들을 포함하여, 모든 것을 상대화해 버리는 제3의 공간이라는 것이다. 그리고 인간은 이 공간도 초월해서 '그 어디에도 없는 장소'에 도달할 가능성을 부여받는다고 한다. 바로 이 그 어디도 아닌 장소에 다다른 인간의 세계, 공을 볼 수 있는 자의 내면세계를, 바론은 '내㈜몽골'이라 하면서 주인공에게 거기에 도달할 수 있도록 하라고 권한다. 그 방법은 삶 속에서 그 어디에도 없는 장소에 이를 것, 가령 정신병원을 탈출하는 것이라 한다. 그는 이것을 "차빠예프가 점토의 기관총을 사용하기 전에 가라. 안 그러면 모든 것이, 그 어디도 아닌 장소마저도 모두 잃게 되느니라"라고 기묘한 경고 메시지를 말하는데 그 기관총의 비밀은 뒤 9장에서 밝혀진다. 이 신비의 무음無音 기관총은 세계를 무無화시키는 무기로 등장한다.[21]

여기서 주인공은 깨달음을 이룬 집단을 목격하는 등 신비적 광경을 경험하고, 현실이라고 하는 것의 배후에 있는 공허空虛 그 자체를 파악했다고 느낀다. 세계란 집단의 경험적 시각이 만들어 내는 허구이며, 인간은 내면 정신의 반영을 삶 속에서 본다는 깨달음에 이른다. 그리하여 정신을 차려 보니, 이 장의 서두에 돌아와서 꼬똡스끼와 만나고 있는 자신을 발견. 즉 이 모든 내용은 차빠예프가 순식간에 주인공에게 경험하게 한 세계였다.

다시 무대가 현대로 돌아가는 제8장. 이번에는 볼로진에 의한 환상이 전개된다. 여기서는 융의 사상과 불교를 합해 놓은 듯한 볼로진의 소극적 철학이 전개된다. 그와는 달리 현실 지향적 쾌락주의에 익숙한 동료들과 대립하면서 골계미 넘치는 논쟁이 이어진다. 다시 1918년의 중앙아시아에서 제9장이 시작된다. 차빠예프는 주인공의 수기를 읽고, 거기에 문학적 냄새가 배어 있다고 비판한다. 주인공은 병원을 빠져나가야 한다는 바론의 충고를 상기하면서, 그 어떠한 상황에서도 그 법망을 빠져나가는 방법은 그 법의 범위 내에서 생각해 내야 한다고 고민한다.

그러는 동안 병사들의 지도부에 불화가 생겨, 통제가 무너지는 사태가 발생한다. 병사들의 주연, 여흥 모임에 출현하여 연대 의식을 고양시킬 것을 제안받은 주인공은, 구지배계급인 공작부인과 그 일족에 관한 저질 시를 낭독하여 박수를 받는다. 병사들의 방탕함을 오히려 조장한 셈이다. 그 후 주인공은 이

---

21   이러한 상징성을 고려해서인지 앤드루 브롬필드의 영어판에서는 원제목을 무시하고 새로운 제목(The Clay Machine-Gun)을 썼다. 아무리 그래도 배경설명도 해설도 없다는 것은 원제목이 가지는 상징성을 고려하지 않은 무책임한 태도라고 본다.

제까지 가까이하지 못했던 안나와 낭만적이고 에로틱한 랑데 부의 환상을 체험한다. 이날 밤 병사들의 폭동을 예상한 꼬뜝 스끼는 러시아 지식인의 굴절된 자유사상을 비꼬면서 홀로 파리를 향해 도주한다.

종말에 가까운 감각에 젖어드는 주인공. 욕탕에 있던 차빠예 프와 술잔을 주고받으며 그들을 찾아다니는 듯한 병사들의 총소리에는 아랑곳없이 철학적 대화를 나눈다. 철저한 무의 일원론을 전개하는 차빠예프는, 삶도 꿈도 결국 사고의 움직임에 지나지 않는다고 해석한다. 현실에서의 확실성이라는 것은, 마치 소용돌이 속에 있는 것이 소용돌이에 대하여 가지는 것과 같은, 상대적인 감각에 지나지 않는다. 그리고 이 소용돌이의 외부에 완전한 부동의 지점이 존재하니 그것을 '무지無知(나를 모른다)'라 한다. 바로 이 부동의 일점에 서서 본다면 온갖 개념이 무無로 부정된다는 것이다. 개별적인 영혼도 무, 형질도 실체도, 무기와 술도, 무라는 개념조차도 역시 무라는 것. 우주란 신이 몸소 들려주는 일화에 지나지 않고, 신 자체도 사실은 일화에 지나지 않는다……

이러한 부조리하고 모독적인 사상에 주인공은 저항감을 표시하지만 "나는 바로 이 병에 비친 램프의 불꽃이노라"는 차빠 예프의 한마디를 계기로 무의 철학을 깨달은 듯한 감각에 사로잡힌다. 차빠예프는 그에게 부처의 가르침을 깨달은 기념으로 '시월의 별' 훈장을 수여한다. 두 사람은 그제야 총탄이 빗

발치는 욕탕 지하도를 따라 탈출하는데 그 와중에 주인공은 차빠예프 사상을 자기 식으로 이론화해 보인다. 인간은 이성에 의해 구축된 지知의 포로가 되어 있으니 거기로부터 탈출하는 것이 유일한 자유로다. 그 자유의 이름은 '무지無知'라는 둥.

둘이 빠져나온 곳에는 안나와 그 부하들 및 풀 속에 은폐된 차빠예프의 장갑차가 대기하고 있다. 병사들 집단이 그들 장갑차 주변을 둘러싸자 안나는 대포를 회전시키면서 무음의 기관총을 발사한다. 그러자 주변 직경 7미터 정도의 공간을 제외한 세계의 모든 것이 무로 변한다. 이 총은 조준한 모든 것을 그 본성이라는 무의 상태로 만들어 버린다. 수천 년 전 불타 아나 가마의 새끼손가락이 들어간 점토로 만들어진 것이라고 차빠예프가 설명한다.

무로 변한 세계를 앞에 두고, 주인공은 불현듯 파리로 도망간 코카인 중독자 꼬똡스끼의 운명을 걱정하기 시작한다. 이에 차빠예프는 자신들과 마찬가지로 꼬똡스끼도 자기 스스로 우주를 만들어 내는 능력을 지니고 있다면서 주인공을 위로한다. 바로 그 꼬똡스끼가 만드는 별개의 우주에 자신과 차빠예프가 등장할 것인가 하는 주인공의 기묘한 궁금증은 마지막 장의 복선으로 작용한다.

삼라만상의 형태가 공이라면, 그 공은 모든 형태를 띨 수 있다는 차빠예프의 이론을 증명이라도 하듯, 아무것도 없던 눈앞의 공간이 거대한 강으로 변한다. 무한에서 무한으로 흐르는,

자비와 환희로 가득 찬 물의 흐름. 차빠예프는 그것을 '우랄'[22]
이라고 이름 짓는다. 안나와 차빠예프는 그 강에 몸을 던진다.

자신은 일생 이 강가에 누워서, 눈앞에 명멸하는 일장춘몽을
보고 있는 것은 아닐까. 그렇다면 인생을 바친 문학과 예술은,
공허한 업이 아니었겠는가. 자신은 다시 이 강가에서 잠들려고
하는 것인가……. 마치 이러한 수많은 의문을 뿌리치려는 듯,
주인공도 우랄에 몸을 던진다. 바로 그 순간, 병원의 안락의자
에 수족이 묶인 채로 있는 그의 머리 위에서 "완전한 카타르시
스다"라는 의사 찌무르의 목소리가 들리면서 다시 무대는 제
10장의 현대 모스끄바 병실로 전환된다.

라디오에서 흘러나오는 그레벤쉬꼬프의 노래. 쎄르죽, 볼로
진, 주인공이 이야기를 나누고 있다. 마리야는 퇴원하고 없다.
볼로진은 그레벤쉬꼬프의 시에 나오는 중국적 불교는 엉터리
라고 비판하고 있고, 쎄르죽은 열심히 종이학을 접어 번호를
매기고 있다. 쎄르죽은 마침 차빠예프를 소재로 한 일화를 떠
올리고 두 사람에게 말을 건다. 주인공은 이것이, 차빠예프와
자신이 경험한 내용을 비하시키려는 것으로 판단, 그 배경에는
모든 것을 잘 알면서도 진실을 왜곡하려고 하는 자가 있고 그
것이 혹시 코카인 중독자 꼬뚭스끼에 의한 음모가 아닐까 생

22　　여기서 '우랄(УРАЛ)'은 러시아어로 '완전한 사랑의 가상 냇가Условная
Река Абсолютной Любви'라는 표현에서 앞 글자를 따서 만든 조어.

각한다. 어쩌면 정신병원을 포함한 이 세계 전부 꼬똡스끼가 만들어 낸 것이 아닐까 하는 추론을 키워 가는 주인공. 그는 이 음모를 덮어 버리기 위해, 꼬똡스끼가 파푸아뉴기니 원주민에게 잡혔다는 내용의 일화를 날조해 낸다. 마치 그것이 계기가 된 것인 양 그는 마침 의사에게 호출된다.

의사는 그에게, 환상을 그 자체의 이론에 따라 극한까지 발전시켜, 고갈시키는 치료법이 성공을 거두어 이제 주인공은 완전히 환상에서 해방되었다고 통보하며 퇴원을 허락한다. 그는 어렴풋한 기억에 이제 이국에 있는 듯한 느낌으로 모스끄바를 걷는다. 주인공은 마르멜라도프와도 같은 자신의 갈 곳 없는 처지를 한탄하는데, 그 연상 작용에 의해 떠오른 1918년 당시의 문예 카바레 〈오르골 담뱃갑〉으로 향한다. 택시를 잡아 탄 주인공은 똘스또이풍의 머리를 한 운전기사와 러시아론을 교환한다. 러시아 재건이 어려운 것은 모두가 그 방법을 생각하지 않아서라는 기사의 문제 제기에, 주인공의 러시아 재건에 대한 반론은 색다르다. 즉 의식 속에 있는 러시아라는 이미지나 개념이 떠오를 때마다 그것을 그 본성 속에 용해시킨다. 러시아라는 개념은 그 어떤 본성도 없는 것이므로 결국 러시아는 재건될 것이라는 주장이다. 기사는 그가 미국 시오니스트에 오염된 바보라고 보고, 세계의 현실성을 부정하는 사람은 가장 비겁하고 부도덕한 현실도피자에 불과하다고 열변을 토한다.[23] 주인공이 이 세계의 창시자가 꼬똡스끼라고 하자 기사는 그를 정신병자 취급하면서 차에서 내리게 한다.

주인공이 겨우 찾아낸 카바레는 이미 〈존 블루〉라는 미국풍의 가게로 바뀌었는데, 야쿠자 분위기의 웨이터도, 부르주아에서 창녀에 이르는 인물들도, 그곳의 냄새도 뭔가 1918년을 생각나게 하는 구석은 있었다. 거기서 다시 한 번 그는 마약을 탄 보드까를 마시고 취한 김에 '영겁불회귀永劫不回歸'라는 시를 낭독하고 천장에 발포하여 대소란을 일으킨다.

가게에서 나온 주인공을 기다리는 것은 '예상했던 대로' 차빠예프와 그 장갑차. 환상 속에 나오던 모습과 똑같은 차빠예프지만 왼손의 새끼손가락이 없다. 차빠예프는 그에게 안나의 메시지를 전하고, 둘은 장갑차로 내몽골을 향하여 전진한다.

III. 뻴레빈 소설의 포스트모더니즘적 요소

이상의 작품들에서 살펴본 뻴레빈의 소설 시학은 분명 기존의 그 어떠한 범주에도 속하지 않는다. 현실의 상대성 및 복수의 세계를 동시에 그려 내는 기법은 서두에 밝힌 것처럼 환상 문학과 공상과학소설의 장르로 평가받기도 한다. 불가꼬프라

23   이 부분은 포스트모더니즘에 관한 윤리적 논의를 패러디한 것으로도 읽힌다.

는 거장의 예가 있었고, 쏘런 말기 아나똘리 김의 장편도 있었다. 하지만 점차로『차빠예프와 공허』까지 오면 복수의 시간대에 걸쳐서 전개되는 다중의 세계 설정에 관한 동기부여 그 자체가 매우 복잡하게 나타난다. 즉, '현재'라는 공간에서는 개인적 사회적 원인으로 생긴 분열증이나 다중인격 등의 증세가 등장인물에 귀착되어 그들의 복수의 경험 세계가 바로 평행적인 세계로 구성된다. 그리고 각각의 환상 세계 속 구조나 구성 요소가 콤플렉스, 현실도피, 대상代償 작용 등 심리학적 개념으로 설명된다. 주인공의 과거 세계도 여기에서는 심리학적 현상으로 계속되는 꿈에 지나지 않는다. 한편 '과거'의 세계에서는 현실의 복수성이 불교적 세계관 및 마술의 논리로 설명된다. 거기에서 현실이란 모두 가상의 모습이거나 마음속 세계의 반영으로, 현상계를 초월한 '그 어디도 아닌 장소' '무(空)'의 세계가 진정한 세상이다. '현재'라는 세계도 누군가의 창조에 의한 가상세계에 지나지 않는 것이다.

이러한 이중의 논리와 병행해서 자기 언급의 패러독스, 유아론적 세계관, 약물복용에 의한 자아의 확대 및 분리, 시뮬레이션 작용 등 세계의 다원성으로 통하는 동서고금의 여러 사상과 이미지가 작품 속에 혼재한다. 그 결과 소설의 입체적 구조는 여러 원리에 의해 구성된 평행적 세계가 마치 하나의 장엄한 우주를 형성하는 듯한 모습을 띤다.『차빠예프와 공허』의 경우 각 장마다 세부적 묘사를 연결하여 이 모든 다중적 세계를 한 주인공이 체험하게 만드는데, 이러한 구성은 매우 독특하고 선명한 러시아 포스트모던 소설의 한 측면을 보여 주는 것이라 할 수 있다.

이러한 다중적 세계 구축과 함께 나타나는 특징으로 그 소설 '테마'의 다중적 측면을 지적할 수 있다. 위에서 언급한 독특한 구성으로 인해 작품의 테마는 매우 다양하게 펼쳐진다. 현재와 과거, 현실과 비현실, 자유, 자아, 공, 무 등의 개념을 축으로 하는 철학적, 심리학적, 종교적 논의가 그 좋은 예일 것이다. 과거 러시아 문학 고전에서 출발하는 논의나 쟁점들(슬라브파와 서구파 논쟁과 같은)이 현재의 러시아 상황에 어떻게 연결되고 있는지를 보여 주거나, 혁명이나 민중에 관한 논의를 혁명기와 현재(새로운 혁명)라는 두 공간에서 보여 준다. 서구와 아시아의 중간에 위치하는 러시아 정체성에 관한 논의가 그와는 위상이 다른 테마군과 섞이기도 한다. 이러한 테마 구축에서 무엇보다도 독특한 뺄레빈의 기법은 소재 선택이 자유롭다는 점으로, 과거와 현재의 정치 상황, 문화, 풍속 등이 커다란 진폭을 두고 전개된다. 또한, 마약, 카바레, 문학, 무기, 기계, 성 풍습, 속어, 텔레비전, 영화, 일본 모티프(오리엔탈리즘의 대표로서) 등을 자유자재로 등장시켜 진지한 테마와 대중적인 취향이 동등하게 다루어진다. 이는 늘 진지한 테마가 압도적으로 우세였던 러시아 문학에서는 새로운 현상이다. 그러나 대중문화에 대한 재평가가 가지는 더 큰 의미는, 순문학과 대중문학의 경계를 허물고,

대중문학을 문학사에서도 유기적으로 포용할 수 있게 해 주고 있다는 점이다.

뻴레빈의 포스트모던적 요소의 세 번째로 지적할 수 있는 것은 그가 그려 내는 시뮬레이션으로서의 러시아라는 이미지이다. 러시아의 사상적 전통을 상기시키며 뻬레스뜨로이까 이후 러시아를 진단하는 초기의 단편은 물론, 『차빠예프와 공허』에서도 중심 테마는 러시아의 정체성과 그 운명에 관한 것이다. 차빠예프가 등장하는 각 장에서 내전이라는 현상이 그 와중에 던져져 결국 목적이나 전체 상을 모르는 채 바둥대는 인간의 감각을 통해 그려지고 있는 점이 흥미롭다. 비상위원회도 적군도 차빠예프도 그 권위나 힘에 의해 움직이고 있기보다, 엉뚱하게도 실질적인 힘을 소유하고 있는 것은 '인간의 말'이 된다. 주인공도 차빠예프도 결국 자신조차 이해하지 못하는 말을 통해 민중을 움직이는 것이다.

한편 정신분열증 환자들의 환상 세계를 논하는 대목에서는 러시아와 서구, 러시아와 동양의 연금술적 결합이라는 이미지가, 영상 매체의 주인공 혹은 스테레오타입의 일본인 묘사를 통해 패러디된다. 『차빠예프와 공허』에서 마리야와 슈워제네거가 서구 방송이 생중계하는 화이트하우스 상공을 비행하는 장면은 실상황과 영상 정보, 사물과 이미지가 뒤섞여 활보하는 현대 세계의 허구 창조 감각을 절묘하게 표현하고 있다. 서두에서 러시아의 포스트모던을 '미래 그 이후'의 시기라고도 표현하고 있는 점을 지적하였는데, 러시아에서는 역사적으로 볼 때 늘 언어와 이데올로기가 현실을 대신하거나, 현실을 선행했던 점을 기억할 필요가 있다.

초기의 뻴레빈은 주로 환상문학의 범주에서 논의되었다. 환상문학 문예지에 작품이 소개되었던 배경도 있다.[24] 혹은 이러한 새로운 소설을 작가는 〈터보 리얼리즘〉이라고 칭하기도 했다.[25] 그의 작품을 포스트모더니즘이라는 범주에 놓고 논하기 시작한 것은 이제 겨우 수년에 지나지 않는다. 그러나 뻴레빈과 같은 작가가 보여 주고 있는 전혀 새로운 감각과 글쓰기는 분명 러시아 문학의 거대한 줄기에 또 하나의 기둥을 세우고 있다고 평가해도 성급한 것이 아닐 것이다. 어찌 보면 마치 20세기 쏘련이라는 역사 전체를 염두에 둔, 안티미메시스적이라

---

24 물론 그의 작품을 러시아 문학사의 큰 줄기 선상에서 논하는 것도 타당하다고 본다. 19세기 러시아 문학의 특징 중 하나가 거장들에 의한 거대 담론의 문학이라면, 20세기 러시아 문학의 특징은 한마디로 한없이 넓은 다양성의 세계다. 그 다양한 작가군과 기법들의 출현만으로 보자면 20세기 러시아 문학은 19세기 문학을 압도하고도 남음이 있다. 그러나 혁명과 냉전으로 점철된 20세기 동안 노벨문학상 수상자인 부닌, 빠스쩨르낙, 숄로호프, 쏠제니쩐, 브로쯔끼 등도 그 문학성보다는 망명이나 이민, 자유와 억압이라는 담론 속에서 거론되기 일쑤였다. 하지만 19세기 환상문학의 전통이 사라진 것은 아니다. 세기말 세기 초의 상징주의와 아방가르드 문학으로 시작된 20세기 러시아 환상문학은 쎄라삐온 형제들을 거쳐, 냉전 시기에도 까베린이나 스뜨루가쯔끼 형제 등 쟁쟁한 작가군이 출현한다. 이 전통의 가장 끝에 위치하는 작가가 바로 빅또르 뻴레빈이다. 특히 고골이나 불가꼬프, 스뜨루가쯔끼 형제 등 환상문학의 영향을 빼놓고 이 작가를 논할 수는 없을 것이다.

고까지 느껴지는 그의 소설 세계에서 그가 그려 내는 대상은 공허한 무 그 자체이기도 하다. 혜성과 같이 러시아 문학에 뛰어들어 '어둠 속의 웃음소리'로 우리를 놀래고 있는 것이 아닌가 싶기도 하여 얄궂게 느껴지기도 한다. 서로가 서로에게 소외되어 체홉의 세 자매가 매달려 있던, 진공의 바로 그 허공과 같은 충격이라고나 할까.

25　러시아 문학사에서 〈터보 리얼리즘〉이라는 용어는 매우 생소한 말이다. 이는 1992년 봄 뻬쩨르부르그에서 개최된 러시아 SF 대회에서 뻴레빈 자신이 명명한 용어로 알려지고 있는데, 호프만, 카프카, 고골, 불가꼬프, 마르께스 등의 작가들로 이어지는 환상문학의 유산을 계승한 그룹의 특징을 지칭하는 말이다. 이 그룹의 현대 러시아 작가로는 뻴레빈 외에 안드레이 스뜨리알로프와 뱌체슬라프 릐바꼬프가 언급되고 있는데, 이들은 쏘베뜨 시기 환상문학의 대부인 보리스 스뜨루가쯔끼의 영향권 아래 있었던 젊은 작가들이라는 공통점이 있다. 한편, 이 그룹 작가들의 탄생 배경에는, 1989년에 시작된 〈새로운 환상문학 시리즈〉의 출판도 직접 관련이 있다고 본다. 〈터보 리얼리즘〉이 기존의 문학 형식과는 다른, '터보가 붙은 엔진과 같은' 리얼리즘이라 한다면, 이는 현재가 아닌 미래의 표현 형식을 모색하는 문학을 뜻하는 말이라 볼 수 있다. 이는 내용에 있어서도 보다 미래에 벌어질 사건을 표현하는 소설로 환상소설의 범주에 속하게 된다. 여기서 뻴레빈 등의 〈터보 리얼리즘〉에는 미래의 사회에서 쓰여야 할 소설을 미리 예견하여 발표한다는 의지가 담겨 있다 할 것이다. 바로 이 부분이 포스트모더니즘 논의와 연결될 수 있는 지점이 아닐까.

참고 문헌 ────────────────

최건영, "미래의 문학으로 이끄는 〈터보 리얼리즘〉의 작가―빅토르
    펠레빈의 작품 세계", 『현대문학』, 2000년 4호(544), 해외작가
    특집 항 70~80쪽.

望月, 井桁 外 『ロシア小説の現在』, 北海道大学 Slavic Research Center
    Occasional Papers on Changes in the Slavic-Eurasian World,
    No.2, 7, 16, 21.

Berry, Ellen E. and Miller-Pogacar, Anesa(ed.), Re-Entering the Sign:
    Articulating New Russian Culture, The Univ. of Michigan Press,
    1995.

Bowlt, John E. and Matich, Olga(ed.), Laboratory of Dreams:The Russian
    Avant-Garde & Cultural Experiment, Stanford University Press,
    1996.

Clowes, Edith W., Russian Experimental Fiction:Resisting Ideology After
    Utopia, Princeton University Press, 1993, pp.20-22, 70-71,
    208-221.

Dalton-Brown, Sally, "Lucid Nonchalance or Ludicrous Despair? Victor
    Pelevin and Russian Postmodernist Prose", Slavonic and East
    European Review, LXXV, vol.2, 1997, pp.216-233.

Epstein, Mikhail, After the Future:The Paradoxes of Postmodernism and
    Contemporary Russian Culture, The Univ. of Massachusetts
    Press, 1995.

Eshelman, Raoul, Early Soviet Postmodernism, Peter Lang, 1997.

Gillespie, David, The Twentieth-Century Russian Novel:An Introduction,
    Berg Publishers, 1996.

Lipovetsky, Mark, Russian Postmodernist Fiction:Dialogue With Chaos, M.E.
    Sharpe, 1999.

Marsh, Rosalind, *History and Literature in Contemporary Russia*, New
York University Press, 1995.

Porter, Robert, *Russia's Alternative Prose*, Berg Publishers, 1994.

Курицын Вячеслав. *Русский литературный постмодернизм.* – М.:
ОГИ, 2000.

Пелевин Виктор. *Чапаев и Пустота*: Роман. – М.: Вагриус, 1999.
–348 с.

Скоропанова И.С. *Русская постмодернистская литература*: Учеб.
пособие – М.: Флинта: Наука, 1999. –608 с.

Степанян Карен. ⟨⟨Назову себя Цвайшпацирен?⟩⟩, ⟨⟨Знамя⟩⟩ 1993
No.11, с.186.

Эпштейн Михаил. ⟨⟨После будущего. О новом сознании в литературе⟩⟩,
⟨⟨Знамя⟩⟩ 1993 No.1, с.217–230.

Эпштейн Михаил. ⟨⟨Прото-, или Конец постмодернизма⟩⟩, ⟨⟨Знамя⟩⟩
1996 No.3, с.196–209.

http://pelevin.nov.ru/

작품 목록[1]

「장 태수太守의 쏘련─중국 설화СССР Тайшоу Чжуань.
Китайская народная сказка」

「청색 등불·Синий фонарь」

「잠자거라Спи」

「우흐랍Ухряб」

「수정水晶 세계Хрустальный мир」

작품집 『청색 등불』

「고스쁠란의 왕자」로 벨리꼬에 꼴리쪼상 대상 수상

1992 「니까Ника」(『청춘』 1992년 6~8합병호 발표)

『오몬 라Омон Ра』(『즈나먀』 1992년 5호 발표)

1993 「지하계의 탬버린Бубен Нижнего мира」

「천상계의 탬버린Бубен Верхнего мира」(『시월』 1993년 2호 발표)

「노란 화살Жёлтая стрела」(『신세계』 1993년 7호 발표)

「지그문트, 카페에Зигмунд в кафе」

「적의 둥지 위를 날다Полет над гнездом врага」

「종의 기원Происхождение видов」

에세이 「'거룩한 네 글자'⁵ 게까체삐ГКЧП как Тетраграмматон」

에세이 「존 파울즈와 러시아 자유주의의 비극Джон Фаулз и
трагедия русского либерализма」

에세이 「익스뜰란-뻬뚜슈끼⁶Икстлан-Петушки」

시 「가을Осень」

『벌레들의 삶Жизнь насекомых』(『즈나먀』 1993년 4호 발표)

『오몬 라』로 인떼르쁘레스꼰 중상 수상

「고스쁠란의 왕자」로 인떼르쁘레스꼰 소상 수상

「천상계의 탬버린」으로 벨리꼬에 꼴리쪼상 소상 수상

『청색 등불』로 미니부커상 수상

『오몬 라』로 브론조바야 울리뜨까상 중상 수상

1994 「이반 꾸블라하노프Иван Кублаханов」

「번지점프Тарзанка」(『속도』 20호 발표)

1995 「탑들 위의 털모자들Папахи на башнях」

「프랑스 사상에 대한 마게도니아식 비판Македонская критика французской мысли」

「어떤 유행Один вог」

「포커스 그룹Фокус-группа」

『숫자들Числа』

시 「엘레지 2Элегия 2」

작품집 『어디에서인지 모르고 어디로인지도 모르는 과도기의 변증법ДПП(нн): Диалектика Переходного Периода из Ниоткуда в Никуда』

작품집 『'나'라는 제국의 노래들Песни царства 《Я》』

『어디에서인지 모르고 어디로인지도 모르는 과도기의 변증법』으로 아폴론 그리고리예프상 소상 수상

2004　「지평선의 빛Свет горизонта」

『마물魔物의 성전聖典Священная книга оборотня』

『어디에서인지 모르고 어디로인지도 모르는 과도기의 변증법』으로 러시아 베스트셀러상 수상

2005　「누가 불에 의해Who by fire」

소네트 「심리전Психическая атака」

『공포의 헬멧―테세우스와 미노타우로스에 대한 창작Шлем ужаса. Креатифф о Тесее и Минотавре』

작품집 『모든 중편소설과 에세이Все повести и эссе』

작품집 『모든 단편소설Все рассказы』

작품집 『유물―초기작 및 미발표작Relics. Раннее и неизданное』

2006　「영웅에 대한 꿈들Сны о Герое」

『엠파이어 VAмпир 《B》』

2007　『엠파이어 V』로 볼샤야 끄니가상 독자상 3등 수상

2008　「암살자Ассасин」

「노래하는 여인상들의 홀Зал поющих кариатид」

「악어 쿠푸[9] 사육Кормление крокодила Хуфу」

「강령술Некромент」

「프리드만 공간Пространство Фридмана」

작품집 『P[5]—뻰도스딴[10] 정치 피그미들의 이별가П[5]:
Прощальные песни политических пигмеев Пиндостана』

2009   『t』

2010   「서기[11]Тхаги」

작품집 『아름다운 아가씨를 위한 파인애플수[12]Ананасная вода для прекрасной дамы』

『t』로 볼샤야 끄니가상 3등 수상

『t』로 볼샤야 끄니가상 독자상 1등 수상

2011   『S.N.U.F.F.』

미주

1   달리 표기가 되어 있지 않은 작품은 소설이다.

2   '브이병기'라고도 한다. 제2차 세계대전 말기, 독일이 연합군에 대응하기 위해 제조한 비행폭탄으로 현대 미사일의 원조.

3   소금을 치고 버터를 바르는 이중 작업을 거쳐 보존되는 티베트 고승의 미라.

4   체스에서 전반전과 종반전 중간의 게임 국면을 이르는 용어.

5   히브리어에서 '하느님'을 나타내는 네 글자. YHWH, YHVH 등.

6   뻬뚜슈끼는 러시아 블라지미르 주 남서부에 위치한 작은 도시.

7   서로에게 페인트가 든 탄환을 쏘는 게임.

8   양력 8월 15일에 지내는 일본의 명절. 저승의 조상이 이승의 후손을 찾아오는 날로 여겨 후손들은 조상들을 맞이하는 여러 가지 의례를 준비한다.

9   이집트 제4왕조의 파라오. 세계 7대 불가사의 중 유일하게 남아 있는 기자의 대피라미드의 건설자이다.

10   '뻔도스딴'은 '미국'을 경멸적으로 이른 단어로, 이 때문에 책의
광고가 금지되었다.

11   17세기부터 19세기까지 존재했던 인도의 비밀 조직 암살단. 여신
칼리를 기리는 종교적인 의무로서 교살과 약탈을 일삼았다.

12   파인애플 열매를 수증기 증류하여 얻은 수용액.